妈妈和我第一次前往时
与孩子们一起在孤儿院
（2006 年圣诞节）

法图玛、阿图和玛利亚课间休
息（2007 年）

我的第一节幼儿园课，努力学习中！
（2007 年）

海伦和妈妈（2008）

姊妹花们相互挽着胳膊走回家去：苏
米妮、玛丽、斯科维雅（2008 年）

我们煮的大锅豆，用它来作为周六　　一个受资助孩子的包裹（2008 年）
查经班的饭（2008 年）

与我们资助项目中的一些孩子们在一起（2009 年）

与克丽丝汀一起准备饭菜（2009 年）

菜市场（2009 年）

马塞斯的孩子们（2009 年）

在马塞斯和一个朋友一起跳舞
（2009 年）

我的卡里莫琼族朋友：娜朋戈和阿
拉皮

饥饿的孩子们在雨中等候食物
（2009 年）

珍妮和恩典（2009 年 3 月）

艾格尼丝与克丽丝汀阿姨在一起（2009年8月）

爸爸、珍妮与艾格尼丝（2009年8月）

和我大块头的弟弟布拉德，还有恩典（2009年8月）

苏珊娜第一次前往收养了约瑟芬，与我和帕特里夏在一起（2009年9月）

剔除脚上的沙蚤并扎上绷带（2009年）

我的蜜友贝蒂，是我资助的孩子之一（2009 年）

我的两个宝贝，帕特里夏与宠物猴子弗兰科，都喜欢吃苹果（2010 年 1 月）

马塞斯的女人们制作出珍珠项链来卖，以保证家里有稳定收入（2010 年）

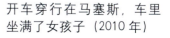

开车穿行在马塞斯，车里坐满了女孩子（2010 年）

与佳佳和恩典等人在探访

苏拉和撒拉帮助她们的朋友
（2010 年）

新建的亚玛齐玛游乐场
（2010 年）

玛格丽特、佳佳、帕特里
夏、苏拉和普洛西

周六查经班的孩子们
（2010 年）

苏米妮（2009 年）

迈克尔，一切更好了！（2010 年）

撒拉，妈咪和碧塔（2010 年）

艾格尼丝小宝宝，我们众多孩
子中有幸恢复健康的一员

玛格丽特和普洛西（2010 年）

乔伊斯（2010 年）

玛丽（2010 年）

凯蒂宝贝，我在马塞思的小蜜友
（2010 年）

苏拉和斯科维雅（2010 年）

查经结束后往家里带食物。袋子
都很重，但是孩子们都满面笑容！
（2010 年）

我们家的大门一直敞开

摄影：里尼·巴克、克莉丝汀·拉格林、凯蒂·冷提乐、卡伦·罗根、吉姆·南安

凯蒂之爱

KISSES FROM KATIE

[美] 凯蒂·戴维斯 /著　赵杰 /译

上海三联书店

图书在版编目（CIP）数据

凯蒂之爱 / [美] 凯蒂·戴维斯著；赵杰译 . —上海：上海三联书店，2019.1
ISBN 978-7-5426-6420-4

Ⅰ . ①凯… Ⅱ . ①凯… ②赵… Ⅲ . ①传记文学－美国－现代 Ⅳ . ① I712.55
中国版本图书馆 CIP 数据核字 (2018) 第 174347 号

凯蒂之爱

著　　者 / [美] 凯蒂·戴维斯
译　　者 / 赵　杰
责任编辑 / 程　力
策划编辑 / 杨　蕾
装帧设计 / 周　周
监　　制 / 姚　军
出版发行 / 上海三联书店
　　　　　 (200030) 中国上海市漕溪北路 331 号 A 座 6 楼
印　　刷 / 北京温林源印刷有限公司
版　　次 / 2019 年 1 月第 1 版
印　　次 / 2019 年 1 月第 1 次印刷
开　　本 / 640×960　1/16
字　　数 / 200 千字
印　　张 / 16.25

ISBN 978-7-5426-6420-4/I · 1430
定　价 : 38.00 元

目 录

前 言

真心想要改变世界的人，常会借着自己的方式来实现。我注意到，这些人共同的特点是：他们相信每个生命都很重要，而且生命没有优劣高下之分；他们常常因为一个笑容而快乐满足；他们愿意填饱每一个挨饿的肚子，教导一颗颗寻求知识的心灵，治疗一个个疼痛的伤口。他们不会幻想着一夕之间拯救全球，反而愿意深耕每个微小的改变，并因此感到心灵的富足。慢慢地，这些点点滴滴、细微渺小的改变汇集成流，有时竟能完全翻转城市、国家，甚至是整个世界。

致力于改变世界的人，难免遭遇挫折和阻挠。可是，即使在压力下几乎喘不过气，他们也不轻言放弃，反而继续昂首前进。相比他们所获得的惊人成就，最让人意外的是，他们大多是非常普通的人，过着平淡无奇的日子。他们不讲大道理，也不妄求瞬间启蒙世人，而是不断分享小小的心得，持续改变一个又一个人。他们不想吸引别人的目光，而是将自己的焦点放在别人日常生活的需求之上——哪怕只有一个人需要他们的关怀。他们就是这样润物无声地改变着世界，其他人却从未意识到，更不会有人为他们鼓掌喝彩。这些世界的改变者就是如此专注地身体力行，从来没有想过要用别的方式过生活。

我真正了解这些道理，是在抵达乌干达的第一天。当时，我从恩德培国际机场打车，前往一个叫马赛斯的小村庄和凯蒂会面（凯蒂住在附近的金嘉市）。这个村子赤贫如洗，又脏又臭，就像臭水沟的污水和淤泥在大太阳下曝晒之后发烂发臭的味道，再加上村民们私酿烈酒所发出来的强烈异味，简直让人窒息。车穿过马赛斯村时，映入眼帘的是一幕幕触目惊心的景象，但凯蒂却深爱着这里，因为她深爱着这里的人。

马赛斯村坐落在一座小山脚下，山顶是一所学校，凯蒂所负责的"亚玛齐玛传道会"（Amazima，是当地卢干达语"真实"的意思）就在这里分发食物给学校里的学生，同时，通过校方的特别安排，也把食物分派给村子里的孩子们（不管他们有没有来注册上学）。虽然我才刚到乌干达，却能轻易分辨出哪些孩子是学校的学生，哪些则不是——学生们显然有良好的卫生习惯，穿着制服和干净的鞋子，脸上没有挂着鼻涕，嘴巴也没有破皮流血。

村里的孩子都病恹恹的。我特别注意到一个两三岁的小女孩。她瘦小的身躯几乎撑不起那巨大、肿胀的肚子，脏兮兮的皮肤上布满着不知名的疙瘩，看起来像疣，也像水泡，又像水痘的疮。小小的嘴巴上还有个大伤口，几乎盖住半个嘴巴，伤口有些部分已经结痂了，有些部分还红肿流脓。我看见凯蒂走向这个虚弱的小女孩，温柔地抱起她仔细检视，看她需要什么照顾。接着，凯蒂开始询问其他孩子有关这个小女孩的状况。

"她是谁？"

"她叫什么名字？"

"她家在哪里？"

"她妈妈在哪里？"

一开始没有一个人知道。但想必"凯蒂妈咪"正在了解这孩子的消息很快向外传开了，不一会儿，女孩的小姨就来了，告诉凯蒂说这孩子叫作娜朋戈，数月前妈妈抛下她前往首都坎帕拉，她爸爸也不知去向（在乌干达，这早已是司空见惯的事）。目前负责照顾这个小女孩的人就是小姨。可是这位"姨妈"本人也才十二三岁。

短短几分钟后，我和那个虚弱的小女孩、她姨妈以及凯蒂十四个孩子当中的四人，一起坐上凯蒂的十六座厢型车，在坑坑洼洼的道路上一路颠簸，从学校前往凯蒂的朋友芮妮家，好让娜朋戈可以好好洗个澡，因为在这附近只有芮妮家有干净的自来水。

凯蒂打开水龙头，拿起莲蓬头让水流出来，先洒了一点水在自己手腕上，娜朋戈则一动也不动地站在浴缸里。我在一旁看得目瞪口呆，又觉得有点恶心。我默默想着：为什么不洗快一点？然后我才明白，小女孩一辈子没用过浴缸，如果突然用莲蓬头的水洒满她全身，说不定会吓坏她。凯蒂先把水洒在自己手腕上，然后再洒在小女孩的手腕上，这样可以让她感觉安全且释放。

凯蒂温柔地用肥皂轻轻滑过娜朋戈瘦小的身躯，娜朋戈还是一动也不动地站着。莲蓬头流出的干净清水冲过她的身体，往下汇聚成一片深红色。这时娜朋戈的小姨突然走进浴室，吓了我和凯蒂一跳，她拿过凯蒂手中的肥皂，开始接手替娜朋戈洗澡。我担心眼前的小孩子会大哭，但她仍然站着不动，既没有躁动不安或尖叫，也没有像一般两三岁的小孩一样抗拒洗澡。

我和凯蒂在一旁静静观看，不约而同想着同样的问题：这个小姨住在污秽不堪的环境里，自己全身也脏兮兮的，怎么可能会明白"清洁卫生"对这个小女孩有多么重要、多么急迫？她专心替娜朋戈洗着，仿佛向来都知道清洁这件事对小孩子的健康无比重要。又或许，她早就急着要让娜朋戈保持干净、清洁，以确保她健康，只不过自己苦于环境，无法做到。

小姨把娜朋戈洗了又洗，直到满意了，才让凯蒂把她用浴巾裹了起来，带到一旁的床上。凯蒂跪在娜朋戈前面，替她把脚上的恙虫除掉。我以前从来不知道世界上有恙虫这种东西，可是在乌干达，它们却是无所不在的大麻烦。它们小小的身躯会神不知鬼不觉地掘进人的皮肤，产下小小的卵囊，使皮肤外表出现如发炎一般的肿块。通常要等到有一大片皮肤被恙虫寄生，人们才会感到疼痛，再把它们从皮肤里除去，这可是一件非常痛的事情。不过，当凯蒂努力把娜朋戈皮肤下的恙虫挖出来，并剪掉周围的死皮时，小女孩没有乱动或尖叫，甚至连眼睛也不眨一下。她只是静静坐着，有几滴眼泪缓缓从两颊滑落。

我整个人退到墙角，心想如果此刻吓得昏倒了，至少后面还有墙壁可以依靠。那样的话，我可以安全滑下去坐倒在地。我安慰自己说，想昏倒的感觉是因为时差吧，但这只是其中的一部分原因。我当时真是百感交集，看着眼前的小孩子静静咬牙忍受这些痛楚，只觉得胃里一阵翻腾，带着哀伤，还有些震惊。

换作是平常，我可能会认为这孩子已经病得太重没救了。但现在照顾她的是凯蒂，我有十足的信心，娜朋戈一定会好起来的。

我早就听过凯蒂的事迹，读过她博客里的所有文章，以及她从2007年起在乌干达服侍人群的生活和工作记录。我知道，但凡有一个人能给这小女孩关怀和爱，那无疑绝对只能是凯蒂。我知道凯蒂不会只照顾这孩子短短一个下午就算了，如果有需要，哪怕是好几天或是好几个月，凯蒂都会努力不懈，继续照顾她。

十多天后，凯蒂在马赛斯小村又见到娜朋戈。虽然她康复的程度不如凯蒂预期，但现在的状况比先前好多了。嘴巴的伤口已经完全愈合，应该是小姨按时替她涂抹凯蒂给她的抗生素药膏。只是她的肚子还是又大又紧绷，全身上下都还有疮。乌干达人知道这种病的名字，但是没有一个人能够将它翻译成英语。

我停留在乌干达的日子里，娜朋戈都和我们一起住在凯蒂家里，享用着营养饮食和维生素片，还有14个姐姐对她施以关爱和悉心照料。娜朋戈从前光着脚丫没鞋子可穿，身上的衣服要说是破布，也一点不夸张。但她住在凯蒂家的第一个礼拜日，就获得一件全新的背心布裙和一双鞋子，也首次体验了和大家一起去教会做礼拜是什么感觉。

在和娜朋戈相处的日子里，最让我难忘且深深镌刻在我心上的事，就是凯蒂带着娜朋戈去筛检艾滋病的那天。凯蒂、我和14个孩子加上娜朋戈，一起挤在厢型车里，再度前往芮妮家，那里有筛检艾滋病的设备。

娜朋戈坐在厨房的橱柜上，而我又赶快背靠着墙壁，免得自己昏倒。娜朋戈很能忍受痛苦，连去除恙虫的剧痛都能忍耐。不过，这次当针尖刺入静脉时，她却痛得放声尖叫，尖锐的叫声狠狠刺痛了我的心。一滴滴鲜血滴落在检测试纸上，而凯蒂、芮妮、我及其他在场的朋友们都在焦急等待。我们都知道，筛检结果将决定娜朋戈的人生和她的未来。

随后，芮妮深深叹了口气，轻声宣布："是阳性。"

整个厨房静默无声。

今天，娜朋戈的妈妈已经从坎帕拉回到家，也重新学会了如何去疼爱、照顾自己的女儿。因为有凯蒂的协助，娜朋戈正在定期接受艾滋病的治疗，她原先羸弱的身体也渐渐注入了新的生命力。她开始去幼儿园上学，蹦蹦跳跳，大声欢笑，这才是一个四岁的孩子应该有的生活啊。凯蒂和她的家人常常去探望娜朋戈，并对她的崭新生命感到惊奇又快乐。

娜朋戈的故事只是冰山一角。凯蒂的周遭还有许多人都有类似的经历，凯蒂也常常停下脚步关心他们，竭尽所能帮助他们。我待在乌干达的时间不长，却看到一个接一个的当地居民，为了各式各样的原因来到凯蒂家门口，或是在路上拦住她，希望得到帮助。隔壁的妇人有次发高烧，全身不对劲，在深夜来找凯蒂，凯蒂立刻戴上乳胶手套，拿了个针筒替她检测疟疾；有人想要申请赴美签证，就来找凯蒂帮忙写推荐信；也有人来和凯蒂讨论孩子的教育问题。还有一个邻居因为健康不良，又没钱，生活很苦，所以过来向凯蒂倾诉。看着凯蒂细心善待每一个人，竭尽所能帮助或鼓励他们，我知道在她的世界里，没有精打细算，没有算计，只有人。每个人都是一个生命，而每个生命都同等重要。

通过阅读这本《凯蒂之爱》，你会发现这些场景一再出现。这不只是凯蒂独有的生活方式，如果你愿意，这也可以是你的生活方式。我们所在的世界，到处充斥着苦难和迫切的需求，凯蒂并不是超级英雄，她只是个平凡的女孩，她最渴望的，莫过于专心依照神的旨意生活，回应神的呼召，接受神赋予她的一切责任。等她真的这么做了，在前方等待她的是一场伟大的冒险。现在她每天的生活都充满了惊奇的故事，有些故事欢欣愉悦，有些令人心碎，也有些是如此地激励着我们。

神已经花了好长一段时间，在乌干达写着一则未完的故事。为了完成这个故事，他使用了许多人，更有些人为了神在此地的使命而献上自己的生命。我们虽然不认识这些人，但我们为他们感到骄傲。我们在写这本书的同时，还有些人正付出自己的生命，投入神在这块土地上要完成的工作。他们有些是本地人，有些则来自遥远的异国他乡，他们是凯蒂的朋友以及工作伙伴，是一群爱神的平凡人。他们组成了凯蒂的故事，更参与了神书写的故事，而且这个故事到今天还在进行中。

你或许平凡，但如果你想遵循神的旨意，可以在本书的字里行间获得启发，找到勇气。祝福你获得充足的力量，大声回应说："好！我愿意！"然后踏上一段独特的，只属于你的生命之旅。

贝斯·克拉克（BethClark，本书共同作者）

序

　　我从来没想过自己会当妈妈。其实应该这样说：我预想有一天要当妈妈，只是没料到这么早。我当妈妈的时候才 19 岁，而且还没结婚呢，更没想过的是，身旁一下子就蹦出这么多小家伙。这一切让我觉得既幸运又感恩，神的安排总是超过我的所思所想。

　　我从来没想过会定居在乌干达——一个非洲东部地图上的小点儿。和乌干达相比，我的家人、一切我熟悉的事情和舒适的生活环境，简直是天差地别。但我仍深深感恩，因为神的安排比我自己曾经的人生规划要好太多了。

　　我原本的生活，还真是"毁"在了耶稣手上。从记事起，凡是大家觉得重要的东西，我一样都不缺：高中当班长，是舞会人气女王，成绩名列前茅；我永远穿着漂亮鞋子，开着超帅跑车，和可爱型男约会。我的父母超级棒，非常关心我的前途，还答应不管我读哪所大学，他们都会毫不犹豫为我付学费。可是我唯独爱一个人，就是耶稣。

　　因着对耶稣的爱，我对于自己规划的人生方向以及别人对我的期待，渐渐有了不同的想法。我的心被这份伟大的爱占满了，这份爱激励我要活出不一样的人生。出生在基督徒家庭的我，一直定期去教会，且立志一生都要以我的救主耶稣基督为榜样，因为他顾惜每一个人。

十二三岁时，我就开始沉潜在《圣经》的真理中。随着我读得越多，对于耶稣所说的话也理解得越多，进而越来越不喜欢自己以往青睐的生活方式。我开始意识到神对我有更多的心意，而我也希望更多地为他而活，他开始在我心里种下一粒种子，引导我活出和别人不一样的生命。

慢慢地，我清楚明白了一个道理：一直以来，我爱着耶稣，渴慕他、敬拜他，但是并未真正按他所说的去做。实际上，我相信这种意识并不是一夜之间萌发出来的，而是早就深埋在内心，只不过那时候才开始正视它。早在我开始寻找前往海外做志愿者的机会时，或者在我第一次前往乌干达为期三周的旅行时，它就产生了。那次乌干达之行，让我爱上了这个风光秀丽，经济赤贫，其中的人们快乐而又温柔的国家，这一切催逼我要做得更多，以至于我无法回避。我渴望发自内心地按照耶稣所说的去做。

因此，我干脆放弃了自己原来的生命计划。

起初我只是打算暂时退出原来的生活轨道，在乌干达待一年之后再重返校园，和其他美国青少年一样，开始正常的大学生活。但是住在那里一年后，我发现自己再也回不去所谓的"正常"生活了。我找到了生命的真谛，不可能假装自己从来不知道这里的一切。所以我再次放弃了既定的生活模式，这次是永远的放弃，不再回头了。我放弃了大学，放弃了可爱的时髦的服装，放弃了黄色小跑车，甚至连男朋友也甩了。如今，这个世界口中一切重要的东西，我一样也没有。在乌干达，我未来没有退休金，有时候连电都没有，但我拥有一切我认为重要的事物：喜乐、平安。这两样来自比这个世界更美好的地方，超越了所有人类的想象。此刻的我拥有最快乐、最富足的生活。耶稣"毁"了我前面的人生，打碎了我原有的生活，然后把一片片碎片拼凑成为一个更美好的生命。

2007年秋天，我刚到乌干达的前几个月，曾写下这样一段话："有时候我觉得，在第三世界国家想要做些事情，就像试图用手中的一根滴管，去抽干整片大海里的水。"到今天，我仍旧有这种感觉，可是我已经不再因此沮丧，因为我知道自己没有办法改变全世界，那是耶稣的事情。然而，我可以改变一个人的小世界，比如我领养的14个小女儿，我照顾的四百个学生，以及那位病入膏肓奄奄一息的老奶奶。另外，还有那些被遗弃、虐待、营养不良的孩子们。只要一个人在我身上看到了基督的爱，那么我所付出的每一分钟就都值得了。事实上，为此要我倾尽一生都值得。

许多个日子里，我都会被不计其数需要帮助的人包围着，还会看到贫病交加的孩子们在我服侍的社区躺卧街头。我好想抱起每一个孩子，带他们回家，喂饱他们，给他们衣服穿，好好疼爱他们。我以我的救主耶稣基督为榜样，因为他顾惜每一个人。

于是我不断停下脚步，尽力看顾每一个人，一次专心好好爱一个人，这是我身为基督徒的使命。就算我只是个女孩子，能做的有限，我还是要努力去做我能做的。每一天，神都赐我力量，帮助我完成好多我从没想过自己能完成的事。

常常有人问我会不会觉得现在的生活太危险，问我怕不怕。其实让我害怕的反而是躲在安逸舒适的生活里一成不变。《马太福音》10章28节告诉我们，我们不必害怕那能毁灭我们身体的，反倒要怕那能把我们灵魂毁灭在地狱里的。我居住的地方非常危险，随时都会有受伤的威胁，我身旁的人活在致命疾病的恐惧中，往往只有我一个人能帮助他们。乌干达这个国家打了很久的内战，时间之久举世罕见，战事距离我们不到几个小时的路程，空气中永远弥漫着不安的气息。就算每天生活在不安和危机之中，就算随时可能受到伤害，我仍然愿意住下来，因为在这里，我的灵魂不会因自满、安逸和无知而毁灭。比起疾病和惨剧，我更害怕的是活在一个安逸舒适的环境里，只顾虑到自己，却忘了神。

耶稣对他的门徒有许多要求和期望，但是我没在《圣经》中读到，他要求我们避开危险。他呼召我们为他工作，并不是要赐给我们一个安逸的任务，他反而承诺我们：当我们在危险中，他一定与我们同在。更何况没有哪个地方是比他的手掌心更安全、更美好的了。

从小，我最喜欢的经文就是《诗篇》37 章 4 节："又要以耶和华为乐，他就将你心里所求的赐给你。"我以前以为这句话的意思是说：如果我做到神对我的要求，遵行他的诫命，当个好女孩，那么他就会答应我所有的愿望，让我的梦想成真。到今天我还是非常喜欢这一节经文，但却对它有了完全不同的诠释。神并没有让我自己的梦想成真，反而是改变了我的梦想，让我的梦想符合他为我所制订的蓝图。

现在，我每天都遵循着内心的渴望而活，日子过得喜乐无比，也完全无法想象其他的生活方式。可是，请你相信我，这样的生活绝不是我原先自己的计划。我原先打算和我的高中情人一起读大学，结婚生小孩，找个好工作，住在漂亮的房子里，离爸妈家不远，从此过着幸福快乐的日子。今天的我，住在距离家乡千里之外的国度，身为单亲妈妈，抚养一屋子的小孩，教导她们耶稣的爱。这完全不是我以前曾经憧憬、渴望的人生。我只是观看着神的奇妙作为，并且"以耶和华为乐"，依照他对我的指示而行，并且回应他对我的要求。接着，他便将他的计划化作我内心的渴望。我随着他前往苦难之地，他便将苦难之地化作难以想象的、最奇妙的喜乐之地。

上面这一段听起来很美，就像冒险故事，甚至还有点浪漫，对不对？当然很美。而最令人难以相信的是，整件事情其实非常单纯。别误会，不是"简单"，一点也不简单，而是"单纯"，因为我们每个人被神创造出来，最终的任务都是一样的，一样的单纯。或许乍看之下不太一样，有些发生在远方，有些近在眼前，但是我相信神创造我们每个人，都是为了要我们去改变另一个人的世界，去服务他，去爱他，就像基督爱我们一样。他要我们去散布他的光辉，就这么单纯，这就是我们的梦想，一个可以达成的梦想。虽然有时前方荆棘满布，但是我们拥有的祝福实在远远超过这些艰辛。

我无意撰写一本关于我自己的书。这本书是关于神的。这位又真又活的神，连我头上总共有几根头发他都知道，连我掉了一根头发他都关心。这么奇妙的奥秘，我无法假装说我懂，但我知道它是真的，因为在我短短的生命里，我深刻经历了这一切——在奇迹中经历到，也在平淡无奇的时刻里经历到。这也是我撰写这本书的原因。我希望读者们看到我的家人，看到我无知的生命以及神的恩典之后，能够想到那位深爱着我们的活生生的神，理解"为神工作"到底是什么意思。我希望读者们在字里行间和我的家人一起哭泣，一起欢笑，然后领悟到：神借着不完美的人来改变这个世界。如果他能够使用我，那么你也一定能为他所用。

第
一
章

和一个国家坠入爱河

　　有时候，我的脑袋好像突然被石头砸到：我简直是神经错乱了！我才 22 岁，却已经有了 14 个孩子，其中 11 个没上学，由我在家教育她们。我家常常有形形色色的人前来借宿，例如垂死的老奶奶、赤贫的难民、极度营养不良的小朋友等。我每次做饭前都要数一数人头，才知道该准备几人份的量。我常开着十六人座的厢型车载着这一群沿路高歌（或吵嚷尖叫）的孩子、邻居们，有时还会加上我们养的猴子，在红土路上颠簸奔驰。这种每天上演的疯狂对我来说太正常不过，以至于有时候实在不知道该如何动笔去写。这一切不可思议的事，都只是因为我跟随了耶稣的结果。我所能做的，就是把每一件小事做好，同时相信他会替我摆平其他的全部事情。

　　我从来没想过要搬到地球的另一头，在一个全新的大家庭重启生活。但是当我回望人生路，才发现从出生开始，神早就为我准备好了全部生活——让我在对的时间遇到对的人，还有一些难以理解的际遇，全都是为了他的荣耀而出现。我还没去乌干达之前曾经想了好几年，幻想着要为神或世人做些惊天动地的大事，现在我明白了：伟大的惊人之举我做不到，可是跟随着神的脚步，踏入一个看似无望之境，才发现他在我身上行奇事，并使用我去展示他的神迹。

　　我 16 岁生日那天，第一次认真地向我爸妈袒露心怀说，我希望打破常规做一些真正有意义的事。那天，为了给我庆生，他们特意带我到我最爱的日本料理店享用我超爱的寿司。庆生家宴的气氛从一开始就轻松愉快——直到我小心翼翼、有点紧张地提出我的想法，餐桌上的气氛就在一刹那风云变色。当时我说："高中毕业后，读大学之前，我想先去从事一年的宣教事工。"

霎时，爸妈脸上本来满溢的笑容凝固了，只剩空洞的眼神和不解的表情，欢乐的聊天说笑没了，我的一番话完全毁了现场气氛，只剩下沉默。

那一刻我或许倒不如告诉他们我要去打职业橄榄球当四分卫，或是我想要当航天员登陆月球算了。对他们来说，航天员、职业橄榄球、一整年的宣教事工都一样，就是"遥不可及"。在我们戴维斯家族里，这种想法前所未闻。我爸对我期待很高，出于父爱为我设想了他认为最佳的人生规划，并且高度关心我的健康及安全。我爸妈像全天下的父母一样，不辞辛劳付出一切，只为了让我功成名就，拥有富裕舒适的生活。而他们觉得通向"美好"未来的最佳途径，就是去读大学，找个好工作。

在我说出自己那堪称冒险的想法几分钟后，爸妈才从错愕中回过神来，然后以尽可能婉转的方式来劝我打消念头。他们只是说不太确定这是不是个好主意，但是愿意认真考虑。在我内心深处，我相信自己的渴望是正确的。我已经准备好随时出发，就等着神说服我爸妈了。

接下来的 18 个多月里，我一直记得那天的交流，就常常以关键词"孤儿院"在网上搜索，以便找到合适的志愿者机会，在此之前，我脑海里从未特别想到过要去乌干达。随着高中毕业日期临近，我开始向几个从网上找到的孤儿院提出申请，乌干达一家育婴所第一时间给我回复说他们急需义工。这一消息令我开心不已，更令我高兴的是父母也答应我在寒假期间去做短期义工，唯一的条件是必须有大人陪同。当然，他们心里还是希望我最终会打消念头。

我父母远比我想象的聪明。毕竟，要在美国找到一个可以随便请假三周，愿意用包含圣诞节在内的宝贵假期陪我待在非洲的成年人，几乎不可能。因此我就哀求妈妈陪我一同前往。当她意识到我是发自内心想去并且无法说服我放弃想法时，就答应我会认真考虑。很快，她又发现此行并不只是走个过场，因为我充满了激情。身为母亲的她，也真的希望自己的孩子幸福满足，最后终于心不甘情不愿地答应了。不过没多久，她心里的不情愿开始变成了热情洋溢，虽然其中仍旧夹杂着一丝不安，但想到要和我一同分享梦想，她就会兴奋不已。

2006年12月，我和妈妈一道踏上了前往乌干达的行程，去当地一个育婴所做为期三周的义工，照顾那些被父母抛弃或者父母双亡的孤儿。在这段时间里，我的心就被这片此前从未到过的土地夺去了。从抵达的那一刻开始，我就爱上了乌干达。第二天早上醒来，环顾四周，我看到一张张黝黑的脸庞上，露出洁白牙齿的纯净笑容；我听见充满幸福的声音，轻快地蹦出当地的语言，还有温柔的笑声；我看见人们眼中流露出个性中的坚毅和深刻。乌干达真是一个漂亮的国家，这里的人们都好美丽。

金嘉市是距离我现在居住的村庄最近的城市，坐落在尼罗河的源头——维多利亚湖畔。当我第一眼看到这湖光水色，就忍不住从内心忘我地发出赞叹。而眼前那尘土飞扬的崎岖红土路，蜿蜒缠绕着青绿色的大地，也让我深深陶醉。

以这个迷人国度为家的人们无时无刻不在打动着我，他们为人处世彬彬有礼而又亲切和善。看着四处的牛、羊和鸡在村庄里自由漫步，还有好奇的孩子们来回穿梭在简陋的小屋和摊贩（贩卖灌装饮料、洗脸盆和手机预付卡等物品）之间，我的眼睛都不够用了！这里的城镇生活和世界其他地方大同小异，但是又有独特的风格。人们在金嘉市的大马路上逛街购物，出入银行，或者坐在路边和朋友闲聊。当我回到乡下，又看见男男女女在忙着剥玉米、做饭、谈天说地，或者只是静静地坐在路边，打量着周围生动的乡村生活。

不管是在城镇还是农村，到处都是小孩子。当他们看到有个人和自己的肤色截然不同，就会咯咯笑个不停或者失声大叫。有些孩子一看到外国人就会兴奋地冲上来，还有些会尖叫着逃跑。不怕我的那些孩子会激动地抓住我的手，就像我们是永世肺腑之交。我情不自禁地爱上了这里的人们和他们的国家，还有那无与伦比的美丽和难以描述的贫穷。

我们的大部分时间都在照顾育婴所里许许多多的孩子，要喂饱他们，给他们换洗衣物，教他们读书识字，还要和他们一起玩耍。就这样，这些孩子和那些在其中服侍的阿姨悄然进入我的内心，在那里留下了或深或浅的爱之印记。从此以后，我的生命被全然更新，里面活着的不再是曾经的我了。

义工行程结束后，我哭着离开了乌干达，这个国家和那里的人们已经成为我生命的一部分。我就这样一路哭着回到田纳西，心里很清楚我迟早会再回来。曾经的我贪恋舒适、便利和奢华的生活，如今全部被摧毁，转而渴望挑战、牺牲和为我所信仰的付出一切。当我帮那些婴儿洗澡、换尿布时，当我和年长一点的孩子在河边打水漂时，当我竭尽所能满足身边人一些最基本的生活所需时，我意识到自己有了何等巨大的转变。我服侍的那些人在这个世界口中是"穷人"，但他们因内心富裕充实并有爱而散发出来的美丽，常常使我喜乐满怀。早在多年前我甚至无法从地图上找到乌干达所处位置的时候，上帝已经在我心中植下了日后前往的渴望，对此我毫不怀疑。除此之外，再无别的原因能够解释为何我会一下子爱上那里的一草一木，爱到无法自拔。尽管后来那红土一度磨破了我的脚掌，但是乌干达却已经成为我魂牵梦绕之地，这个名字深深萦绕心头，挥之不去。

在我回到美国要结束高中最后一个学期的课程时，才真的意识到，我对乌干达的感情有点过于偏执了。上课时经常盯着时钟看，然后想着乌干达现在是几点，同时还想象着乌干达的朋友们现在都在干什么。我一整天开口闭口都是乌干达，相信身边所有的朋友肯定都快被烦死了。不过,由此我知道,我必须回到那里去。

我在乌干达期间认识了一位牧师,当时他在金嘉市郊区开了一间孤儿院,还计划再开一间幼儿园,并请我过去做老师。乍听起来这个想法真的很可笑,因为我除了在教会里教过主日学之外,再无其他教学经验,但是他坚持认为我就是不二人选。回到美国后我才明白,为了回到让我魂牵梦绕的乌干达,我尽力预备自己,就算是立即要成为一名幼儿园老师,也欣然接受。

随着毕业临近,我和爸妈进行了许多次沟通,他们看到我是真心想要重返乌干达,最终同意让我推迟一年上大学。我向他们保证,只在那里待一年,然后就回来继续读书。父母同意后,我就赶紧回复那位牧师,表示同意去金嘉市贫民窟当幼儿园老师。身边的亲朋好友和家人都不明白,我怎么会对这样一个遥远之地保持热情这么久,不过正是这份热情使我勇往直前的心志无人能敌。当然,我偶尔会对下一步的决定感到紧张,但更多时候是兴奋和神往。

我的爸爸对于我不按时升大学这件事还是耿耿于怀,一直很不开心,不过他从未停止关心我。为了让自己的独生女儿衣食无忧,他一直辛苦工作。因此,我很能理解他的反应。事实上,我知道他拒绝我去乌干达的真正原因是,我长这么大还是第一次离家在一个他根本未曾去过的地方独自生活。因此,他最后决定和我一起去那里待一周,好弄清楚当地有什么如此吸引我,同时也确保我的人身安全。

我还记得我们要出发的那天早上,我在家里无比舒适的大床上醒来,想想这个高档社区里,大多数的阿姨会大把大把地花钱,只为请人来为自己修修指甲,或者叫人把家里的草坪修剪得漂亮整齐。但是估计没有几个人会产生前往东非的念头。在我吃最后一块花生酱吐司的时候,朋友们已经挤满了我住了十八年的家。大家都哭红了眼睛,最后一次和我说再见。我当时也心痛欲裂,毕竟这些人当中,有我最要好的朋友，还有我深爱着并且想要和对方一起步入婚姻殿堂的男友，还有我亲爱的弟弟，接下来我将会和他们分别一年。我没有办法做到将他们都抛诸脑后，但是另一方面我也很清楚自己已经万事俱备，即将踏上义无反顾的旅程。

从美国到乌干达的路途很漫长，无论选择哪条路线，对一个人的旅行而言都会是一场挑战。其中要经过阿姆斯特丹、伦敦和中东。这一路上，我有一部分时间都处于亢奋状态，另一部分时间又哭得稀里哗啦，因为想到要等到很久以后才能再见到家人和朋友。

到乌干达后的整个第一周里，爸爸都在想尽一切办法要劝我和他一起回家。他不喜欢那里肮脏的环境，不喜欢到处肆虐的各种疾病，也不喜欢那里一些男人和白人女孩说话时的眼神和语气。他讨厌把我独自一人留在这样一个他完全陌生的地方，但是他能够看到我在这里有多开心，直到他离开那天，才真正清楚地知道，我很充实和满足，而他只能独自一人打道回府了。

接下来的几周里充满了喜乐和挫折。慢慢地，我搬进了自己的房间，屋子在牧师的房子后面，大约长 1.8 米，宽 0.9 米，面积不足 1.8 平方米。牧师家和孤儿院相连接，孤儿院里有 102 个孩子，年龄从两岁到 18 岁不等。

我无法用语言真正解释清楚自己感受到的对这些孩子的爱。我想，许多人看到他们时，首先看见的是那些脏兮兮的衣服、头上的皮癣和鼻孔周围的已经风干的鼻屎。环顾他们生活的地方，常常可以看到老鼠和蟑螂在水泥地上堂而皇之地来来去去。这些都会让人感觉恶心。但是，借着神的恩典，我可以对这些都视而不见。

真实的情况是，我从这些小小的脸蛋上看见了自己的影子。我看着他们，感受着这份难以想象的爱，明白了这就是神看着我时的感受。当孩子们带着他们用石头和泥土做成的礼物跑到我身边时，我看到的是自己把污秽、残破的生命交给了掌管宇宙的神，祈求他变废为宝，化腐朽为神奇。我坐在这个破碎的世界里，在他脚边显得渺小而又低贱，而端坐至高处的他却选择来和我交流，并且爱我到底。他选择不看我的罪污，反而主动和我建立起一种美好的情谊。他也要我不去看孩子们身上的污秽和疾病，只是看见他们期待我与他们一起分享爱的渴望。我爱他们，不是因为我自己有多好，而是因为主耶稣让我能够这样去爱。我坐在又冷又硬的地上，把脸凑在孩子们脏兮兮的脖子上，亲亲他们被细菌覆盖的脑袋，忘记了一切，因为我们都沉浸在爱里。

我从落脚乌干达那一刻起，就开始忙个不停，一会儿要照顾翻滚打转的婴儿，一会儿又要念书给稍微大点的宝宝听，接着还要和那些未满上学年龄的孩子玩耍，同时去逗五六岁的孩子开心。上午，我要在幼儿园教课，下午再去陪伴 2 至 6 岁的孤儿，直到上学的大孩子们五点左右放学回到孤儿院，才可以稍微喘息一下。

我本来是带了一堆纸、蜡笔、数字表和绘本来乌干达，准备教那些 12 岁或 14 岁的孤儿院里的孩子。但就在我还在路上颠簸的时候，牧师决定让孤儿院周边贫困社区的孩子们也前来学习。村民们蜂拥而至，赶紧要把握住这个不用花钱的上学机会。

接下来大家可以想象一下我第一次上课时的心情。当时，我一踏进这间由谷仓改建的教室，闻着谷仓而非书香味，赫然看到眼前有 138 张小小的咖啡色脸庞，138 双眼睛燃烧着对学习的渴望和期待。孩子们坐在摇摇晃晃的板凳上，目不转睛地盯着我。我穿过这片人海走向讲台，整个教室鸦雀无声。终于，有人忍不住笑出声来，打破了沉静。其他人也跟着大笑起来，还有些孩子吓得大哭。他们以前从来没有上过学，对于学校一无所知，其中没有一个人会讲英语。有些孩子从来没有见过白人，吓得发抖，不敢正眼看我。有些孩子则觉得很新奇，小心翼翼地摸摸我的头发，拉拉我的手，还仔细察看我白色肌肤上那些深蓝色的静脉。

学生们很有礼貌，而且很乖，只是语言障碍加上学生人数过多，教学根本无法正常进行。第一周所有的时间都用在构思出一套有效沟通的方法上了。我尽量慢慢讲话，把每个音节都发清楚。我慢吞吞地说："这——是—— 一 ——个——球。"他们反馈回来的是："泽——丝—— 一 ——个——口。"我们需要用整整一个上午来反复练习这个句子。但是一天课程结束后，有孩子拿着铅笔跑来找我，骄傲地喊着说："泽——丝—— 一 ——个——口！"

语言障碍导致的问题有点出乎我的意料，因为之前那次和妈妈一起来乌干达时，所在的育婴所里的人都会讲英语，所以从来没有碰到过这个问题。英语是乌干达的官方语言，这只是表面文章，离开大城市就没人会讲英语了。金嘉市周围的小村子里更没人会说。通过这件事，我体会到的是，爱无须任何语言。虽然我不能和孩子们对话，但是我们开发了许多交流方式。孩子们看起来知道我爱他们，而我也知道他们爱我。

后来，神竟然派来一位优秀的翻译和三个超级优秀的乌干达妇女来协助我教学。我敢肯定，比起我教给孩子们的，他们所有人教给我的要多太多了。

随着我从其他人身上学到的越来越多，需要我努力面对并克服的文化差异也越来越多。最简单的例子就是，如何快速换算一美金等于多少乌干达先令；还有就是学习侧坐挂挡摩托车，而这是金嘉市区和周边居民最重要的交通方式。很多男人骑着摩托车载客为生，就像美国的出租车一样，可供人们在路边随时招手停。他们也经常会聚在一起等着客人们主动来找。

我每天都在学习和孩子们沟通，大家在这个过程中常常笑成一团。另一方面，我也努力让自己笑对这份新工作给我带来的挫折。下午，我和孤儿院的孩子们在红土地上玩画圈圈叉叉的游戏，或者猜单字吊死鬼游戏，他们把我的头发乱扎一通。脚上也沾满红土，而这些红土印章将再也离不开我的双脚。

一天里我最开心的时刻，就是在孩子们上床睡觉前的一个小时。孤儿院规定要祷告、唱诗来赞美神。102个孩子一起大声唱歌、欢笑、呼喊，还用一种我听不懂的语言祷告。他们用最单纯的方式和耶稣相伴，使我强烈地感受到前所未有的"神同在"的感觉。随着夜深人静，我拥着小宝宝们入怀，忍不住惊叹神对我们那长阔高深的爱。连这些孩子中最小的那一个，也是为着某个特别的原因被创造的。

有太多欢乐满怀的时光了：和大点的孩子们沿着河畔一路散步，一路打水漂，大声唱歌表达耶稣的爱；早上五点，和孤儿院的小宝宝们一起挤在我的双人床上；在教堂里和其他人一起跳舞唱歌，喜乐地赞美神，大家被神的爱充满，以至于必须打破安静，以各种肢体语言来表达感恩。然而，在这里的日子也并非每天都快乐，我的耐心也常常受到挑战。通过挫折，神教导我放下自己，不要拘泥于做事的方式和那些我曾认为重要的事。他教我明白一点，就是当我倾尽全力依然收效甚微时，他便会全然接管。所以，借着神伟大的恩典和慈爱，即便在事情毫无头绪一团糟糕之际，我的内心仍旧被喜乐和宁静充满，这些生活的点滴一再证明我正在活出自己的人生目标。

刚到乌干达时，很多事情都会让我紧张纠结，或许是床上的壁虎，或者是孩子们吃掉的橡皮擦；还会是我需要自己生火煮饭、用肥皂手洗衣服；还可能是在室外的大水桶里洗澡，诸如此类，现在回想起来会忍不住哈哈大笑。每天一看到身边这些美丽而又充满期待的脸庞和大大的褐色眼睛，对耶稣的爱充满渴望，我就知道自己到这里来只是为了爱他们。其余的，我都会及时搞定。

每每和大家一起赞美主，每每感受到孩子们身上散发出来的活力，他们爽朗的笑声使我常常忘了这是一群孤儿，曾经生活在哀痛之中。直到有一天，我才再次被提醒。

六岁的戴瑞克是个容易害羞的小男孩，有着一张天使般的脸庞。他有一天跌倒撞破了头，却努力让自己不哭出来，因为孤儿院教导孩子们要勇敢，像个大人。可是无论他怎么努力，泪水终究还是从眼眶滑落下来。我把他抱在腿上，他很快就不哭了，眼神中却流露出无尽的哀伤。这是我永远都无法忘记的一刻：一个六岁孩子的稚嫩脸庞上，一双眼睛流露出百岁老人才有的情愫。在短短的生命历程中，他目睹过太多悲伤，见识过比大部分人一生经历的多得多的悲剧。他目睹自己的父母和手足惨遭杀害。在乌干达北部内战中，很多人甚至要被迫杀害别人来寻求自保。这个孩子知道什么是真正的饥饿、真正的失丧和真正的绝望。

在我为戴瑞克深感悲伤的同时，内心却被主的伟大征服。事实是，眼前这一切神都知道，他眷顾这个孩子，同时也给我足够的呵护，使我们在此相遇，紧紧相依。这位创造天地万有的神知道，在乌干达的一个雨天，有一个小男孩会撞伤自己的头，而他的疼痛不只是来自皮肉伤，更多是内心久经折磨的那种痛楚。神早就计划好了要让我在那里出现，让我有幸能去好好爱这个孩子，揉揉他的背，握紧他的手，用一种他从未体会过的方式来爱他。借着神的恩典，我有幸能够握住这个孩子的手，抱紧他。后来，我开始给他挠痒痒，慢慢地，他忧伤灰暗的双眼开始明亮起来，继而开怀大笑。我们就这样坐了好长时间，戴瑞克一句话也没有说。我问他要不要下去玩，他摇摇头，看着我，那表情好像在说："不要，我可不可以永远待在你怀里？"最后，我们要起来吃晚饭了，他那双大眼睛里充满了感恩。神借着那天的经历一再提醒我，我在乌干达乃至整个人生的目标只有一个，就是去爱，这是神给我此生最伟大的任务。

　　虽然神借着戴瑞克这类事件一再提醒我到乌干达的目的，但是我刚开始还是会想知道：为什么是我？为什么神要拣选我来做这件事？每当此时，我就会回顾自己的人生，从中看到自己多么蒙福。所以我想，很简单，神就是要我将人生中获得的爱分享给从不知道爱为何物的人们，就像《路加福音》12章48节所说："多给谁，就向谁多取；多托谁，就向谁多要。"神给我的实在太多了。

　　这就是我每天都生活得看似有些疯癫和混乱的原因，其实这一切再平常不过。只要我们在自己的人生中努力向基督学习如何爱人，这样的生活就会持续进行，我们的生命就会不断更新和成长。神带领我来到这个地图上的弹丸之地，要我在这里全力去爱饥饿孤独的孩子们，帮助人们学习新的生活技能，让他们可以照顾家庭，不需要再从事危险的工作。我也帮助独自抚养孩子的单亲妈妈。这里就是我追随耶稣的地方，我要在此学习顺服他。同时，借着神的慈绳爱索，我可以尽己所能地以恩慈待人，无条件地照顾有需要的人。每个人，每件事，只要是神要我去面对的，我都欣然答应并身体力行。他已经在前面安排好了一切。

凯蒂的日记 2007 年 9 月 29 日 礼拜六

　　有时候我觉得，在这种第三世界国家想要努力尝试改变什么，就像是努力要抽光整片大海的水，手上唯一的工具是一支小小的滴管；而我才刚汲满半杯水，天上就开始下雨了。

　　越来越多的孤儿从乌干达北方战区逃难到我住的地方，越来越多的婴儿夭折，越来越多的孩子遭到抛弃，越来越多的人感染艾滋病。这些惨剧足以让最有热情、最有干劲的人倍感泄气。但是这种挫折感不会持续，因为神告诉我要继续前进，他告诉我他爱我，也爱这群人，他永远不会抛下我们之中任何一个人。他不断告诉我，我正在做的事无比重要，尤其对他来说更是如此。

　　今天我去参加好友莉蒂雅的婚礼。婚礼好棒，不只是因为新郎新娘对彼此的爱，也因为神对我们的爱。现场有好多蛋糕，大家一起唱歌跳舞，和美国的婚礼一模一样。唯一不同的是，大门外有好多流浪儿童聚集，他们也想要加入大门里面的宴会。我身在大门内，想到外面的孩子，立刻觉得像窒息般难受，所以整场婚宴我几乎都在门外和这群衣衫褴褛、蓬头垢面的孩子一起跳舞、一起大笑、一起拥抱。许多人会因为我和这些所谓的社会边缘人来往而感到吃惊。许多衣冠楚楚的宾客甚至跑来告诉我，不要和这些孩子瞎混，更不该亲吻他们或是让他们亲昵地把头埋在我的肩膀上撒娇。

　　"他们是流浪儿童啊！"这些人这么喊道，一副认为这是某种原罪似的样子，仿佛这些孩子是自甘堕落成了流浪儿。可是我们玩得好开心，孩子们珍惜我给他们的每一个关注的眼神，他们紧紧靠着我一起跳舞，给我好多的爱。我们转啊转，开怀大笑，直到脚疼了，倒在婚宴会场外的草地上。那些一开始很害羞的孩子后来都紧紧依偎在我身旁，摸摸我的头发，亲亲我的双手。就算婚礼宴会上传来震耳欲聋的音乐，有些小孩子还是在我腿上睡着了。会说英语的孩子想要知道关于我的一切，并且谢谢我愿意花时间和他们相处。其实没什么好谢的，因为这正是我想要做的。一起跳舞之后，他们是这么快乐，我真的无法用语言文字形容他们眼中的光芒。

是那道光芒，

是那种喜乐，

是那份爱。

亲爱的艾米丽，住在孤儿院里的一个小女孩，依偎在我胸前，不一会儿就睡着了。我感受到她的心跳和我的心跳互相共鸣。

是那个心跳，

是那种温暖，

是那份爱。

就是那份爱，让我连续不断用滴管汲水，一滴又一滴，慢慢把海水抽干。我来这里不是为了消灭贫穷或根除疾病，也不是阻止人们遗弃孩子。我到这里只是为了爱。

第二章

身处矛盾的熔炉

2007 年 10 月 6 日 礼拜六

我授课的教室，一边是动物饲槽，一边是公厕，所以，教室里持续弥漫着粪便、动物和人的味道。

这里温度很高，我才刚冲完冰凉的冷水澡，就又开始流汗了。

我睡觉时会挂蚊帐，免得因蚊子叮而得疟疾或其他疾病，但还是阻挡不了蚂蚁和蟋蟀爬到床上。

我浴室里住着一只和家猫一样大的老鼠，淋浴间被好几只蝙蝠占据。今天早上，我还差点把面包机里的一条蜥蜴烤熟了。

弗雷德，接我外出的摩托车司机，几乎每次都迟到，有时是冲进了牛群，有时候是车没汽油了，而他还常常忘记提醒坐在后座的我，前方地上有坑洼。

下雨时，这条糟糕的道路变得泥泞不堪，几乎寸步难行。

我们的午餐和晚餐都喝玉米粥（Posho），就是把玉米面用水煮成黏稠状，吃起来比胶水还难以下咽。

有时候，孩子们会脏到臭味熏天，如果你接触他们，很难不把自己也弄得脏兮兮的。

随风四处飞扬的红色尘土，肯定会把你整个人整得灰头土脸。

早上五点钟，有公鸡会尖叫着吵我起床。可是，我通常整宿都没睡，因为需要照顾生病的婴孩，或者有时候我自己正在生病。

对你而言，我说这些听起来会像是抱怨，其实不是，这是我在主里面的喜乐时光，不信你瞧：

我喜欢我那小小的教室；我热爱那洒在脸上的炽热阳光；我爱我的床，使我在辛苦一天后可以躲在蚊帐底下休息；我热爱我的家，那个甜蜜温馨的家，包括其中居住的所有生物；我爱接送我的摩托车司机弗雷德。我还很享受走长长的路回家，无论是白昼还是黑夜，不管是风雨还是晴天。我喜欢乌干达的雨，节奏轻快地击打窗棂，还可以清洁万物；我爱吃乌干达的饭菜，它们都是用满满的爱心和慷慨烹调出来的；我喜欢被这群珍贵的孩子拥抱、抚摸并且在我身上跳上跳下，或者紧紧依偎在我身边；我喜欢那清凉的风，带着尘土吹进我的头发；我爱非洲每天的日出，使每个全新的早晨清爽而又安详；我喜欢在这个美丽国家度过的每一天，同样热爱这里的每个人，享受这里的每时每刻，这里的每一次呼吸都会让我欢欣鼓舞。

如果要用一个词来形容我在乌干达前几周和前几个月的生活，那应该是"矛盾"。乌干达的环境本身就是一个巨大的吊诡：叹为观止的自然风光和触目惊心的贫瘠荒凉并存。我的生命，尤其是情感在"着迷于新生活"和"对抗残酷的孤单"之间摇摆，寻求平衡。我身边没有一个人能够理解我原来的生活、文化和背景，他们的人生体验和我有天壤之别，以至于无论如何细述都无法使他们了解和体会。我周围的大部分人不会说我的母语，而我也不会说他们的。这种交流障碍使我有被孤立感，因此要逼着自己努力去打造一种更有意义的关系。另外，这些人要么比我大很多，要么就是比我小很多，没有同龄人。我在美国高中一毕业就来到乌干达，离开了许多好朋友，这种落差更加增了我的孤独感。

刚到乌干达的几天里，我要学习的东西很多，包括如何吃那些从来没见过的食物，还有就是用肢体语言和表情来和他人沟通。在此过程中，我的眼界大大开阔，我看问题的视角也不断变化，而我的信仰也不断接受挑战和刺激，所有这些都很奇妙，令我兴奋不已。我不愿承认的一点是，即便在这样精彩而又鼓舞人心的环境中生活，自己也还有另一面，就是我会因为突然想起千里之外我深爱的人们而倍感孤独。许多时间里，我躺在凹凸不平的双人床上，蜷缩在黑暗中哭泣。我哭有时候是因为被现实压迫又深感无能为力；有时候则是因为怀念我的家人和男友；有时候则没有太特别的原因，就是感觉疲惫到心力交瘁。

虽然我经常哭，但是还是不希望听到家里人说出那句话，尤其是那些质疑或误解过我乌干达之行的人，他们会说："早知如今，何必当初。"我不想让任何人知道我有时候真的渴望回到熟悉的家中，因为毕竟我常常为可以住在那样一个新地方而高兴得手舞足蹈；我也不想让他们知道，虽然我正在结交许多超棒的新朋友，但是我还是会疯狂地想念昔日的老朋友；我不想告诉我的家人和朋友，每一天里我都会和孩子们欢歌跳舞不亦乐乎，但是夜深人静回到我自己的小屋里，整个人就会如垮掉般泪如雨下。我会以全然喜乐的心赞美神，却在下一刻带着挫折感向他哭诉衷肠，不让其他人听到。

当我意识到这所有的体验都如此真实的时候，矛盾就产生了。一会儿快乐到浑身起鸡皮疙瘩，一会儿又深深陷入孤独无依的情境中。我非常笃定地相信是神亲自带我到这里来，但有时候又很想知道自己在这里究竟能干什么。这些矛盾彼此碰撞。有一刻挫折感汹汹袭来要吞噬我，有一刻我又感到无与伦比的喜乐，这两种情绪都如此真实而又深刻。我由衷地热爱我的新生活，但是与我昔日的生活相比，新生活又会显得艰难。

很多时候，我让自己继续前进的唯一方法就是忘记背后，努力面前，全然依靠神的完美计划。就像发生在我身上许多其他的事情一样，做到这一点并不容易，但是这是征服重重困难提升我生命的关键。

生活在乌干达，虽然有艰难险阻，但是我在大部分时间里感受到的却是前所未有的惬意。我感觉自己好像就出生在这里，并且在很多方面，生活在这里都比我原来在美国更自然。我有一种难以说清楚的感觉，一种相见恨晚的情愫，我就是为了这里被造的。在我灵魂深处，我感觉自己回家了。

我本人完全不了解乌干达文化，常常因为一些事情冒犯到别人而遭受批评，比如穿着鞋走进房间，或者把剩饭拿去喂狗，这些举动在本土文化里被视为粗鲁之举而不能容忍。我有一次特别受挫的经历，就是我双手脏兮兮地去吃饭，结果遭到严厉指责；第二天我又要和同一拨人一起吃饭，就事先去洗了手，结果稍微迟到了一点，那家女主人就冲我一通怒吼。

本来看起来很简单的事，在一个全新的环境里都会变成令人抓狂的挑战。比如，我完全不知道该怎么把刚捉到的鱼做成晚餐，我也不知道当地市场里凤梨的确切价格，这些都需要有人来告诉我。我不知道如何处理乌干达人用作主食的新鲜豆子。在美国，我只要去杂货店买一罐豆子，倒进锅里去煮，几分钟后开吃就好。但这个方法在这里完全不适用。"妈妈，该煮饭了。"孤儿院里负责准备饮食的阿姨告诉我，把豆子煮一下就好了，这听起来很简单，但是我不知道该煮多长时间，所以第一天晚上我六点开火煮豆子，满心期待七点开吃，没想到直到半夜才煮好。

我所在的孤儿院本来有电源，但是常常形同虚设。停电是常有的事，并且一停就是好几天甚至几个礼拜。很多晚上，我只能点着蜡烛，在小房间里手写第二天上课要用的 138 张学习表，要知道，这里没有复印机这种东西。

许多次，当我在这漆黑而又不时感到孤单的夜里，看着烛光照亮房间，神就提醒我，我可以点亮别人心中的烛光，就像他点亮了我心中的烛光一样。他让我记得，我就是世界的光，要在周围人的面前闪耀，叫他们看见我的好行为，便将荣耀归给神。（见马太福音 5:14）有一个漆黑的晚上，我就着柔和的烛光打开日志开始写道：

我的烛光被点亮了，我成了一团火，为着神，也为着这块地方，还为着这里的人们。我来到这里的目的是去传播主的光芒。一支蜡烛可以照亮整个房间，耶稣则可以照亮整个邦国，而我的火焰可以成为其中的一部分。我对此感到惊奇，因为我的神本来可以独自完成这一切的，但是他愿意选择让我成为其中小小的一分子。

我在生活的这个地方度过了许多停电的夜晚，不过正因为此，我看见了生命的能量，就是一个女孩子心中的那团烛火。

类似上述矛盾到处都是：前一分钟我还蹲在村子里的茅坑上，屏住呼吸以免被臭气熏死过去，紧闭双唇免得巨无霸苍蝇和蟑螂飞进去，下一分钟我却在眺望尼罗河畔的风光，享受清新的微风拂面，大口呼吸着新鲜空气。如果仅就物质而言，那些填满我生活的人都是我有生以来见过最贫穷的人，但是他们里面是丰盛富足满溢的心。他们住在用树枝、石头和泥土搭建起来的屋子里，睡的是又硬又脏的地板，但是他们并不为此责怪神，或者向神要求更多。他们知道自己的处境是源于世界的破碎和不完全，所以他们仅仅为着耶稣让他们活着就赞美他。他们相信耶稣的良善。他们的生命中充满了爱和激情，彼此互相照顾，也照顾着我。他们为着生命中最简单的幸福而感恩：孩子们的欢笑声、朋友间的笑容和温暖的问候、周围的美景、可能的工作机会，以及最需要的时候一双雪中送炭的手。

我曾经认为，这些人最有理由垂头丧气、意志消沉，但是他们却是我见过最快乐的人。我从他们身上学到了很多，我遭遇的挫折在他们面前根本不值一提。他们教会我为着神赐给我的点滴恩典而喜乐满足，就这样，我开始拥有无边的快乐，也感到和神的关系更亲近了，同样，我和自己以及周围人的关系也更亲密。这一切使我感受到从未有过的鲜活。

借着周遭所有的挑战和矛盾，同时也依靠周围这些亲切可爱的人，神打开了我的双眼，使我得以看见一个全新的世界和全新的生活方式，最最重要的是，他让我看见了一种实践福音的全新方式。我在乌干达度过的每一天都美妙到让人无法抗拒；我目之所及都是痛苦、肮脏、人们的需要以及支离破碎的家庭，这些都亟待有人去帮助和修补。虽然我知道自己没有办法解决所有的问题和需求，但是我可以走进他们，近入他们的伤痛，感同身受地坐在他们身边。这是耶稣做的事。他并不是为生命中的艰难困苦和伤害道歉，而是参与其中，他和我们一道进入困难之境，因此我也不断进入。

随着我不断进入神赐给我的这些新朋友的生活，不断行走在一个全新的文化之中，我意识到他正在使用我周围的这些"矛盾"来改变我的视角。一开始，我以为神会颠覆我的世界观，现在我知道了，他其实是提升了我的全部生命。回头看看我的过去，随随便便花 100 美元买一双鞋子的钱，如今可以供应一个饥肠辘辘的家庭数月的生活。以前如果我自认为辛苦忙碌了一天之后，一定会扑倒在沙发里，约几个闺蜜一起大口地吃着冰激凌，看一场无厘头的电影。如今在这里，辛苦忙碌一天之后，我唯一能做的就是向耶稣呼求，希望他给我添加力量，以确保我一往无前。

我热爱我的新生活。许多方面都精彩无比，但是如果说我完全不怀念以前的舒适生活，或者说不撕心裂肺地思念以前的亲朋好友，那就是在骗人。属于肉体的那个我仍旧时不时希望去逛商场，大把花钱去买漂亮鞋子。有时候我希望坐在妈妈那大厨房的餐台旁，和我的朋友们一边吃着巧克力蛋糕，一边闲聊；有时候我也很想放空自己，看看不用动脑子的电视节目；我还想去和男朋友约会。有时候我真想跳进自己的敞篷跑车，到超市去大肆采购一番，想要什么就买什么。很多时候，我希望自己裹着绒被一觉醒来，和自己亲爱的家人共处一室，而不是像现在这样孤零零一个人。有时候我真的很希望可以和弟弟还有他的伙伴们一起玩耍，一起吃垃圾食品，一直笑到深夜；有时候我还想和闺蜜们几个小时几个小时地评论型男，聊聊时尚话题、学校和当下的生活。我想去健身房，我想做个好看的发型，我想穿牛仔服。有时候，我就想做一个生活在美国普普通通的青少年。

但是我又无时无刻不在想着其他的事情。我希望自己生活的每一天都灵性健康，情感丰沛；我希望一百多个孩子都爱我，和我紧紧依偎，不会有一个人有一天过得郁郁寡欢；我希望每天早上被公鸡的打鸣声吵醒，睁开眼睛看见的是生机盎然的翠绿树木，看着它们的枝丫直插云霄，背后映衬着蓝天和红土地，能够感受每一棵树的生命律动；我希望接受无数次的挑战，每分每秒都在学习和成长；我希望从我的学生身上学到更多；我希望把神的爱分享给那些还不认识耶稣的人；我希望每天努力工作，直到把自己搞得脏兮兮的，累到无法动弹；我希望自己被主看重并使用。我想要带来改变，哪怕只是小小的一点儿；我想跟从神植根于我心中的呼召；我想献出生命中的每一口呼吸、每一秒钟来服侍主。当每一天结束的时候，不管有多苦多累，我只想待在乌干达。

比起以前的安逸生活，如今的我更渴望能抓住一切机会让被服侍人的生活变得更好。在这里待的时间越久，我越感觉到内心深处的满足感正在消弭那些灰心沮丧。无论我在多少个矛盾旋涡中挣扎，无论周遭的境况多么艰难，无论我多么孤单，无论有过多少次的哭泣，有一个牢固扎根在我心底的真理颠扑不破：我正活在神的心意当中，我正在做的一切都是我被造之初神要我去做的。

凯蒂的日记 2007 年 10 月 23 日 礼拜二

外面正是大雨倾盆，又湿又冷，已经连续好几天停水又停电。我站在 25 个孩子中间，赞美感谢主。我们按惯例要举行的户外敬拜活动，现在因为风雨的缘故，改在室内进行。户外敬拜是所有人聚在一起祷告，现在则是分别在几个房间祷告。我待在男生的大寝室里，这里住着 25 个 6 至 10 岁的男孩。我从来没见过有人对造物主的爱是这么鲜活，有些男孩站着，手高举向天，有些则和我一样内心汹涌澎湃，充满敬爱，跪在又冷又硬的水泥地上。26 个人的美丽祷告，盖过了雨水打在屋顶上发出的轰隆声。

那一刻，神和我们同在。我内心满溢着他的爱，几乎要炸裂开来。这一切我没有办法解释，无法用语言文字形容，只能靠心灵去体会这种强烈的感受。神至高的光辉显现在这个小房间里，让我惊讶又敬畏。我们所有人都大声祷告，虽然每个人说的话都不一样，但是却传递出同一个信息：神，谢谢你，谢谢你。

第一眼看见这些孩子，我们很容易就会因为他们的一身破烂衣服而心生同情，他们睡着又旧又脏的床垫，雨天要赤脚走路去上学，住的地方没电没自来水，而且现在雨大到我们家好像一潭烂泥沼泽。但我不应该可怜这些孩子，反而应该羡慕他们。他们才六岁，就已经体会到生命里圣灵满溢的感受。这些孩子知道我们亲爱的神有多么伟大，多么奇妙。

曾有人问我为什么非洲这么穷困，可是我觉得这些孩子一点也不穷。虽然我从小生长在富裕的环境，但我才是贫穷的人，因为我重视的是物质生活。这些孩子一无所有，他们重视的是神。我依赖的是人与人之间的关系，而这些孩子早见过人际关系的毁灭，他们信靠的是主。这个国家是我见过的最受眷顾的国家，神没有遗忘他们，事实上，我相信神更爱他们。

雨滴敲击着屋顶，又湿又冷，我感到神是这么近，我觉得自己几乎要碰触到他了。我内心最深处的祷告是，我要更认识主，更了解我身旁这些一年级的孩子。我全身上下所有感官知觉都感受到他的伟大，神的荣耀已降临在此地。比起雨水，神的荣耀浸润我们更深处的灵魂。我再也不想要干巴巴的生活了。

第二章

一切够用

各种矛盾越来越凸显，开始在一定程度上对我形成困扰，我不能再忽视它们。

从我有记忆以来，人类的苦难已经成为我心中的一个结。不知为何，当我还是小孩子时，就知道在自身所处的幸福生活圈子之外，还另有一个世界。我的父母曾经告诉我，我的家人以及周围的亲友，是"蒙神祝福的一群人"。我知道全世界到处都有挨饿的人，他们衣衫褴褛，住在摇摇欲坠的小屋里或者露宿桥下。这些现实常常令我心碎。

如今，那些在小时候就引起我注意的人间惨剧，正在以一种更沉重的方式压在我的心头。以前处在自己的苦难里籍籍无名的人们，如今成了我的朋友。

每当我想到身边的孩子们，这些小家伙是我的学生和新朋友，忍不住又想起家乡的那些同龄的孩子，其间反差简直难以想象。比如，在我的记忆中，过去数年每个新学年开学的第一天，当我要升入新年级时，爸妈就会为我准备全新品牌的"返校特用"套装，凡是老师所列清单上的物品，我一样都不缺。我总是兴致勃勃地带着这些东西去上学！其中我最喜欢的是一盒新蜡笔——每一根都有削得整齐的笔尖，外面还有漂亮的包装纸，想要什么颜色一应俱全。对于一个年纪轻轻的学龄女孩来说，新蜡笔就是令人欣喜若狂的天赐好礼。

在美国，返校季就像复活节和万圣节一样，会有盛大采购活动。各个商场都堆满了各种颜色的笔记本、书包、午餐盒和成堆的钢笔、铅笔盒和纸张。除了极少数家境不好的学生外，大家每年开学都将拥有不计其数的全新宝贝。但是在乌干达，信纸簿很昂贵，一支新钢笔或者铅笔简直就是稀世珍宝。许多孩子一点都不期待上学，因为即使他们能出得起学费，也不可能买到上学所需用品。

　　每当我想到现在居住的地方和我家乡之间的巨大文化差异，就忍不住想起我和我往日的朋友们在美国的生活。那真是很可怕，当我们过着奢侈生活时，和我们同处在一个星球的人们正在过着如此贫穷和缺乏的生活。我也开始意识到自己信仰上的瑕疵和空洞，在我对外宣称的信仰和实际生活之间，有着一条巨大的鸿沟。

　　我必须做些什么。

　　我不知道从哪里开始着手做起，确切点儿说，我是毫无头绪。很快，我发现自己不能只是生活在乌干达一个孤儿院的小屋里，教教幼儿园就够了。对于目前正在做的一切，我乐在其中，但是我必须做更多去帮助周围的人们。

　　这里有太多地方需要人施以援手，有太多的问题亟待重视并解决。这里的艾滋病患者远比药物多，还有大量露宿街头、嗷嗷待哺的孤儿；这里还需要针对个人卫生和安全性行为进行基本的教育，以便做到疾病预防，进而提升人们的日常生活质量。我本来可以从中任选一些问题，为需要的人提供帮助，但是我希望自己的工作更具战略性，要着眼于长远，从个人到家庭再到我生活的整个村庄，为大家带来更有意义和积极的改变。

　　我清晰记得有一天，我的一个学生要带我去她家里做客。这个瘦小的女孩子光着脚，头发稀疏，有着咖啡豆一样的肤色。她无比自豪地向我展示自己称为家的地方——里面只有一张衣柜大小的床。她无比兴奋地把自己的白人（mzungu）老师介绍给妈妈，第一次见到白人的妈妈欢呼起来，仔仔细细地打量了我一番。很快，他们就呈上了米饭和水煮青芭蕉，作为款待我的盛宴，这也是乌干达的传统主食。我想这些或许是他们一家人一整天的食物了。学生的弟弟跑去拿来一张蕉叶纤维编织的草席给我坐，其他人却都坐在脏脏的土地上。他们并未因家里没有桌椅而觉得难为情，也没有因为七个人在这样一个小屋里几乎挤不下而感到不好意思。他们把我当作女王一样对待，给我吃的，恨不得掏心窝地对我好。

他们为着主所赐给他们的一切而感恩，包括这间小屋和每天够用的饮食。他们以分享为乐。我想知道，如果世界上的富人能够和穷人一起分享结果会怎样？就像这个可爱的家庭和我分享他们所拥有的一切那样：倾其所有，毫无保留，并且相信主会在他们有需要时赐予更多。我从我的学生身上学到了太多，也从身边那些看似一无所有的人身上学习，他们内心充满了信任与感恩。

每天放学后，我都会像那天陪伴那个小女孩一样，陪幼儿园的学生们回家。日复一日，我目睹了太多令人难以想象的贫穷景象。饥肠辘辘、赤身露体的孩子们躺在土地上哭着要妈妈，身上落满了苍蝇，可是他们的母亲却再也不能回应，因为艾滋病早已夺去她的生命。我还遇见一些父母，用泥巴和着盐做成饼来填饱孩子们的肚皮，因为干旱导致田地颗粒无收；我看到一些老奶奶从太阳没升起就外出劳作，直到天色很晚才回家，只为找到足够的食物来喂饱家中的八个遗孤。

我在陪学生们回家的路上，还会碰到许多学龄孩子因失学而四处流浪。还有些孩子在课堂上出现了几周之后，就一去不返。我用自己有限的乌干达语问他们为什么不上学，他们的回答让我震惊：家里的监护人，可能是叔叔、阿姨，或者爸爸、妈妈、祖父母等，实在付不起每三个月也就是一个学期20美元的费用，而这些费用也只是维持学校基本运转的开支。

我了解到，送孩子上学是乌干达家庭最大的生活支出之一，毕竟大部分家庭都有好几个孩子。学费通常比水电费贵四倍，许多家庭连水电都停用了。这些现实情况是针对父母健在的孩子们说的，那些孤儿就更别提了，对他们而言，上学是根本不可能的事。每每夜深人静的时候，我精疲力竭地躺在床上，心乱如麻。我感到愤怒的是，当这些人在如此自生自灭的时候，我竟然那样浑浑噩噩大手大脚地生活了18年。当我每一天面对这残酷的贫困现实时，就深深相信一件事：神绝对不会因创造的人类过多，而缺乏供养的资源。既然我们都生活在他亲手创造的世界里，就一定会有解决办法。

我一遍又一遍地阅读《圣经》，每次从旧约创世记读到新约启示录最后一个字，都发现神一再告诉他的信徒们去和穷人们一起分享自己所拥有的。帮助穷人不是神向他的子民发出的请求，而是一种指示，历世历代的人们都要遵守。其中有几段文字重重地扎痛了我的心，以至于我不断重复再读，每次读到，都会得出同一个结论：神要我帮助周围需要帮助的人们，就像他在《申命记》24章19-22节所说的：

你在田间收割庄稼，若忘下一捆，不可回去再取，要留给寄居的与孤儿寡妇。这样，耶和华你神必在你手里所办的一切事上，赐福与你。你打橄榄树，枝上剩下的不可再打，要留给寄居的与孤儿寡妇。你摘葡萄园的葡萄，所剩下的不可再摘，要留给寄居的与孤儿寡妇。你也要记念你在埃及地做过奴仆，所以我吩咐你这样行。

这就是为什么，当那些认识耶稣的人在这个地球上四处建教堂时，他们会强调一个事实，就是神的子民应当慷慨仁慈待人，以免有人遭受缺乏之苦。《使徒行传》的一些经文讲得很明白（使徒行传2:44-45；4:32-35）：

信的人都在一处，凡物公用，并且卖了田产家业，照各人所需用的分给各人。那许多信的人，都是一心一意的，没有一人说他的东西有一样是自己的，都是大家公用。使徒大有能力，见证主耶稣复活，众人也都蒙大恩。内中也没有一个缺乏的，因为人人将田产房屋都卖了，把所卖的价银拿来，放在使徒脚前。照各人所需用的，分给各人。

显然，从神的眼光来看，富人因为蒙神眷顾而变得富有，就要和穷人分享，使他们得到应有的资源，不再贫穷。然而，环顾四周，我这些新朋友仍旧穷困潦倒。我想知道，西方世界到底哪里出了问题？为什么神的旨意如此清楚明白，而这么多基督徒面对穷苦人的需要都无动于衷？

我立定心志要身体力行地帮助有需要的人，刚好面临一个当务之急的问题就是筹措学费，因此我的任务变得很明确，第一步就是帮助村里所有的失学儿童重返校园，无论他们是因为家里没钱辍学，还是从来就没有机会上学，都要让他们尽快接受教育，否则长大后就会重复父辈和祖辈的生活，依然找不到工作，没钱送自己的孩子上学，然后就会变成一个贫穷的恶性循环。我知道仅凭自己一个人根本无法改变这个现实，更不可能改变整个乌干达，但是教育孩子们可以实现这一点。

很快，我还想到在美国认识的一些人，他们曾留下"橄榄在树上""麦子在田里"，他们会乐意分享自己所拥有的，以帮助这些可爱的孩子走进校园。

对于生活在发达国家的人而言，送一个乌干达孩子上一个学期课的费用根本不值一提——在 10 到 50 美元之间，有些家庭周末的娱乐开销都远不止这些，但是对于乌干达的大部分家庭来说可谓天文数字。

我认识的许多美国人都有闲钱，一年可以奢侈三次。但是在乌干达，一个身兼两份工作的单亲妈妈，两个月的收入大概是 8 万先令。对于这个母亲来说，这意味着她半年的薪水才够送一个孩子上学。

在我看来，教育的缺失是乌干达最严重的问题之一，相应地，为孩子们提供入学机会则是最迫切的需要。根据美国中情局（CIA）的世界概况年鉴和其他资料，截止到 2011 年 1 月，乌干达的人口总数为 33,398,682。其中大约有 50% 的人小于 14 岁。全民平均寿命略高于 52 岁，处于中间层的年龄为 15 岁。因此，乌干达是一个以年轻人口为主的国家，大约有一半国民是青少年，而能够把技术和基本的人生智慧传给年轻人的老人几乎没有。

这里的许多年轻人都是我的朋友。这些男孩女孩都和我有私交，当他们开心时我就陪他们一起开怀大笑，忧伤惧怕时则帮他们擦干眼泪。我喂他们吃东西，帮他们洗澡，也帮他们包扎伤口。他们并不是无名氏，更不是一堆数据，他们是我深爱的人，也是神所爱的孩子。神希望让他们拥有最好的，我也如此。

毫无疑问，这些孩子获得永恒生命的关键在于耶稣，但是要在这里获得更好的生活，当务之急则是教育。他们必须学习阅读、写作和加减乘除法，还必须了解科学、社会学和其他一切学校可以提供的知识，让他们将来成为有生产力的公民。他们的国家需要他们来推动向前发展，而不是成为拖累。这个国家亟待他们尽快装备成为具有领导力的人，在各个领域做出贡献，包括政府机关、医学、科技、社会服务等。乌干达以"非洲珍珠"而著称，它非常有潜力能够发展得和这个称号相匹配。只要当今的孩子们能够获得知识和经验，就可以推动他们的国家步入更加光明的未来。

我的朋友帕特里克刚刚丢了工作，无法支持女儿们下个学期的学费。他是我在孤儿院工作时认识的，是一个安静、谦恭、工作努力的人，但是只要我想起他，映入脑海的第一个词是"尊严高贵"。他极其聪明，但又是我所认识的人中最谦卑的一个。他是一个全心顾家的丈夫、父亲，又是一个对神虔诚忠心的人。只要有可能，他愿意为自己的孩子们做一切事。他发自内心地希望送自己的女儿们上学，但是由于那段时间没有工作，显得力不从心。虽然热切盼望着工作，但是还是没有能力支付学费。他和妻子搜罗出家里的每一分钱来支持女儿读书。在这种情况下，这些女孩子更别提拥有像学校制服和文具用品之类的奢侈品了。

我从自己微薄的积蓄中拿出来一些，用于支持她们。每个孩子只要 60 美元，就可以付清上学所需的全部费用。这些女孩子第一次不用每天穿着同一件衣服上学，而是可以像其他孩子一样穿上校服。她们再也不必用旧报纸做笔记，而是拥有了真正的笔记本。当我到校长处支付完全部费用后，请女孩们到校长室，把崭新的校服、书本和铅笔交给她们，她们迫不及待地穿上这些红色的新衣服。那一刻，她们如此开心和感恩，是我有生以来从未见到过的。她们甚至要跪下来感谢我，帕特里克更是欣喜若狂。而这所有的钱加起来，还没有我们一家人一周的零花钱多。

我知道，自己要努力让其他孩子都体会到这种幸福，也要让我美国的亲友们都和我一样感受到这份喜乐和价值。那天晚上，我躺在蚊帐里，听着外面蟋蟀在唱歌，梦想着送更多的孩子上学去，不仅教给他们关乎这个世界更多的知识，更重要的是教给他们关乎耶稣的真理，让他们知道这位深爱他们的主无时无刻不在呵护他们每一个人。我也想和那些有钱的朋友分享，这个世界另一端每天都在发生的悲惨境况，他们有能力帮助我一起来改变这一切。目前我尚不明确该怎样做才有效，但我知道孩子们一听说自己可以上学，脸上就会洋溢出灿烂无比的笑容，而那些废寝忘食辛勤工作却仍然无力支付学费的家长也会打心眼里感激。我更知道，信实的主既然带我到了这片土地上来，让我看见这里的需要，就必全然掌管。

神不断让我看到更多需要帮助的孩子。随后一周，我和一对双胞胎姐妹一起放学回家，她们家距离学校大概有三公里，不论晴天雨天，每天都赤脚踩着硬石头或烂泥地上下学。我到她们家里后很快就了解到她们的生活境况：姐妹俩和外婆玛利亚及三个哥哥姐姐住在一起。外婆和我坐在家门口肮脏的台阶上，告诉了我这些孩子的故事。这对姐妹两岁时，她们的妈妈有天突然跑回来，告诉外婆说自己 HIV 筛查呈阳性。这位母亲对人生完全绝望了，当晚半夜独自离家出走，抛下五个孩子给外婆一人独自抚养。

从那天起，外婆玛利亚做过各种工作，常常一整天在橡胶园里忙到很晚，平时还要去卖自己种的树薯（一种长得像法式炸薯条一样的蔬菜）。老人赚到的钱给两个外孙女交完学费后，剩下的就只能勉强糊口了。我小声告诉外婆，我正在计划找人来资助这里的孩子们上学，谁知道她竟然马上跪下来说："我知道不是我独自一人在养活这些孩子，你看，神是何等看顾我们？我不孤单，今天神就差你来回应我们最重要的祷告事项。"

站在非洲灼热的阳光下，我竟然全身起了鸡皮疙瘩。我的神何等伟大，他不仅把我带到玛利亚外婆面前，更重要的是，借着这件事让我看到一个真实的见证，这位老人全然信靠神，内心充满了感恩。这个小小的乌干达村庄里，经常有人说是我在祝福他们。其实相反，我深知是他们祝福我更多。

凯蒂的日记 2007 年 11 月 22 日 礼拜四

彼得是神借以建造教会的基石，但是起初的时候，他大概是表现最糟糕的门徒了。而我就是彼得。

耶稣告诉彼得，他将三次不认主。彼得说："主啊！不会！我爱你，我永远不可能不认你。"但是众所周知，彼得后来真的三次不认主。在我内心和灵魂深处，我知道我爱主，愿意为他付出全部，愿意为他到天涯海角。但是多少时候，我忘记了归荣耀给他的名？我经常接受别人的赞美，但是有多少次把一切荣耀归于主？我岂不是像彼得一样，否认主耶稣当得的荣耀？

耶稣告诉他的门徒，按着神的旨意，他将会被逮捕。因此当兵丁前来捉他的时候，他很顺从地跟他们走了。可是深切爱主的彼得却擅自拿起刀挥向士兵，砍下了其中一个兵丁的耳朵。"收刀入鞘吧，"耶稣命令道，"我父要给我的那杯，我岂能不喝呢？"我就是彼得，有自己的时间表，当我看见事情没有按计划做成时，就会想尽办法来促成它们，可是耶稣说："收刀入鞘吧！把你的计划放在一边，难道我们不是要做天父要我们做的事情吗？"因此我就像彼得一样，把个人计划收起来，同时也除去心里的抵挡，静静地看着一切事情在我眼前按着神的时间表完美进行。

耶稣复活后，曾向那些已经回到老本行开始捕鱼的门徒显现。当彼得看见自己亲爱的救主，就兴奋地跳下船舱，游向耶稣。毋庸置疑，船肯定先于彼得到达耶稣身边。我就是彼得，奋不顾身地往下跳，然后全身湿漉漉地站在主脚边，笑看自己做的傻事。我兴奋过头了，以至于忘记了三思而后行，结果折腾了一大圈，白花了很多力气。但是，每一次结束时，耶稣都会张开双臂欢迎浑身湿透的我，他很高兴看到我。

我就是彼得，犯下了很多错误。但是神把伟大的计划交给我，让我尽心竭力地摆上。彼得是神建立教会的基石。也就是彼得傻乎乎地跳下船的那晚，耶稣当着其他所有门徒的面再次呼召他跟从自己。

"你真的爱我吗？"耶稣问彼得，"那就去喂养我的羊。"

"你真的爱我吗？牧养我的羊。"

"彼得，你爱我吗？喂养我的羊，并且跟从我。"

每次当我否认神的荣耀，每次我跟从自己的意愿而不是听神的话语，每次我还没有请教主就往前冲，他就会问我："女儿，你真的爱我吗？"我真的爱主。

"喂养我的羊。"我愿意，我会照办。

"来跟从我。"我会的，至少我要努力尝试。

我就是彼得，常常把事情搞得一团糟，总是犯错，一点也不完美。但是神愿意使用我。他要通过我成就大事。

你是彼得。神早就知道你会把事情弄得一团乱，但是他在你身上有伟大的计划，去吧！喂养他的羊。

第四章

我愿意

我很蒙福，不是因为我做了什么事，而是因为我在服侍一位无比恩慈的神，他乐意祝福每一颗甘心顺服的心。我对于周围人的爱不是出自我自己，而是神赐予的，它源自神倾注在我身上的爱。

前往乌干达时我没有获得教育学学位，也不是护士，而我明确认为自己不是一名宣教士。我实在不知道怎么就只身跑到了乌干达，坦白说，我连基本的商业运营和组织技能都没有掌握，而这些都是一份宣教事工所需要的。显然，我很不合格，但是那里需要我。

我发现，只要一个人愿意为神所用，奇迹就会发生：神会用超过我们所思所想的方式开道路。当我把自己奉献给他时，他就开始在我里面做工，在我周围行事，并且透过我去祝福别人。每天我都会说："主啊！我准备好了，今天你要我做什么？今天你要我去帮助谁？"然后我就祈求他把这一切带到我面前。我想说的是，我脑子里有很多自己想做的事，也有各种做事的方式；我还想给他说，我已经想清楚该怎么做眼前的事工了。但是，这些都不靠谱。我要每个时间点都用生命来经历神，我所要做的很简单，就是对神说我愿意，然后他就会通过我去成就他在凡事上的旨意。

我心中充满火一般的热情，要对神的每一个要求说"我愿意"！我愿意投入更多来帮助周围的人。我刚到乌干达的时候，并未想过要在这里建立一个服侍机构，但是当人们不断找到我寻求帮助，而我又一口答应下来之后，这就成了顺理成章的需求。我向神祷告，问他我该怎么办，也向朋友和家人寻求建议。之后我发现，如果要满足这个社区所有人的全部需求（帮助孩子们付学费、让他们吃饱肚子、提供医疗支持，还有更重要的就是教他们认识基督的爱），就必须成立一个非营利组织。

当我知道神下一步在我身上的心意后，既紧张又兴奋，成立这样一个组织意味着我可能要将大部分生命投入这块地方，对乌干达要有一段长久的委身。我有些担忧，因为这个计划想起来就注定了永恒而又复杂，但是我又知道这是神要我做的事，是一个约。因此，我开始了复杂的调研过程，一方面我要明确自己需要做的事情；另一方面我要把父母列入我的团队，来帮助我处理在美国那边的一些工作，如今，他们已经越来越支持我在乌干达的事工。除了我起初希望他们协助完成的事情之外，他们还忙着募款来资助孩子们入学。

一项针对学校的资助项目很快就步入了轨道，这要归功于我父母在美国结识的那些慷慨的朋友。我们只需要把组织搭建起来。虽然爸妈对我一个人在第三世界国家的安危还是忧心忡忡，仍旧希望我回国完成大学学业并拿到学位，但是他们不能否认我在乌干达服侍的激情。因着对我的爱，虽然这些事和他们对我的期待南辕北辙，但是他们还是无私地帮助我来成立这个事工机构，以实现我的梦想。针对这样一个非营利组织或者非政府组织的成立，我和爸妈分工明确，他们负责处理成立机构必需的行政事务，而我则致力于解决最大的难题，就是为我们的事工找到一个合适的办公地点。

要在乌干达注册任何形式的福音事工机构，必须有固定的办公地址。我在孤儿院居住的那个小房间无法通过申请，所以就开始寻找一个符合要求的独立单间。我知道，这样一个单间很可能会超出预算，但是我相信神的计划完美。

为着这样一个小房间，我找啊找，还是一无所获。又找了几周，我找到了一个地方，和我曾经预期的截然不同。它坐落在一排坚硬的栅栏后面，水泥砖石结构，走进去要穿过一个厚重的大门。这根本不是一个小工作室，也不是小茅屋或者小平房，而是一栋真正的大房子，其中有一个大露台和四间卧室。房东热情洋溢地向我介绍，而我却一直摇头，因为它比我预期需要的大太多，这样费用也一定会高许多，可是房东不断降价，最后的价格简直和一个独立单间的价格差不多。那一刻我感觉神好像轻轻推了我一把，要我接受。当时我手头的钱足够负担这栋房子一段时间，而爸妈也同意帮助我，还有一些我从未谋面的人了解到我的事工后，也给我送钱加以支持，这些解决了我的财务需求。我不能否认神在供应我这个事实，也无法想象自己为什么需要这样一个大房子，但是我知道自己唯一能做的就是聆听神的旨意。

我知道我热爱乌干达，在这里就像在家里一样，而我也想推动这个国家有所变化。不过我的长期目标尚不清晰，毕竟当时还要履行向爸爸做出的承诺，就是回国完成大学学业。另外，我和男友仍旧在谈恋爱，他一直被我晾在国内。除此之外，我并不知道自己未来会怎样。我当时觉得这个房子的意义要远超过一个 NGO 办公室的定位，同样也不只是我未来在乌干达的落脚地。

我的新房子距离所服侍的孤儿院大约有 3 公里。每天，如果对沿途美景心有所向，我会沿着维多利亚湖畔一条布满石子的火车铁轨，往返于两个地方。否则的话，我就会雇一辆摩托车带我在凹凸不平的道路上来回颠簸，一路尘土飞扬。新房子的好处在于，不会距离孤儿院的老朋友们太远，他们随时有需要都可以第一时间联系上我；同时我还可以从幼儿园的教学事务中抽出身，在一个独立空间里专心筹划新机构，互不影响。

虽然我希望搬进新房子去住，但是这并不容易。一旦住进去，我就会是所在村子里唯一的白人，或许也是唯一一个讲英语的人，在周围的邻居眼中，简直就是一个怪物。另外，我也害怕独自一人住这么大一个房子。因此，虽然表面上我是搬进了新居，但是很多晚上还是睡在孤儿院。有几周，我白天去新房里打扫、整理，晚上就回到我的

102 个小朋友当中，睡在我那破烂的双人床上。

我开始兴致勃勃地推动神给我的计划，全力投入这场新的冒险，与此同时，我早已习惯和孩子们一起生活，和服侍同工以及孩子们都成了好朋友，每天和他们一起大笑，并表达我对他们无与伦比的爱。虽然我会继续教完幼儿园全学年的课程，但是搬进新家之后，就意味着我不能再和这些朋友每时每刻都黏在一起，也要舍弃在孩子们家中那早已熟悉的日常片段。我感觉自己才刚刚稳定下来，找到了自己的节奏，现在又要重新来过。

我搬出孤儿院那天早上，打开《圣经》，读到创世记中关于亚伯拉罕和妻子撒拉的故事，这成为我在乌干达步入新阶段的莫大鼓励。神应许亚伯拉罕和撒拉，他们将成为一个大国。然而当时已经 65 岁的撒拉仍旧膝下无子，她开始怀疑神的话。后来他们离开家园，一路往南跋涉了数百公里，进入迦南地，也就是神告诉他们的应许之地。那里虽然有神的应许，但是在他们眼里完全陌生。

后来，撒拉不愿再等，就试图以自己的方式来解决问题，于是要丈夫与自己的婢女同房，就有了一个孩子，但是这并不是神所应许的那个计划中可以让她成为一国之母的孩子。多年后，撒拉在 90 岁那年终于生下了应许之子，她给他取名"以撒"，意思是"神要我喜笑"。尽管撒拉意志薄弱，小信，而且自作主张，神仍然尊重诺言，撒拉也因此喜乐满怀。

我知道即便一直待在孤儿院里，神也仍旧爱我，但是我不能回避神在我内心的私语。他给了我一个新的居所，还给我一场新的冒险之旅亟待我去拥抱，我怎么能说不呢？

我感觉神正在带领我走向属于我的"迦南"，那里是我从未去过的地方，没有我熟悉的一切，但是充满了神的应许。我必须放下我在孤儿院的生活，放手让神来成就他的应许和完美旨意。我选择相信这一切，最终要像撒拉一样，使我的冒险充满欢笑和喜乐。

　　随着我不断问神该如何最有效地使用这个大房子，喜乐就接踵而至。当我搬进去的时候，觉得它实在太大太空，我一个单身女子，难道要使用四个卧室和三个浴室吗？其实答案很简单，就是我要去与人分享这一切，但是和谁一起呢？就在我搬家后不久，一个新朋友就入住了，紧接着是另外四个姊妹，她们刚刚失去自己的家，需要有落脚的地方。

　　大概也是在这时候，我认识了一个女孩，我们很快就成了密友。她叫克丽丝汀，从乌干达北方基特古姆（Kitgum）的一个难民营逃到这里。当时，基特古姆有一个叫"圣主抵抗军"（Lord's Resistance Army）的叛乱武装组织，非常残忍，到处掠夺抢劫，强暴妇女和儿童，四处破坏民居和村庄，在过去二十多年里杀害了许多无辜百姓。克丽丝汀的家被该武装组织成员烧毁了，她童年的大部分时间都在逃难，后来才住进一个专门收留没有逃出乌干达的本国难民营。

　　为了追求更好的生活，克丽丝汀到了金嘉市投靠姐姐，后者通过一个朋友又把她介绍给了我，我们一见如故。克丽丝汀有一颗深爱耶稣的美丽心灵，有让人着迷为之陶醉的微笑，并且愿意服侍神，这些使她很容易交往，也值得信赖。我知道克丽丝汀是神赐给我的福气，在我们的友谊中，她教会我很多，是我无法奢望回报的，因此我将永远心存感恩。

　　我初见克丽丝汀时，她正在找工作，就请她来帮忙照看一些固定到家里来吃午饭的孩子，同时帮他们完成家庭作业。作为对她事工的回报，我会提供给她一个房间，外加一日三餐和一小笔工资。她搬进来之后，我家里就住了七个人，这个房子再也不显得那么大了！但是几星期后，大部分朋友都搬出去了，只剩下我和克丽丝汀。这个地方再次显得又大又空。

那年圣诞节，我妈妈来看我，让我收获了久违的家的感觉和幸福。我迫不及待地需要她的陪伴，同样很开心她有机会亲眼看到我在这边的事工。她能够感受到我舒展的新生命，也很快发现了自从上次见面以来我全方位的成长，并且能够看出我乐在事工。她和我一道去见了我的朋友们，也看到了那些获得我们资助的孩子及其家长，亲自见证了她在幕后默默付出的成果。她听到我口中讲着另外一种语言，又目睹我现在和在美国生活期间截然相反的生活方式。在离开乌干达之前，她已经怀抱过无数的婴儿，还照顾了许多病患，更是亲手给许多人喂饭，而这是她从未想过的事情。令妈妈感到震惊的是，神竟然在如此短的时间里成就了这么多事，因此在她回国时，她已经对自己的女儿有了全新的了解，知道我活出了蒙召的生命。

第一年结束时，我的新家已经可以投入使用，随时对外敞开大门。我的朋友奥莉薇（这是乌干达女性很常见的一个名字）帮助我找出那些最能从校园获益并脱困的孩子。奥莉薇有生以来都生活在这一带，看起来好像认识这里的每一个人。她知道人们彼此之间的关系，了解每个家庭的故事和历史，而且单凭直觉就能分辨出人们口中的实话和流言蜚语。她一开始给我的印象是一个安静而又严肃的妇女，但在含蓄的言谈举止背后，其实是一个洞察力敏锐、勤劳又可靠的人。她爱神，而且下决心要为自己所在的社区带来改变。

奥莉薇是我在这里最早认识的朋友之一，并且我们认识不久，我就注意到她经常在下班时间来给我帮忙。她看起来好像一无所求，只是好奇为什么我会跑到他们的世界来生活。她感觉神要她来帮助我，并且她真的帮了我很多忙，多到数不胜数。

奥莉薇的朋友注意到她经常来帮我，就拿她开玩笑："你为什么给那个白人小女孩当跟屁虫？"

"因为神要我和她一起服侍。"她回应说。因此，奥莉薇继续投入自己的时间，并且和我分享她的人生智慧，一起来寻找最有需要的孩子们，给他们提供上学机会。

我们一开始只想资助 10 个孩子上学，后来发现这里有太多孩子需要学费，于是决定把人数增加到 40 个。我请奥莉薇去找到这样 40 个孩子，并给我列出一个名单，以便我和妈妈能够从美国找到更多资助款。我把这件事一告诉家里人和朋友们，消息立即就传开了，人们开始给我汇款加以帮助。我从来没有专门发出募款请求，大家只是关心这里人的需要然后就乐于雪中送炭，于是我们很快就凑齐了 40 个孩子需要的学费。不料奥莉薇马上给了我一份 100 个孩子的名单，说："这里是需要帮助的孩子，你可以先挑出其中的 40 个。"我怎么能选择！我决定全部资助，然后就向神祷告，求他亲自供应我们所需的资金。

接下来，我用了几天时间为每个孩子办完入校手续，这个过程需要学生、校长和我三方一起面谈，那就意味着我们要谈 100 次，而且每次会谈都要按照传说中的"非洲时间"（Africantime），往往会比预定时间晚几个小时。

随着我对这些孩子有更多了解，我开始爱上他们，也发现他们的需求其实不只教育，还有其他很多严重问题。6 岁女孩贝蒂的父母都死于艾滋病，她和爷爷及其他四个兄弟姐妹住在一起。她闪闪发亮的光头上，有一对大大的耳朵，一笑就露出整齐而又洁白的牙齿。她很害羞，但是很讨人喜欢，当我用自己白皙的双手轻轻托起她的下巴，告诉她耶稣爱她，她就会开心地笑个不停。

迈克尔是一个 12 岁的男孩，在爸爸突然抛下他不告而别时辍学。我遇见他时，他正在家里照顾妈妈和妹妹。迈克尔天生就是一个领袖，对未来有大大的梦想，但如今实现起来希望渺茫，因为不再能够入校读书。

莉莉的两颗门牙掉了，就像其他七岁的小女孩一样。但是和其他我所认识的许多小女孩不同，莉莉要担负照顾家庭的责任，包括为八个兄弟姐妹以及瘸腿的爷爷洗衣做饭，而爷爷是全家唯一能照顾他们的大人。

贝蒂、迈克尔、莉莉以及其他很多孩子都是耶稣珍爱的宝贝，他们按照神的形象被造。我整个人竭力渴望他们认识到这一点。

这里的大部分孩子每天只在晚上六点时吃一顿饱饭，他们中的许多人从未拥有过父母的引导和爱护。我想教他们认识天父的爱，但是对于从来没有体会过亲生父母之爱的孩子，要接受这一点难上加难。我知道要让他们体会到爱，首先要让他们看见，所以我就把家门更敞开。

每天下午一点左右，我那空空的土院子里就会挤满孩子，他们是我们资助项目中年级最小的，都还不到三年级，其他年龄稍微大些的孩子需要晚一些才能下课。我和克丽丝汀会先在后院生火煮豆子和玉米粥，等孩子们到了，食物早已准备好。吃完饭我们就教他们写作业，预习第二天的功课，学习处理简单的小病并包扎伤口，同时还要学习在遇到严重病情时如何前往诊所。每个礼拜五，所有的孩子都会齐聚一堂，年纪小点儿的会先来吃午饭，然后一起写作业和做游戏，一直到读《圣经》的时间。下午四点左右，大点儿的孩子会陆续来到。虽然他们已经在学校上了一整天的课，此刻还是充满活力，到处跑来跑去。我们和100个孩子一起安静学习神的话语后，就开始吃晚饭。晚餐结束后，每个孩子都可以冲澡，这是这些孩子们从未体验过的奢侈享受。晚上，我们会放声高歌赞美耶稣，配着响亮的鼓声，宁静的夜晚洋溢着喜乐。最后，早已欢快得酣畅淋漓的我们就躺在地板上过夜。这时候，我的家再也不显得有多大。第二天一早，所有的孩子在享用了一顿美味早餐后，就各自回家了。

在我的新朋友和同工劳乌尔的帮助下，我们又针对村里的孩子们展开了一项新的事工，因为我们希望村子里没有获得资助的其他孩子也能分享到基督的爱，也希望和他们建立起美好关系。在乌干达，要召集一群孩子非常容易，你随便走进一个村子，就会有一堆孩子跑向你，一边笑着一边抓住你的手或者衣角。我们一共走访了六个村庄，有时候是步行，有时候是乘摩托车。在服侍计划刚开始的时候，我们每周进村三次，后来劳乌尔会每天前往，而我则留在家里照顾到家里来的孩子们。我们每到一个村子，就会和孩子们一起做游戏，教他们唱歌，然后一起放开歌喉来个大合唱。在离开每个村子前，我都会和孩子们分享一个《圣经》故事，因为我太迫切希望他们认识神的真实和慈爱。

这就是我在乌干达的生活，忙碌又充实，偶尔会很混乱，却非常精彩。这样满满的喜乐是神的应许，他带我进入了"迦南地"。虽然我意志薄弱，自作主张，又小信，但是神一如既往地遵守诺言，我的生活也因此充满了欢笑声。

凯蒂的日记 2008 年 1 月 12 日 礼拜六

　　"他们在鼓掌，因为你正在做的事曾经是难以想象的，这种好事怎么可能发生在我们身上。"奥莉薇给我解释大家欢呼雀跃的原因，是因为我们刚刚告诉他们，所有参与赞助计划的孩子都能享用免费文具。在乌干达，所有的文具包括一支铅笔和一支圆珠笔，外加一个笔记簿。

　　让我们回头看。礼拜六早上八点半，我家阳台上已经挤满了孩子，而我们的聚会要到十点才开始。准时这件事是非洲人前所未闻的，但他们得知这个项目后实在太兴奋了，竟然提前几个小时就到我家，有些人还是从 24 公里之外的地方赶过来的。

　　没有人能相信这个白人小女孩，也就是他们许多人曾经见到过的这个人，竟然要给孩子们提供免费教育，她要让穷人的孩子和其他任何人一样接受教育。

　　守寡的母亲们和年迈的老人无法相信，他们竟然不必再苦苦挣扎着每天工作 20 个小时，来维持孩子们上学。当我告诉他们这个项目完全免费，不需花一分钱，他们跪倒在红土地上，强忍泪水对我表示感谢。他们问我为什么，我为什么要做这件事？他们为什么配得这一切？我为什么如此在乎这里的一切？答案很简单："因为创造了你们的主爱你们；因为他创造你们有一个目标等着你们自己去实现；因为神数算过你们头上的每一根头发，定意要将你们从灰尘中高举起来，直到进入他的荣耀。"

　　有些人忧心忡忡地说："就算孩子们注册上学了，我也没钱供应他们的其他开支。"我们会全部供应。"我的孩子没有鞋子，而不穿鞋是不能进校门的。"这个我们已经处理好了。"校服怎么办？"已经准备好了，好多都是我亲手缝制的，不过起初的几件缝得很粗糙。"这样一来，我们会欠你什么？"你们什么都不欠我的。

顿时，欢呼声、叫喊声响起，他们开始跳舞、大笑。奥莉薇说："这样不可思议的事情发生在自己身上，他们觉得幸福来得太突然了。他们从来没想过竟然会有这样的好事。"当然，我也从来不敢相信。与神同在，任何事都有可能发生。短短的三个月里，这个组织已经从我躺在蚊帐里生发的梦想照进了现实。实话说，我一开始真的不确定可以做到，但是主知道。目前，已经有140个孩子获得资助，顺利完成了入学注册。

礼拜一上午，我们和大家一起去帮孩子们办理入校手续。他们已经量好了校服尺寸，下周就会拿到手，到时候他们还会收到装满文具的新书包。此后，他们每天放学回家，都会先到我家，来吃一顿热乎乎的营养晚餐，洗个澡，做作业（有时候会有助教帮忙），祷告。凡事都有可能。我的神，我的救主一直都是我前行的动力，他给我鼓励和勇气。现在我站在露台上，看着200多个孩子和家长，想到主何等眷顾他们，让我们一起经历这样"不可能的事"。

大家离开我家时，会一个一个地向我说谢谢，并且信誓旦旦地说神会保守我。我所蒙受的祝福真是无与伦比。我四周打量一下我的办公室，墙壁上贴满了孩子们的照片，是他们给了我机会去爱。我闭上眼睛，听着孩子们和家长以及亲朋好友的笑声，喜乐如潮水般满溢我的心，以至于我无法形容。神赐给我的祝福远比我能够想象的多。我和大家一样想知道："为什么？为什么我配得这一切？主啊！你为何如此在意我？"但是答案很简单：因为他创造了我们每一个人，在我们身上都有独特的旨意希望我们去完成。因为这位清楚我们头上每根头发丝的神渴望将我们从尘土中高举，进入他的荣耀。而他正在这么做。

第五章

"我能叫你妈咪吗？"

"妈咪。"这个称呼被她叫出来时，我就知道她是我的孩子了。这个身份有一种魔力使我为之着迷，因为妈咪意味着永恒。

作为一个颇有分量的称呼，妈咪意味着"我相信你""你会保护我"。当你需要有人依靠的时候，会脱口而出；当你开心的时候，会与她开怀大笑；当你难过失意的时候，会在她的怀里哭泣；当你觉得尴尬害羞的时候，会躲在她身后傻笑。妈妈会收拾你闯祸后留下的烂摊子，也会修补你破碎受伤的心灵。妈妈是一个让人舒心的存在，她意味着你是我的、我是你的，并且我们是一家人。

但是对我而言，这一切发生得太快了。如今，有些人一天会叫我"妈咪"数百次，但是第一次被人这样称呼的情形至今历历在目。第一次叫我"妈咪"的人是斯科维雅，现在已经是我的女儿了。虽然最早见到她的时候，我完全没有料到自己会成为她的妈妈，但是我也无法想象如今没有她的生活该怎么过。因着当时她家里发生的一场惨剧，我认识了她，亲眼看见整个家庭的重担压在她的姐姐艾格尼丝身上。

艾格尼丝9岁那年，就成了两个妹妹的家长，要照顾7岁的玛丽和5岁的斯科维雅。她们的父亲死于艾滋病，母亲长期不知去向，家住附近的奶奶偶尔会过来照看一下她们。但是奶奶自己都常常吃不饱肚子，要常常带着她们到田间挖野菜充饥，每天还要提着大塑料桶往返好几公里，到离家最近的水井打水。玛丽会通过帮助邻居照顾婴儿，换些食物作为报酬。如果姐姐艾格尼丝的农活太多，小小年纪的斯科维雅也要下田好几个小时帮忙挖食物，或者提水、洗衣服和做晚饭。她们和其他小女孩一样，内心对未来充满着希望和梦想，但是艰难的日常生活逼得她们只能专注眼前的生存。

在一个雷电交加的晚上，大雨使劲敲打在她们家用破铜烂铁搭起的房顶上。所谓的家，不过是泥土在太阳下晒干后堆起来的建筑物罢了，经过一场大暴雨的冲刷，就倒塌下来成了一堆烂泥，其中有一堵墙砸在了艾格尼丝身上。邻居冲进来把她送进医院，被人放在一张病床上之后就没有人再理会。第二天一早，邻居们都在议论有个小女孩被墙砸伤的事，奥莉薇听到后坚持要去探访。我没有理由拒绝，毕竟她一定需要大家的祝福和祷告。

我们到医院后找到了艾格尼丝，她时而昏迷，时而清醒，但是脸上仍旧洋溢着灿烂的微笑，足以使整个乌干达境内最阴暗的医院燃起希望之光。然而，当时没有人帮助她，甚至连一粒止痛药都没有喂给她。我就询问护士长为什么会这样，对方解释说医院要确认有人为她支付医药费之后才可以治疗，而艾格尼丝没有亲人陪伴，护士确认她无法支付医药费，所以就对她弃之不顾。

这种情形在乌干达并不鲜见，这里的住院手续很简单，只要走进医院找到一张空病床躺下就好。那些有钱支付医药费的人才能得到治疗和照顾，没钱人就只能干躺着，不会得到任何救治和帮助，并且很多医院并不为病人提供饮食，艾格尼丝住进去的这家医院就是这样，所以必须有人确保她每天都有东西吃。

我知道我可以为艾格尼丝提供健康的饮食，也能够筹到她支付医药费所需的款项，所以就马上告诉护士，只要这个孩子身上的病痛得以缓解，我可以支付所有的费用。我完全没想到，就是这 20 美元的承诺，会为我带来终将充满我人生的爱、喜乐、泪水，还有每天的功课和睡前亲吻，以及无数的欢笑，这是任何人都无法想象的。

就在那天回家的路上，我向奥莉薇问起关于艾格尼丝的两个妹妹的情况。我们不约而同地认为应该去看看她们，之后发现两个孩子孤零零地待在家中，无人照顾，我当即带她们到我的住处吃午饭。

随后是晚餐。

接着是洗澡时间。

再后来是留宿家中。

我请奥莉薇去告诉她们的邻居和奶奶,孩子们将会在我家住到姐姐出院,我们会帮她们找到一个更好的住处。玛丽和斯科维雅长得很像,大部分人一眼就可以认出她们是亲姐妹。她们一开始都很害羞,后来斯科维雅显得很开心,也很乖巧,有调皮的眼神,即便没有打算要搞恶作剧,看起来也是一副古灵精怪的模样。她爱笑,笑声通常从她内心和灵魂深处发出来,然后遍布全身每一处,再感染周围的人不得不和她一起大笑。她精力无限,喜欢蹦蹦跳跳到处玩耍。虽然还只是个孩子,但是她身上有一些东西使人们能够看出来她那颇有经历的生命。玛丽则比较矜持,但这并不意味着她没有思考,同样也不代表她没有在用自己那双美丽的棕色大眼睛观察周围的人和事。她有着超越自己年龄的敏锐和聪明,并且很专注,有点过于严肃,但是她又热爱跳舞、开玩笑,和姐妹们玩耍。她很善解人意,而且很容易原谅别人的错误,她有着丰盛、温柔的灵魂,内心充满感恩,深深爱着神和周围的人。不管是斯科维雅还是玛丽,都富有同情心,总是想着要帮助别人。

玛丽、斯科维雅和我三个人很快就成了好朋友,我带她们生平头一回坐上了摩托车,还买冰激凌给她们吃。她们在我家里第一次看见盛满自来水的浴缸,惊奇不已,简直不敢相信。在我家里住的第一周,她们恐怕洗了有40次澡。尽管我们几乎无法交流,因为我那蹩脚的乌干达语加上她们一句英语也不懂,但是我们还是玩得非常开心。

与此同时,我们还常常去医院照顾艾格尼丝,帮她准备一日三餐,和她一起祷告。一旦我们不能去医院,就会请奥莉薇前来帮忙。一周后她出院了,不过医院诊断她锁骨骨折,还有大面积的软组织损伤,这种情况的病人会非常疼痛,甚至连走路都会很困难。所以,出院后,艾格尼丝也搬来和我们三个人一起住。

很快，我就发现艾格尼丝天生就是一个领导者，她很活泼外向，能够融入别人，拥有值得信赖的品质，因此可以很容易就和任何人成为朋友。她随时都会开怀大笑 但也有严肃认真的一面，会因势利导地看待现实。她有着和自身年龄不符的成熟，能够判断是非对错，并且马上就会去纠正别人的错误言行。她头脑清晰，知道什么是自己想要的，不会随便让别人告诉她自己无法得到的东西。我不太习惯家里有个性如此强势的人，但是又很开心大家在一起。

我到处帮这三个宝贝寻找适合居住的新家，但是找来找去都不满意。在这个过程中，我们渐渐地成了一家人，彼此之间感情很深，而我非常想要我的家人过上最好的生活。她们身边没有一个可以提供帮助的亲人，在我看来孤儿院也不合适，唯一的办法就是由我或者哪个家庭来收养她们。

当我清楚收养孩子所赋予的责任时，感觉要努力来实现这一切真是太疯狂了。我开始向神迫切祷告，求他指示我该怎么做。就在这时，害羞的小斯科维雅踮着脚尖走进了我的房间，好奇地看着我的脸，长达十分钟没有说一句话，然后问出了一个似乎已经思考很久的问题："我可以叫你妈咪吗？"面对那样一双褐色大眼睛，这个世上一定没有一个人可以说"不"，我们本来就已经是一家人了，而在那一刻，有一个答案充满了我的全人全心，就像我清楚已久了一样自然而然地脱口而出："好，我是你的妈咪。"

通过向当地不同的政府官员打听了解，我发现，要在乌干达收养孩子必须年满25岁，并且收养之前必须先领养三年。我确信我们无须在这些条条款款上面耗费精力，因为这是神要我做的事，而我也已经准备好终其一生对这些孩子负责任，于是我就开始启动领养程序，很快就填好了长长的文件，完成了合法化手续。这样一来，我在乌干达待一年的承诺变成了一生之久,但是我相信,这是主要我迈出的又一步。他希望我顺服,那我就甘心乐意,也相信有一天会最终正式完成收养程序。

我是斯科维雅的妈妈,同样也是艾格尼丝和玛丽的母亲。我们只需要填好文件使整个程序合法,并且等着当地政府负责人前来检查之后签订各种文件。但是,在我们心中,这种母女关系早已确定,不需要来自法院的那枚红色印章证明。我们很快就适应了这种新生活,就像彼此是一家人已经很久了。几个月后,我又成了另外两个漂亮迷人的小女孩的妈妈。她们是 12 岁的普洛西和 9 岁的玛格丽特,这对亲姐妹一直相依为命,无依无靠。所以她们需要一个安稳的家。起初我考虑的是把她们接到家里来照顾,等找到合适的地方再让她们独立生活。但是我们太喜欢彼此了,而且艾格尼丝一直求我把她们变成永远的家人。她深知没有一个充满爱的家庭是什么滋味,因此迫切想要和需要的人来分享自己的家,对此我怎么可能拒绝呢?

普洛西和玛格丽特又高又瘦,两人相差两岁半,但是看起来好像年龄差不多。普洛西个性甜美安静,对周围人很有礼貌,并且深深敬畏神,总是用心祷告。她热爱学习,在各样功课上很刻苦,而且殷勤学习神的话语。她为人正直诚实,对未来充满希望,而且从来不吝惜对别人的爱。我想我这辈子都没见过比她更细心敏感和慷慨大方的人了。她总能与哀哭的人同哀哭,与喜乐的人同喜乐。她会因为一点点小事就欢呼雀跃,但是一想到周围有人正悲伤难过、忍饥挨饿,或是孤苦无依,她那颗温柔的心灵就会要伤透了。她的直觉很敏锐,而且很善于使用这一恩赐,总是尽自己最大努力来满足家人的需要,并讨天父的喜悦。

玛格丽特是一个单纯快乐的好孩子,常常充满喜乐。刚来的时候安静胆怯,但是现在那种羞怯已经荡然无存,反而表现得外向,不拘小节，有精彩的幽默感和一颗美丽善良的心灵。没有人知道在她闪闪发光的双眸背后，正在想些什么点子。她希望能让大家开怀大笑，所以常常会开玩笑或者搞一些恶作剧，不过都无伤大雅，反而是以最善良的方式进行。玛格丽特是一个很好的聆听者，使说话的人觉得自己很受重视。大家都想和她交朋友。她充满好奇心，爱问问题，希望了解周围的世界和人们。她对自己的未来怀抱着远大梦想，而我坚信她将来都会一一实现。

当我想着这些女孩，她们每个人如此不同，但是都充满了生命活力和潜能。自从她们搬进家门和我以及克丽丝汀一起生活以来，我们就这样变成了一家人，我简直不敢相信这一切。也就是几个月前，我还在因为这个房子太大而不知所措。当时虽然不怀疑这就是神赐给我的房子，但还是很疑惑，为什么我需要这么大的空间？没想到，短短一年内这里就住了五个宝贝女孩儿。神赐予这个房子一个家庭。有这些宝贵的灵魂陪伴左右，使这里不再是我一个人居住的房子，而是一个家。

我们在这个新的大家庭里学习彼此了解，相互适应，一起学习经历其中的高峰和低谷。整个过程虽然充满挑战，但是又精彩无比。任何经历过家里添新丁的人都会知道，每一个新成员带来的都是新的责任，还有家人之间的微妙关系变化。

谈到领养和收养事宜，特别是涉及到年龄大一些的孩子时，挑战会更大。我的孩子们叫我"妈咪"，而我也渴望成为他们的妈妈，但是要建立亲情关系需要时间。从一个照顾她们生活的人变成妈妈，还要花很久来培养感情并建立信任。

起初我曾经不理解为什么我的孩子们要历尽艰辛后再成为我的家人，为此还和神摔跤。对于一个才九岁就要扛起责任照顾妹妹的女孩，我不知道那会是怎样的一种体会；我也无法想象自己眼睁睁看着父亲去世，接着是母亲因为不敢担负照顾的责任而逃之夭夭；我也无法体会一个活到 12 岁都不曾体会过父母之爱的孩子，她内心的感受。我为我的孩子们遭遇这些事而难过，并一直心怀感伤。不过我也完全相信这是神在她们生命中的安排，凡事都有他的心意，一定都是为着她们的益处。可是即便如此，每当想起她们不得不承受的苦楚，我内心还是会很痛。

每一个孩子所经历过的痛苦和磨难各不相同，他们因此表现出来的行为方式也不同。我用了有生以来最多的时间迫切祷告，求神教我如何成为一个足够合格的母亲，来照顾这些无比宝贵的孩子。我求他在我不顾一切扎进这个领养行动时给我清晰的指引，好让我珍惜他所赐予我这宝贵的礼物。

从肉体上讲，我真的要筋疲力尽了。每当想起以前自以为自己很辛苦的情形，我就忍不住笑了，那些根本不值一提！我很感恩有克丽丝汀帮我洗衣服，因为单是做超过一人份的一日三餐，我都要花很多时间摸索学习，而这也是我以前做梦都想不到的事。半夜有孩子做噩梦时，我也要起床安抚。每天都要再三确定每个孩子按时乖乖吃药、刷牙、换上干净的内衣裤。我会在早上提前两个小时起床，做一顿真正丰盛的早餐，然后确保每个孩子都准时上学。因着神的恩典，哪怕是在最艰难的日子里，我也知道神造我之初的心意，就是要我日后成为一位母亲。当然，我们有我们的艰难困苦，但是在每天结束的时候，我们都会相互沉浸在爱河里，享受着这个我们称之为家的新地方，同样享受着我们称之为家人的新关系。

我知道，神带我来到乌干达，不只是为了他和那些穷人来改变我的心，而是为了让我成为妈妈。当我把孩子们都叫过来围成一个大圆圈，一起来个家庭聚会，或者当我看着她们跑来跑去，在村里的游泳池玩耍或是在尼罗河畔野炊，我就知道自己是她们的妈妈。当她们围坐在餐桌旁异口同声地说："妈咪，谢谢你为我们准备的饮食。"每次不是 14 个人都一起说，但是每顿饭总有几个不同的孩子来表达感恩之情。还有礼拜五晚上的"电影之夜"，当她们为此欢呼雀跃吵着要再看一遍《音乐之声》的时候，也会提醒我作为妈妈的身份。在我家，我不是传教士或者什么人道救援的义工，我就是一个妈妈，跟其他母亲一样，全心全意地投入家庭，照顾神所赐给我的孩子们。有时候我感觉好累，也会有挫败感，因为我也不过是凡躯肉体。但是我享受自己的生命，因为那是神的计划，我无法想象世上还有什么比这更美好。

我有 14 个漂亮女儿叫我"妈咪"，在我居住的社区，有 400 个因饥饿、疾病或其他难以想象的原因失去母亲的孩子，他们也都这样叫我。有太多的孩子常常喊着"妈咪"这两个字，甚至连村子里许多住在我家附近的大人也这么叫我，他们都说我是"大家的妈咪"。尊贵的男士、商店店员和停车的小弟都叫我"妈咪"，老师和地方医院的医生叫我"妈咪"，在不停颠簸的红土路上开车时，也会听到有人大声叫我"妈咪"。我的女儿们放学刚到家门口，就会大喊"妈咪"，声音穿门而入。每天早上起床，孩子们也会在我耳边轻轻叫我。他们有时候叫我是因为开心，有时候则是要寻求安慰，因此一边哭一边叫我。至于我，每次一听到这两个字，整颗心脏都会惊喜地狂跳不已。

将心比心，我会感受到这同样是天父的心肠，每当我们喊出他的名字，不管是喜乐地大叫，抑或是痛苦中的哭诉，我们都会准确地告诉他我们的需要和感受：

"阿爸父，我相信你。"

"阿爸父，你会保护我。"

"你是我的安慰之所，我的平安藏身处。"

"你本属我，我本属你，我们是一家人。"

听到这些，他的心同样会因惊喜而狂跳，这实在是不可思议！

凯蒂的日记 2008 年 2 月 19 日 礼拜二

　　这是一个由多种文化、语言和色彩交织而成的家庭，房屋里充满了欢笑和泪水，有时候还有挫折和气馁，但更多时候则充满欢喜快乐。同样，这是一个充满赞美、敬拜和感谢声的家庭，整个房子里洋溢着孩子们的笑容，他们在这里只需要尽情欢歌跳舞，做一个孩子应该做的事，这些是他们以前没有机会过上的生活。这个家里永远很热闹，总是充满感恩。这是我的居所，更是神的家。

　　当我自去年十月开始租下这个房子的时候，真的不知道该怎么利用它。我只知道主给我一栋房子，一定不只是给我一个人的。无论我怎么使用它，都会是为了荣耀神的名。哇！他对我和这所房子的计划再次超过我的所思所想。如今，这个房子不再只是让我自己安心的家，更是其他上百个人平安的避风港。每一天有许多孩子来这里吃午餐和晚餐，他们在前院一起唱歌、踢足球，或者在厨房的桌子上画画、写作业，还会在浴缸里调皮地玩大大的肥皂泡，尽情享受他们情有独钟的洗澡时间。生活中一些简单的小事都会令他们开怀不已，就像为了替他们治头癣我会帮他们剃头，或者用石蜡揉搓他们的双脚除去其中寄生的恙虫。他们喜欢我讲的每一个圣经故事，就像小小的海绵渴望不停汲取新鲜故事。当我抱着他们亲吻他们的额头，就会引得他们大笑不停，这会令我心疼，因为他们竟然会觉得被人疼爱是好玩的事。这就是神在这栋大房子里赐给我的福分：我为那些无家可归的孩子提供了一个家园，让那些害怕、迷失方向又被抛弃的孩子有一个安全的港湾。最重要的是，我可以去爱那些不知道什么是爱的孩子，我可以接受他们本来的样子，带给他们我的爱，然后教给他们天父那无与伦比的爱。

　　刚开始，整栋房子里满了白蚁和蝙蝠，我花了大量时间和金钱才整饬一新。我还用了好几周无数个日夜到处修修补补、粉刷油漆、冲水洗刷。整个过程下来常常使我汗流浃背，甚至绝望痛哭。

　　这栋房子已经变成了一个家，而且不只是我的家，它属于几百个人。它牵引着我的心，还教会我许多功课。在这里，孩子们可以做回小孩子；在这里，人们知道他们是如此宝贵和特别，并且被疼爱；在这里，大家接受了基督，并且了解他，在他里面成长。这就是我的家，更是神的家。

第六章

内心变化

　　她名叫苏米妮，我第一次见到她是在我的幼儿园班上，她是个活泼的小女孩。她虽然 5 岁了，但是看起来还不足 3 岁的样子。她很努力地学习字母，也很喜欢色彩和唱歌。当她唱歌时，小小的声音却唱出高高的调子，夹杂着呼吸声，并且充满激情。现在，她正痛苦地躺在我家的一张小床上，被身上的疟疾消耗着最后的精力。因为饥饿，她那本来明亮的双眼看起来黯淡无光；因为贫穷，她轻盈的舞步被阻滞。看着她苦苦挣扎的样子，我感受到令人窒息的锥心之痛。我用尽了平生最大的力气迫切为她祷告。

　　我彻夜守护在她身旁，努力维持她的生命，哪怕是多有一口气的呼吸也好。我不住地问自己："为什么我拥有这么多？为什么我一直都一无所缺？为什么我的家人和朋友们都拥有那么多？他们知不知道，在奢华的西方世界之外一个遥远的地方，有一个歌声像鸟儿一样动听的小女孩，正在为自己能够活下来而搏斗？我和她的角色如果从一开始就对调，那也是易如反掌的事情，可是现实却没有。"我想知道神如何拣选了我，让我生来奢华，而这个小女孩却要出生在绝望之中。我想，和那些心安理得地享受着空调房和各种安全措施的幸福小女孩相比，她一定也有很多的希望和梦想。但她此刻正发着高烧，全身像火一样发烫，床单都湿透了，而且除了我之外没有人能照顾她。

　　我的心开始不停地来回撞击，因为想到这个世界上到处都有许多无人保护的孩子，没有人站出来为他们发声，没有人在他们发高烧的时候，整夜不睡地为他们控制体温。有谁可以拉紧他们的手抱紧他们？又有谁会为他们唱一首歌呢？

　　那个夜里，有那么一些时候，苏米妮会冲我微笑。黑暗中，她黑色的脸庞和夜色融为一体,我只能看见她牙齿的反光。我知道她不会死,至少当晚不会,因为神派我来到她身边,就是要确保她能够活下去;他让我在她身边,抱紧她,每隔一个小时就用海绵为她擦一次身体,每隔四小时让她服下消炎止痛药。神赐给我能力,可以让我对付她的疟疾,而这一切是她的家人无法做到的。就在当晚我持续为苏米妮祷告时,神让我想起,他的几个门徒曾经遇到一个天生瞎眼的人,他们就问耶稣那个盲人到底做了什么,导致他有这样的结局。耶稣回答说:"也不是这人犯了罪,也不是他父母犯了罪,是要在他身上显出神的作为来。"(约翰福音9:3)疾病当然不是罪,贫穷也不是罪,它们只是一种境况,好让神在其中显出他的作为来。

神让我整晚都保持清醒,小心翼翼地为面前这个小女孩的健康祷告,就在这个过程中,我的内心发生了一些变化。

我知道神要我照顾穷人,而我在过去很长一段时间里也尽了最大努力这么做。过去八个月里,我几乎每天都在专心只做这一件事。我照顾周围的人是出于我对基督满满的爱,还有他赐予我的爱,这一切都是自然发生的,我从来不觉得自己在做什么特别与众不同的事,反而只是做他要我做的。但是就在那天晚上,当我躺着为这个宝贵的生命祷告,竭尽全力不希望失去她,加上此后几周和连续好几个月里读神的话语,我意识到我正在做的不只是自己的选择,而是一个要求。我希望做得更多!希望为周围那些需要帮助的人付出更多,我还希望有更多人站出来这样做。我不只是想要照顾这些人,还想要为他们疾呼,我想让更多人认识这些没有能力为自己发声、无人注意的孩子。我心中点燃起新的激情,不再只是照顾可怜的孤儿和贫弱的孩子,更要鼓励和帮助其他人来并肩前行。

我希望那些在温暖安乐窝里享受舒适的生活的人知道,世界上有很多像苏米妮这样的孩子,孤苦伶仃一个人生活。我想讲讲她的故事。

　　我知道我们不可能都卷上铺盖搬到乌干达来，但是我真的希望为大家探索一条路，使大家可以施以援手，一起来照顾这些孩子，一起做耶稣要求我们做的事。我想告诉大家我在这里看到的一切，经历到的一切，以便大家了解更多。

　　透过《圣经》，我不断看到神教导我们要尽最大力量去照顾像这样的孩子，耶稣说："让小孩子到我这里来，不要禁止他们，因为在天国里，正是这样的人。"（马太福音 19：14）因此，苏米妮成为我第六个女儿。她和我们一起居住的第一个月里，去看了很多医生，他们都担心苏米妮撑不了太久了，因为严重的营养不良导致她的肝脏、脾脏都异常肿大。每当我们离开一位医生的治疗室，我就会有一种极大的挫败感。但是苏米妮的骨子里从未有过泄气两个字，她是个斗士，不会被打败。事实证明，神真的要在苏米妮的生命中彰显他自己的作为，她的脾脏和肝脏奇迹般地恢复到了正常大小。在良好的饮食和无数爱的滋养下，她再次变回一个健康、快乐的小女孩。

　　苏米妮的个头和她的年纪不成比例，显得太瘦小，但她很有个性，很外向，又活泼好动，我很少看到她循规蹈矩地走路，因为她几乎从来都是在跑动、蹦跳或者爬行。她很善良，讲求公平，不希望任何人感觉被排挤或者抛弃，总想让大家感觉到自己很重要。凡是她拥有的东西，都乐意和大家分享。她也很有创意，喜欢新鲜事物，如新游戏、图画和食物等。我喜欢看她的变化，因为认识了耶稣，她的心转化了，带给我们这个家庭好多欢乐。

　　苏米妮一加入我们这个家庭，我就知道了神要我来到这里的目的之一将要蓬勃成长了，那就是透过这些孩子，坚定了我收养孩子这个想法。实话实说，我要告诉你的是，收养孩子真的很辛苦，19 岁就要当六个小孩的妈妈，有时候真的让人感到沮丧。但是神持续向我显明这件事是出自他的心意，也开始变成了我的目标。

收养孩子是一件美好而又精彩的事，是我所蒙受到的最大祝福。但是，它又很困难，伴随着痛苦，是一幅关乎救赎的美丽图画。它是存在于我客厅中的福音，当然偶尔也会给人带来一些艰难。

身为妈妈，却不知道自己的女儿什么时候学会走第一步路，什么时候说了第一个词语，同样不知道她读幼儿园时的模样，那感觉真的很不好。同样令人堵心的是，我也不知道她以前睡在哪里，她难过的时候靠着谁的肩膀哭泣？她眉毛上的伤疤是怎么来的？我不知道关乎她们的一切，感觉真的很糟糕。我唯一知道的是，她过去多年来宝贵的生命中，你的肩膀不是她哭泣时的依靠，你也不是她拥抱的亲爱妈咪，这有时候也令我沮丧。

作为一个小孩子，她记得自己亲生父母的死亡，那么无论他怎么爱自己的新妈妈，那种阴影都难以消除。新妈妈有着和自己不同的肤色，也常常会被别人问为什么，这对她而言是艰难的挑战。每次没有晚饭可吃的时候，或者生病的时候，需要有人教自己做作业的时候，妈妈都不在身边，这感觉一定很不好。要自己编造自己的生日，会很难过。她没有办法体会家的概念就意味着一辈子在一起，因为自己的原生家庭已经永远消失，这种感觉是刻骨铭心、挥之不去的。

在这个残破的世界里，收养孩子是对其中不断上演的悲剧的救赎，它使每一天都变得更有价值，因为这是神的心意。他说："又因爱我们，就按着自己意旨所喜悦的，预定我们藉着耶稣基督得儿子的名分。"（以弗所书 1 : 5）诗篇中也说，神让孤独的人有家。我用字典查考"收养"这个词的意思，第一个解释是"接受"。神接受我，爱我，虽然我如此不堪，他也要我接受那些无家可归的人，让他们来到我家。因为领养孩子，所以我能够来到主的圣殿中，祈求他的恩典。因为他要按着自己的旨意，预定我藉着耶稣基督得儿子的名分，使他荣耀的恩典得着称赞，使他的心意得着满足。

　　我敞开家门收养这些孩子，不是出于一种可有可无的选择，也不是日行一善的举动，同样不是要显示我自己在"帮助这些穷孩子"。我这样做是因为神命令我去照顾那些活在水深火热中的孤儿寡母，同样是因为主耶稣所说的："因为多给谁，就向谁多取。"（路加福音12：48）他还说："得着生命的，将要失丧生命；为我失丧生命的，将要得着生命。"（马太福音10：39）

　　在我和孩子们一起生活的日子里，神以崭新的方式向我显明了他的心意和话语，同时也让我对他有了更多的认识，对自己身为他仆人的身份也有了更深刻的领悟。我会继续努力奉献自己，不论在什么情况下都要尽心尽力，我想要为主摆上自己，让神透过我的生命彰显他自己，同时让他尽可能多地改变我人生的每一天。大部分日子里，人们都不会觉得我所做的事有什么吸引力，但是我想要的只不过是让自己的每一天都坚守我的信仰，担负起神所赋予我的责任。

　　我从不知道神下一步要做什么，或者他要把谁带进我的生活。不过现在我已经习惯而且理解，有时候有些人突然闯进我的生命，又会突然离开。但是，不管在怎样的境况中相遇，我都会学着用心接纳他们。有些人会变成我生命中永远不可分割的一部分，而有些则是短暂的匆匆过客。有些人的生命虽然只是和我的生命短暂交会，但是却在我心中永远留了下来。有一个名叫布伦达的小女孩就是这样。

　　布伦达是我所见过最漂亮的孩子之一。我是在金嘉市最大的医院里看到她的。当时我和我的女儿们每周都会去医院几次，给病人们分发食品，为他们祷告，和他们谈心，让他们不忘记神爱他们。孩子们很喜欢这种服侍，每次结束回家都会对神更加感恩。而且每次去医院，我都会感动不已，因为在这些超乎我想象的痛苦中，神依然显露他的伟大。有时候一些特殊病人的病情会触动我的内心深处，我知道那是神在叫我的名字，要我投入服侍。布伦达就是其中的一个。

布伦达看起来和普通小孩子很不同，我当时猜她的年龄有 13 岁，体重大概只有 36 斤。她全身的重量可能都集中在她那又大又胀的肚子上了，好像怀了一对双胞胎一样。除了肚子，她身上的其他部位都很瘦，感觉好像一碰就会断成两截。

我们遇见她那天是一个星期一，她当时正全身无力地躺在生锈的病床上。她的身体实在太痛了，连呼吸都很困难。床下有个水桶，装满了至少 4 公升的血，那是医护人员从她肚子里引流出来的。布伦达跑遍了乌干达的所有公立医院，都没有人能解释她的身体到底出了什么问题，为什么她的肚子会像吹气球一样越鼓越大，而其他部位却好像在不断萎缩。

我也手足无措，只好立即把手放在她身上为她祷告。几分钟时间里，我的六个小女儿都围在病床周围，和我一起为这个小女孩大声向主祷告。我们的身材高矮不同，年龄也不同，种族不同，语言也不同，但是我们有相同的信仰，只是用自己的方式，一起请求神救救这个孩子。

在我祷告的时候，能够感觉到她的身体在我手下颤抖。等我把手拿开时，发现刚刚触摸到的地方已经留下痕迹。因为我的双手触碰，她的皮肤竟然在表层凝聚起了血块，形成一个我的手印。

当晚，我返回医院和布伦达及其妈妈一起吃晚饭。她妈妈躺在女儿病床旁的地板上陪伴自己濒死的孩子。我一走进病房，就感受到突如其来的无助，于是再次开口祷告，在那个躺满了垂死之人的病房里赞美主，请求他按照他的旨意来治愈这些疾病，或者至少减轻他们的痛苦，要不然就用他的双臂拥抱、迎接我们。我祈求他以自己奇妙的方式安慰我们，直到我们回到天上的家，回到他的身边。

接下来几天，我每天都会去看望布伦达几次，带食物或者毯子给她，因为这里的医院不提供这些东西。我会为她祷告，或者待在她身边陪伴她。我的女儿们也很关心她的病情，每次看到我从医院回来，就焦急地问我怎么样，然后每个人都会很用心地继续为她祷告。虽然布伦达的医生束手无策，没有办法做特别的处理，但是有一天再去探访她时，却发现她的病情明显好转了许多，并且在第二天变得意识清醒起来，可以和我说话沟通，而且好像也没那么痛了。再过了一天，她就能够坐起来，还开始会笑，肚子也比先前小了许多。

我问医生他们采取了什么措施，他们坚称什么都没做，他们相信布伦达的病情好转是因为我摸了她。我明确告诉他们这不可能，但是极有可能是因为当有人祈求耶稣摸她的时候，我们的主真的这样做了。我确信，耶稣告诉他的门徒去医治生病的人，也相信当我们向他全然敞开自己的时候，他会使用我们来工作。以前我从未怀着这样的信念祷告，虽然也常常会反复不间断地祈求神，但是这次为布伦达的祷告却满怀信心，这一点前所未有。我绝对没有为人治病的能力，但是我知道我们全能的天父有。

有一天我又回到医院去探望布伦达，却发现她的病床空了。我顿时焦虑不已，赶紧问医护人员她在哪里。原来医院已经让她出院回家了，因为她的病情有了明显改善。这个我曾经以为会在我怀中去世的小女孩，竟然渐渐恢复健康，而且医生从未对她进行治疗，连碰都没碰她一下。我确信是耶稣救了她。

可能我永远也见不到布伦达。她突然就在我生命中消失不见，就像当初见面时一样。但是她改变了我，坚定了我的信仰。我祷告，她在长大成人时会爱上那位创造者。我祷告，她在 13 岁经历的这场疾病，以及后来奇迹般地康复，会在她未来的人生中坚固她的信仰。

布伦达会记得我吗？当她躺在我从床上拿来的毯子上，会想起我们相处的日子吗？我不知道，但是我永远不会忘记她。

我的人生中被各种令人难忘的经历充满，每天都会有新的事情发生，通常都是一些令人心碎或是残酷的事情，以前我从来没有碰到过这类情况。不过现在我渐渐习惯了这种生活，我也知道这就是我被创造的目的。我感受到一种无比奇妙的使命感。我希望自己的全部余生都全身心投入这种生活。

凯蒂的日记 2009 年 2 月 13 日 礼拜五

我真是竭尽所能要说服孩子们不要玩垃圾，但是毫无成效，她们就爱这样干。家里有一些简单的玩具，也确实有够穿的衣服，但是她们还是对废旧药瓶子、空奶油盒和空盒子情有独钟，还喜欢穿上塑料袋，或者把家里用来擦地板的旧毛巾披在身上。我不明白她们为什么这样做，更让我受挫的是，我不知道该怎么做才能让她们改掉这些习惯。

最近我为所有接受我们"亚玛齐玛传道会"支持的孩子们驱除寄生虫，这下我的女儿们都开心坏了，因为驱虫药都是用一个个盒子装着。而这些盒子恰好可以拿到后院，建起各种各样的小城市。

苏米妮有各样漂亮裙子，却老是穿着叶子和我拿来当抹布的毛巾。斯科维雅有可爱的小包，却非要用旧塑料袋和废弃牙线来做小包。

几天前，我一看出去，就发现前院最大的一丛灌木上铺满了杂物，全都是我很早就丢掉的垃圾。我问苏米妮，为什么灌木上都是垃圾？她说："那是我开的店，你要来玩吗？"

我踏上碎石铺成的车道，随手捡起几个小石子用作钱，然后到斯科维雅的灌木丛垃圾堆商店买东西。6 粒石子买一个旧药瓶、一个牛奶盒、一个厕所卫生纸卷筒和一张用过的电话卡。太划算啦！

我的孩子们都是乌干达人，我从不会想着要改变她们什么。一天结束了，我们要用去一整块大肥皂！当你有了这么多孩子，还有超过100 个其他孩子要在你家里洗澡、吃饭和玩耍，那句俗语"别在小事上耗神"就显得格外苍白了，你必须考虑到，要你家的小孩玩垃圾，让脏衣服堆到比你还高。如果今天是神给我的最后一天，我怎么能不去玩灌木商店的游戏呢？

我的这些热爱垃圾的傻孩子却不断担任神的提醒者。在我眼中，那些用过的、废弃的脏东西，在她们看来却都是宝贝。你能想象吗？我们每个人本来都是残破、陈旧、肮脏，甚至还没有厕所卫生纸卷筒有趣，但是神看我们为宝贝。这些珍宝是他的挚爱，是他愿意为之用死去交换的。哇哦！

谢谢你，我的神，让我拥有这些热爱垃圾、到处寻找宝藏的孩子；谢谢你，当我感觉到自己又陈旧又无用、破烂斑驳，还不如一个纸盒子有趣时，你向我低语说你爱我，看我为宝贵，在你眼中，我是全新的，闪闪发光。

第七章

饥饿并喜乐着

在乌干达待得越久，我就越享受做一个妈妈，也越来越不想回到美国。当我的昔日朋友想着派对、足球赛时，我正在不住向神祷告，求他帮我照顾自己的六个漂亮小公主，要她们都能够吃饱穿暖，还可以去上学。

我用自己的个人存款和来自美国亲友的奉献款，买了一些最迫切的生活必需品，可是我们的生活一直是捉襟见肘。我们没有车，所以需要靠摩托车在城镇里活动。以前家庭成员只有艾格尼丝、玛丽、斯科维雅和我四个人的时候，我们可以挤一辆摩托车外出，前面通常是我们最喜欢的司机弗雷德，艾格尼丝、玛丽和我坐在后座，斯科维雅则紧抓把手，坐在弗雷德前面位置。我们家人口越来越多，外出要租一台以上的摩托车，所以人们经常会在路上看到我们家一大群活泼快乐的女孩，组成了一个小型摩托车队。

虽然我来自美国，在那里认识的每个人都有车，家里有多个孩子的人还会有厢型车。我以前从来不觉得厢型车有什么好。当然，我现在根本买不起一辆这种车，何况在这里大家不管去哪里都是步行来往，而我们外出有摩托车可以坐，这意味着我们的生活已经很好了！

现在我们拥有得很多，所以从来不会注意到自己没有的东西，连想都不会想。我们很富有！我们拥有所有的生活基本用品，而且比起大部分邻居，我们的物质生活真的很丰裕。最重要的是我们拥有彼此，我们有欢笑，有对神深刻的爱，还有他赐给我们的这个新家庭。

当我们资金短缺的时候，就用丰盛的爱和喜乐来充满。许多个晚上，我们吃的是玉米粉粥和豆子，一旦有点多余的钱可以犒劳一下自己，我们就会来一餐人见人爱的"卷蛋"，就是把摊鸡蛋卷着蔬菜吃，另外还会有树薯。这样奢侈的一餐，每人要消费大概 0.6 美元，不过对我们来说已经是种享受了。不管餐桌上摆着什么食物，我们总会围成一圈开心地聊天大笑，有时候会笑到喘不过气来，同时很感恩我们是一家人。我们的生活真是不可思议，能够这样活，我觉得自己是这个世界上最幸福的人。

但是，我深爱的这种奇妙生活并非不需要付出代价，我的意思是那种真金白银的代价。我在乌干达的事工需要花钱，而我没有什么钱。并且很快我就发现，运营一个非盈利机构最重要的事情之一就是：募款。对我来说，这件事不只是筹钱那么简单，它需要唤起大家的注意，而且在整个过程中，还要尝试改变大家的心思意念。我很喜欢和大家分享故事，告诉大家神在乌干达为穷人所行的神迹奇事。我喜欢募款，因为我知道这样所得的钱就可以帮助很多人。我为此深感蒙福，因为神给了我各种不可思议的故事，让我可以和其他人分享。

唯一让我头疼的是，募款会使我必须暂时和孩子们分开一段时间。一直以来，我都不可能在乌干达募款，因为这个国家本身就缺钱，但是在美国就不一样，那里的资金充裕，在我长大的那个区，大家都愿意为我在乌干达的事工献上一臂之力。所以，2008 年春，我就计划了一场返乡之旅，目的有二：探望我亲爱的家人，尽可能筹到款。

我已经有快一年没有见到父亲和弟弟了，身体里有一部分早就迫不及待地要张开双臂紧紧拥抱他们，待在他们身边再也不离开。但是，另外一部分想到的是和孩子们分隔两地，心里就会像被撕裂了一样疼痛。我急着要探望我的亲人，但我也不想离开乌干达，不想离开神赐给我的新家人。我只想要待在我漂亮的女儿们身边。以前我从来没有以一个母亲的身份离开过乌干达，而且虽然我请值得信赖的朋友来帮忙照顾孩子们，但是只要一想到我们彼此要离开一段时间，并且相隔这么遥远，我就几乎无法承受内心的难过。

　　田纳西州的布伦特伍德，那是我长大的地方，位于首府纳什维尔郊区，从空中的飞机窗口俯瞰下去，那里的景色美不胜收，可以看到蓝色的湖泊和连绵不断的绿色山峦。对于那些在那里安家的人而言，当飞机逐渐靠近地面，看着窗外这片美景，就会感觉像是在压力重重的一天结束后，长长舒了一口气一样惬意。

　　当我越来越接近纳什维尔机场，开始为期几周的募款之旅，心里却不像舒了一口气的人那样放松，我发现我的感觉并不像是回家，而只是回到被养育的地方，来走访我的家人和朋友。

　　在我父母的餐桌上吃晚饭，在我曾经的床上睡觉，和昔日的朋友们闲聊，这一切都那么不真实。我希望让自己融入这个我依然深爱的地方，也是我永远都会把它当作家的地方，但似乎都不可能了。我的内心有一部分很生气，因为这里的人们似乎把很多事情都看得理所当然，比如一顿饭、饮用水。但是另一部分又期望最亲密的朋友们应该理解我在乌干达的所见所闻。可是我发现，要用语言来描述自己的经历非常困难，我周围的人们很难真正理解我所分享的新生活的实质。

　　令我吃惊的是，我发现自己再也融入不到那个以前舒适的生活中去了。我无法再生活在这个世界里，置身其中我无法觉得放松或者开怀，反而会感觉不舒服。我心中有微小的一部分感觉到很开心，因为能够再次投入父母和弟弟的怀抱，但是另外更大的部分却感觉格格不入。

　　截止到目前，事工机构合法化已经万事俱备，临近尾声。我选择的名称是亚玛齐玛，在乌干达语里的意思是"真理"，代表着我渴望和机构有关联的所有人都能够植根真理。

　　我们为这个机构所定的目标是通过教育来帮助孩子们经历一个事实，就是在他们之外有一个更宽阔、更光明的世界可供驰骋。更重要的是另一个真理性的事实，就是神按照自己的形象创造了他们，他们每一个都如此美丽，神爱他们，视他们为宝贝，要把最好的都给他们。

在乌干达，我周围的大部分孩子从来都不知道还有这种爱，这是一个悲剧，因为这份爱才是真实的。

从实际操作层面讲，亚玛齐玛会和孩子们分享这些事实的途径是，先提供给他们健康营养的一日三餐和医疗陪护，这样才能保证他们正常活着。从更深的层面讲，亚玛齐玛要让他们了解基督的爱。如果我们不通过供应给他们衣食住行并接纳他们，向他们展示基督的爱，我相信要他们接受基督，那是不可能的事。如果一个孩子从来不知道这份爱是什么，又怎么能指望他来接受生命的救主呢？我希望这些孩子知道他们在地上的生命和神联结之后，将来在天上还会有永恒的生命。

神还在我心里种下了一种渴望，就是让我去和美国的亲友们分享他在乌干达向我彰显的一切。我想和大家分享，虽然今天他们的孩子都生龙活虎，但是在过去的 24 个小时里，世界上其他地方有超过 16000 个孩子无法得到这一点，反而会因为饥饿及其引发的其他问题死去。我想让他们知道，今天还没有结束之前，世上还有另外 3000 个儿童会死于疟疾，他们大部分来自非洲。但是这种病完全可以预防并治愈。我还想和他们分享另外一个事实，就是我们许多人都忽略了神要我们做的事。他要我们照顾穷人，不只是关心一下他们而已，而是要真正采取行动照顾他们，但是我们中间很多人都没有照做。神要我们爱我们的邻舍，就像爱自己一样，但是当我们的餐桌上摆满了丰盛的食物时，我们的许多邻居却正在被饿死。

我身边的大部分人都期待我回国后会感到释放，这完全可以理解。在老家会碰到很多人问我："在乌干达的生活不艰苦吗？"从某些方面而言，当然很苦，但是他们好像无法理解回国后我所承受的更多痛苦，毕竟我要和我的孩子相隔千里。有时候我会觉得我的灵魂被抽离了我的身体，我在那个物质贫乏的国家却感受到灵魂里的富足，但是在这个物产丰富的国家却感到灵性的贫乏。每个人都看得出我有了六个孩子之后生命发生了多大的变化，但是对于我这个人的内在发生的大变革及其产生的巨大力量，却很难察觉。在我的新家，我变化很大，以至于回到我自己的家之后反而带来许多泪水和诸多压力，不被理解的孤独，还有与父母之间的那种分歧和张力，他们仍然希望我改变主意，完成我对他们的承诺，回国读大学。

我住在父母家的这段日子里，想起一个曾经最喜欢的故事《绒毛兔》。故事以一只毛茸茸的可爱兔子玩偶展开，"真的很像一只兔子"，但是它唯一的愿望就是变成一只真正的兔子。绒毛兔的主人是一个小男孩，非常喜欢这个玩偶，就算被磨得破破烂烂也没关系。随着时间一天天过去，绒毛兔的绒毛越来越破，里面的填充物也慢慢露了出来。"它的心里有太多的爱在翻腾，以至于快要爆炸了。它那双用纽扣做成的眼睛本来黯淡无光，现在看起来却活灵活现，连奶奶第二天早上拿起来时也注意到了，她说：'我发现这旧兔子简直有一副无所不知的表情啊！'"

小男孩太爱这只绒毛兔了，哪怕它的胡须掉了，耳朵上粉红色的绒毛也变成了灰色，也没有使他的爱减少一分。后来小男孩患上了猩红热，医生说他最爱的绒毛兔玩偶身上带有很多病菌，会使他发烧生病，必须丢掉。结果奶奶真的把玩偶丢掉了。就在绒毛兔又脏又丑的时候，小仙女出现了，把它变成了一只真正的兔子，焕然一新且光彩照人，还可以到处跑来跑去，和真兔子一起玩耍。绒毛兔没有被缝缝补补或者用胶水粘起来，而是彻底翻转，成了一只全新的兔子。

我就像那只绒毛兔。当我第一次到乌干达的时候，觉得自己很漂亮，光彩照人，就像布伦伍德每个花季少女"应该"有的样子。现在，我每天素颜，双手永远脏兮兮的，做着很辛苦但是很有意义的工作，全身上下破烂不堪，每天累得半死。那些既漂亮又脏兮兮的孩子住进了我的生命之后，爱我爱到把我身上的光彩和礼貌、矜持都一抹而光。

过去一年里，我受过伤，又结了痂，还四处跌跌撞撞。但是，神就是借着这些经历让我变成了真的活生生的我。我的填充物也暴露了出来，因为有人很用力地爱我。我渐渐了解到，真实活着的意思就是：努力去爱和被爱，直到一无所有。当我们一无所有，觉得自己变成了碎片时，神开始把我们拼凑起来，让我们变得完整，且变得真实。他的爱让我们自由，并且全然反转我们的生命。

如果没有这次回国，我不知道自己是否能够意识到自己在乌干达这段时期发生的变化有多巨大。回到我以前的生活环境中，才发现自己已经变得判若两人。我和我的朋友们生活不同，和我的父母生活也不同，和我所了解的美国完全不同。并且，我和我曾经计划的未来的自己也完全不同了。

回国后的一天，我接到克丽丝汀从乌干达打来的电话，告诉我我不在的这段日子发生的一件事。我的家门一直都是敞开的，家里每个人都知道这一点，为的是和更多的邻居分享我们所拥有的一切。克丽丝汀有个5岁的表妹乔伊斯，刚刚从战乱频繁的乌干达北部地区前来，由于举目无亲，只剩下克丽丝汀一个亲人，所以急需要一个地方居住。克丽丝汀就打电话来，请求我让表妹在我家住下来，其实这事根本不需要求我，乔伊斯当然可以和我们一起住！我们既然知道这个孩子的需求，而我们又有能力施以援手，为她提供一个家和我们的爱，还有一堆可以和她一起玩耍、成长的姐妹，怎么能说不呢？

虽然当时我还从未见过乔伊斯，但是她现在是我们家庭的一分子了，我就迫不及待地想回去见到她。我记得第一次听见乔伊斯的声音是在电话里，她刚开始很安静，但是随后就开始咯咯咯地笑，或许是为了回应周围的人，因为这群新姐妹知道我在电话那头，都兴奋地笑得东倒西歪，所以乔伊斯也觉得很有趣，就跟着大家一起笑起来。到那一刻为止，我对乔伊斯而言还只是一个陌生的声音，她还没有"妈咪"的概念，也不知道为什么其他人会因为电话那头有我的存在而那么兴奋。我恨不得马上把她抱在怀里，告诉她我会尽快回去，让她知道我会永远爱她、照顾她。我希望她得到爱和温情，点亮她那小小生命力的黑暗角落。但是，乔伊斯第一次和我通电话时，让我颇感震惊的是，她对我说："谢谢你给我食物，妈咪，今天我还活着。"

我的心跳停止了。这个小女儿，只有5岁，却因为自己有饭吃可以活着而感恩。我看着美国我父母家厨房里堆满的食物，思维开始快速运转：乔伊斯还活着，但是有许多人却没有能够活下来。他们死于饥饿或是一些本来可以预防或治疗的疾病。为什么西方国家这么富有，有这么多的资源和高科技，却仍旧没有解决这些问题？我们本来有能力让孩子们都好好活着，但是当他们中间有成千上万人死去的时候，我们却心满意足地坐着，一切想要的东西都唾手可得。

体会到待在美国的痛苦，我才知道神为何要带我回来的原因，这也是我回来募款的原因。我不是为自己建立一个事工机构，而是要帮助人们生命的改变，还要邀请其他人和我一道做这件事。

我在乌干达目睹到的一切需求从未远离我的心头，它们就像一个重重的包袱压着我，却激发了我的热情，使我必须要回到非洲去。我要在我能力范围内尽可能帮助周围的人，让他们都能过上更好的生活。我也要回到亲爱的女儿们身边，继续做好她们的妈妈，还要把可爱的乔伊斯紧紧抱在我这个新妈咪怀中。

和我一起长大的美国小伙伴们都纷纷对我说："欢迎回家。"但是布伦伍德再也不像我的家了。神学家弗雷德里克·布西拿曾这样写道："神呼召我们要去的地方，正是我们内心深处的喜乐与世界深处的饥渴交会之处。"过去我住在美国的家中非常快乐，但是我最大的喜乐与世界的饥渴交会之处，却是乌干达。在乌干达，我的心灵会歌唱，这里的一切都让我觉得我很鲜活。乌干达是我家，是神呼召我所去之地，所以我必须尽快回去。

凯蒂的日记 2008 年 5 月 7 日 礼拜五

亚玛齐玛，在乌干达语中是"真理"的意思。老实说，我没有太多想，很快就选择了这个词，因为我们的非营利机构注册时需要向政府提供一个名字。当时神对我说："你们必晓得真理，真理必叫你们得以自由。"我打开《圣经》到《约翰福音》第 8 章，这句话正是其中的经文。猜猜那个礼拜天我到教会敬拜时，牧师说了什么？没错，就是这句："你们必晓得真理，真理必叫你们得以自由。"

如今，亚玛齐玛传道会获得这个名字已经大约有一年了，我站立在真理当中，神又把它们陈明给我，这一切令我心生敬畏。在乌干达，我努力教导我的女儿们、我们资助的孩子们和村里的其他孩子，让他们都了解"基督的真理"。我知道，我不能随便走进一个村子，就告诉那里的一个孩子耶稣爱她，她无法理解，因为这太突然了，她从未被爱过。我必须在我说我爱她的同时，喂饱她、给她衣服穿、照顾她，并且无条件地爱她。一旦她能够理解并切实明白了我对她的爱，我就可以告诉她那位比我更爱她的救主。对这些孩子而言，这就是真理——有人爱他们，重视他们，他们不再像孤儿一样被遗弃，他们的未来有盼望和计划。真是无比美好的真理！

我有一个叫玛利亚的年轻朋友，在我带她回家洗澡之前，她从来没有洗过澡。她身边没有一个人在意她，没有一个人告诉过她有人爱她。这一切就是她生活的现实。她住在金嘉市郊区的贫民窟里，每天要在街头乞讨糊口，这里没有一个人愿意接触她帮助她，更没有人在意她是否生病。但是事实的真相是，玛利亚是像你我一样的人，是一个真实的有血有肉的人，是万王之王的孩子。

再来看看萝丝和布兰达。她们是一对孤儿，被父母抛弃后住在孤儿院，成为全世界 1.43 亿孤儿当中的两个。她们晚上睡觉时，没有人帮她们盖被子或者亲亲她们的额头。这就是她们活着的现实。她们在深夜惊醒的时候，没有人会第一时间赶到她们身边来安慰她们。还有一个残酷的现实是，由于其他一些人的无意之失，布兰达将来可能会死于艾滋病。

再看看大卫和巴西尔。他们面对的现实是，两个宝贵的小男孩成了童子军，被俘虏，还被当作财产出售，还要被迫去杀人。如今，战争已经稍微平息，但是他们不被允许回到自己的村子里去，因为人们视他们为叛徒。所以他们只能沿街乞讨。

事实的真相是，这些我所认识的孩子，只是一个弹丸小国里的一小部分。而世界各地有很多像这样的孩子，疾病、饥饿、濒临死亡、没有爱、无人照顾。

事实的真相是，世界上有 1.43 亿孤儿，另外还有 1100 万会死于饥饿或者其他可预防的疾病，有 850 万名儿童被当作奴隶、雏妓，或者在非人性的环境中工作。世上有 230 万名艾滋病儿童。这些可怜的孩子加起来一共有 1.648 亿人。乍看起来这是一个庞大的数字，但是这个地球上有 21 亿人宣称自己是基督徒。

真相就是，只要有 8% 的基督徒愿意多照顾一个孩子，上面的数字就会全部消失。

这就是真相。我有相信它的自由，还有自由和机会去做一些事来改变它。而真理就是，神爱这些孩子就像爱我一样。既然我知道这些，我就有责任为之身体力行。

第八章

最大的能力是爱

飞机降落在恩德培机场时，我开心极了。深深吸了一口这里的空气，其中的味道好像只能用"乌干达"来形容，因为它使我心里充满喜乐，来自神呼召我前往之地。机场跑道旁有一个用石头做成的简易牌，告诉抵达这里的旅客："欢迎来到非洲珍珠。"但是对我低语说："欢迎回家。"

回到乡下家中的头两天，总会有一只咖啡色的小手轻轻抚摸我的脸，还有一个温柔的声音说："妈咪，妈咪，妈咪，该起床了。"第二天早上，艾格尼丝看着我说："就是它！它回来啦！"

我睡眼惺忪地问她："什么回来了？"

她掩饰不住内心的喜乐，回答说："住在你双眼中的那亮光！"

是的，它回来了，伴随着在我心中跳舞的喜乐一起回来了。我再次感觉鲜活起来，藏身在信仰背后的我真的很爱我的生活。在经历了漫长而又炎热的一天后有一大碗米饭吃，让我无比开心，更美妙的是，这还是在家里。

我很快就爱上了我的新女儿乔伊斯。我爱我所有的孩子，但是当神要让某些孩子为我所有时，会把一些特别的经历放在我心里。对这个人的爱会和这个星球上其他所有人的爱都不同，这种爱让我知道，这个孩子确实是我的女儿。

乔伊斯高高的个子，光头，漂亮极了。她是一个天生会照顾人的人，对所有人都充满了爱。她尽己所能地照顾每个人，所以，在她那双小手上常常会抱着婴儿、小动物，甚至还有昆虫。她总是想方设法要周围的所有人都满足，尤其是那些年纪更小的孩子。她发现喜乐来自于自己向别人施予爱，而帮助别人则是最幸福的事。她活泼，是个"话痨"，还经常自己生造一些新词或者编些调子大声哼唱。她还会突然冲向我或者其他小妹妹，张开双臂给我们来一个大大的熊抱。

在我募款这段日子期间和重返乌干达之后，又发生了一些事。生平第一次，我不再觉得和父母以及昔日的生活遥不可及了。当我待在美国的家而远离乌干达的家，才体会到这个世界有多小，就像我曾经生活过的两个世界最终有些融合一样了。而且我发现，原来爱可以在如此遥远的距离之间架起桥梁。整个世界真的就端坐在神的手掌心里，我们每个人都互为邻舍。只要买一张飞机票，24 个小时内，我就可以从乌干达小村庄我的家里来到我父母家的客厅，还可以在 24 个小时内从美国的家回到金嘉市。大家都说很想念我，觉得我距离他们好远，但其实不是这样，我就在这里，和大家一起在这个地球上，站在同一片土地上，做着我认为可以让世界变得稍微好些的事情。

很多人都认为乌干达是另外一个世界，是一个和他们所认为的发达的社会和文化几无关联的地方。当然，非洲和世界上其他许多国家很不同，但是我们之间的相同点远比差异要多得多。正是这些共同点将我们紧紧联结起来，而不是彼此隔离。

在乌干达，就像在地球上所有国家一样，人们都渴望神。他们希望过充满目标和爱的生活，希望能够支撑起自己的家庭，希望能够有工作，希望回报他人且成为良善而又尊贵的人。他们希望感受到自己的重要和被需要，希望变得荣美。孩子们想要玩耍、吃饭、学习，还希望被爱。我们都一样，并非居住在不同的世界里，而是同住一个家园。

大家都是人，都需要食物、饮水和药物，但是大多数时候，大家需要的是爱、真理和耶稣。我可以这样做，我们都可以，我们可以给人们送去食物、饮水和药物，还有爱、真理和耶稣。同一位神创造了我们所有人，只为着同一个目的，就是来服侍他，来爱和照顾他的子民。这是放之四海而皆准的真理。我们不能单打独斗，倾尽自己的资源和能力来做这些事，而是跟从神的脚步前往他带领我们去的地方。他会成就一切我们认为不可能的事。

我的美国家人都说我很勇敢、很坚强，他们拍着我的后背说："再接再厉。做得好。"但是事实上，我真的非常不勇敢，也并不坚强，而且我也没有做什么了不起的大事。身为跟随主的人，我只是做神要我去做的事。他要我去喂养他的羊，并且要我照顾"这弟兄中最小的一个"，那我就照做。同样因着许多人的帮助，这件事成为可能，也因为有大家的陪伴，使我的生命变得有意义。

回到自己的环境里，和我所爱的人生活在一起，做着我喜欢的工作，我倍感幸福。有时候感觉自己就像一首童谣中"住在鞋子里的老妇人"："那里的孩子到处乱跑，如此喧闹，令她一筹莫展。"我也是这样。

回到乌干达家中的第一个周末，我们项目支持的孩子们一起在我家里过夜。大概有 140 个孩子挤满了我家中每一寸空间。孩子们一起唱着我回国期间他们一直练习的一首歌："我们是亚玛齐玛的孩子，我们好开心见到你，妈咪！我们想念你，凯蒂妈咪。我们爱你！我们爱你！欢迎回家！"那一刻我感觉自己的心脏要爆炸了。我们唱歌、祷告，一起欢笑到肚子疼，就这样度过了一个快乐的晚上。真的很感恩，神又让我们相聚一起。

第二天一早，我发现一个叫莎迪雅的小女孩身上出了疹子。仔细检查过之后，我觉得应该是疥疮，是一种会传染的皮肤病，很多人闻之色变。这种病是因为一种小小的寄生虫钻到皮肤下面引起的，会使患者奇痒难忍。开始的时候看起来像疹子，但是很快就会溃烂。得这种病通常是因为长期住在污浊的环境里，而且会通过皮肤接触迅速传染。而莎迪雅家里的八个孩子中，有六个已经感染了。

我去看了孩子们居住的地方，看到了一生难忘的场景，那是我此生见过最糟糕的生活环境之一。八个孩子和他们守寡的婶婶、濒死的奶奶住在一起。两位长辈尽自己的最大努力去工作，但是最终连满足孩子们最基本的生活需求都不能。离他们家最近的水源在九公里之外，所以他们只能不断重复使用已经用过的水。孩子们就像小狗一样挤在泥土屋里的一个小角落睡觉。即便如此，这些孩子还是常常跳舞、大笑和唱歌，和其他所有的孩子一样。

如今，他们正在遭受苦楚。他们的疥疮还在初期，但如果不及时好好接受治疗，就会变得很严重。我和附近的一名护士谈了一下，她告诉我应该如何对付这种病。要治愈，孩子们就必须一天泡两次热水澡，然后擦一种专门的药膏，而且彼此不能共用一盆水或者一条毛巾，同样也不能用同一支药膏。

我感觉这个护士的指导很有道理，但是孩子们的居住环境太残酷了。这个家庭怎么能有足够的水来为这六个孩子每天洗一次热水澡，还是每个人单独一盆水？即便他们有了水，又怎么加热呢？他们家里连一条毛巾都没有，更不用说六条！

但是我有六条毛巾，还有自来水。有电时就可以烧水，没电时可以在后院生火。我有多余的床单，还有强壮的双手，可以把药膏涂抹在这些亲爱的孩子身上那些疥疮上，而且我很感恩自己能够帮助他们。

这样一来，这个房子里除了我自己的7个女儿，还有克丽丝汀和我，现在又多了6个孩子。他们很开心可以洗热水澡，但是当我要用药膏涂抹他们的皮肤时，他们看起来还是有点紧张。有一瞬间，我突然想到，万一我也被感染了这种病怎么办？我自作主张让这些孩子进到家中，但是如果因此连我的7个女儿也都被传染了疥疮，我还算什么妈妈？但是，我脑海中又想起耶稣曾经亲手抚摸麻风病人，又想起耶稣在乌干达给我的使命，刚才的意念顿时灰飞烟灭。他赐给我双手，让我有能力在孩子们的伤口上涂抹药膏，我能使用好它们真是蒙福。

这是我们第一次邀请病人到家里来，此后就有了其他许许多多遭受各种疾病困扰的人住进来。这也是我第一次因为担心女儿们被传染疾病而把心提到了嗓子眼，此后同样还有很多次，但是我每次都还是会毫不犹豫地敞开家门。但是有几次这样做完几天后，我会发现我们的新朋友们病情严重，还会遭受其他一些"好心"家长的批评，这时候恐惧就会油然而生，我就会担心自己没有考虑周全，是否真的对孩子们负责了。

每当此时，答案就会一跃而出："我差派了我的儿子。"天父会在我的灵魂深处低语。"凡要救自己生命的，必丧掉生命；凡为我和福音丧掉生命的，必救了生命。"（马可福音 8：35）我意识到自己必须要顺服他的旨意，去做神要我做的一切事，即便是他要我家里人员越来越多。我知道要保护孩子们的想法是来自神的，但是每天结束之时，我都清楚地看到，这位天父比我更爱她们，他会亲自保护大家。他有可能让她们不受任何伤害或者病痛折磨，也有可能让她们感染疥疮，但是不管怎样，我们能够承担医药费，而且神一定会亲手照看我们安渡难关。

一次又一次，我们欢迎病人来到我们的生活中，走进我们的房间，和我们一起围坐在餐桌旁，使用我们的浴室，睡在我们的床上。但是我们没有一个人被传染疾病，而且那些病人后来也都康复了。这些事使神的名得了荣耀，也使我们全家大大蒙福。

为孩子们治病需要投入很多时间和精力，每天帮六个孩子洗澡两次，换药两次，看起来已经像是一份全时间工作了。不仅如此，准备 12 次洗澡要用的干净毛巾，也是相当麻烦的事，关键我没有洗衣机可以用。不过最困难的还是怎么把这些生病的孩子和我的女儿们隔离，避免她们被传染，同时又要让我们的客人不会感觉受排挤。

我们全部搞定了。不仅孩子们都康复了，而且我的女儿们也都没有被感染，我自己也没有被传染。我下了相当大的功夫才凑够孩子们的医疗费和我雇用来帮忙者的薪水，还有孩子们的饭费。完成这一切很困难。但就是在这样美好又艰苦、荣耀又困难的时光中，神彰显了他的权能，一切都在他的掌管中。看着神的六个孩子再次拥有干净健康的皮肤，脸上恢复了笑容和活力，这一切付出都值得。除了这件事，神还透过许多事向我显现，告诉我，我越多舍己，他就会更多地更丰盛地充满我；越多去爱，就必然会释放更多的爱。

神正在教给我的功课，同样也是他希望教给每个他的儿女的。只不过是他挑选了我，把我带到乌干达来操练，而其他人可以在自己所在的地方学习。我的生命看起来和大多数人不同，那是因为我做出了和大部分人都不同的选择。但是这并不是说不同的选择使我成了一个非凡之人。事实上，我在这里的每一天都充满了警告，有时候是刻骨铭心的警告，让我知道我作为一个普通人的情绪、渴望和有限。

我不是一个轻易退缩的人，也很少会惧怕，但是有一种情况总是会唤醒我身为一个普通人会有的恐惧感。它不是我每天见惯不怪的疾病，也不是一个弱小穷国经常要面对的战争，而是一种再简单不过的情形：面对一只老鼠。有一天晚上，我着急要去洗手间，下床之后突然听到一个小小的脚尖刷蹭地板的声音。顿时，我无法再行动，整个人吓到瘫软了。

大多数时候，我无所畏惧，这是与生俱来的。但是只要一想到、听到或者看到老鼠，我就马上会被吓倒。因此，那天晚上我只好躺在那里，被淹没在黑暗闷热的房间里，不敢下床。我不得不问自己为什么我会如此害怕这样一个小动物？我不确定自己以前是否认真思考过这个问题，但那一刻我真的开始仔细思考。人类常常因为自身的恐惧，害得自己束手束脚不敢向前，我们害怕改变，害怕失去，害怕受伤。我们紧紧握着拥有的东西不放，因为心里惧怕一旦失去它们，就不知道会发生什么。

我想起曾经读过的一个故事。

从前有一个民族，他们调查了世上的资源之后彼此说："如果遇上苦日子，我们怎么才能确保资源够用呢？不管发生什么事，我们都要活下去。让我们开始采集食物、材料和知识吧，这样在危机突然袭来时，我们才会平安无虞。"因此，他们开始囤积各种东西，越囤越多，欲望也越来越膨胀，最终引发了其他民族的集体抗议："你们拥有这么多根本用不上的东西，却害得我们连活下去的基本资源都不够了。把你们的一部分资产分给我们吧！"但是那些不断囤积的人很害怕，就拒绝说："不行，不行，我们要把这些存好以备不时之需，这样才会在未来发生了什么不利于我们的事的时候，不至于受到威胁。"但是其他民族的人说："我们现在都要死了，请给我们一些吃的和能够维持生计的资源和知识。我们等不下去了……我们现在就需要！"结果那些本来就忧心忡忡、囤积居奇的人更加害怕了。他们怕那些穷人以及食不果腹的人会起来攻击他们，就说："我们要在我们的资产周围筑上一道墙，这样就没有人能够抢走我们的东西了。"于是，他们筑起高墙，高到连他们自己也看不到墙外的敌人！但是他们的恐惧感仍然与日俱增，就彼此说："我们的敌人越来越多，他们可能会想办法拆毁这道墙，我们的墙还没有坚固到足以抵挡他们。应该在墙上放上炸弹，这样他们就不敢靠近了。"这些人躲在高墙后面，不但没有安全感，反而被困在自己亲手打造的监狱里——他们因为自身的恐惧而打造的监狱。后来，他们又开始害怕自己放在墙上的炸弹，担心这些炸弹没有炸伤敌人，反而伤害了自己。渐渐地，他们发现自己对死亡的恐惧已经把他们带得离死亡越来越近。

最近的重返美国之旅，所见所闻使我意识到这种恐惧。这种恐惧是那么真实，如果我们给别人一些东西，就会担心自己不够用。回到我在乌干达的新家之后，我又看见这种恐惧带来的后果：有些孩子被活活饿死，有些睡在破布堆和鸡屎堆里，也有些因为疾病渐渐衰弱死去。甚至很多自称信仰基督的人都没有照着基督所说的去做，因为他们感到恐惧，他们没有按神所说的把这些做在弟兄中最小的一个人身上。

恐惧是人本性中的一部分，但是它并不来自神。《提摩太后书》1：7节说："因为神赐给我们，不是胆怯的心，乃是刚强、仁爱、谨守的心。"我有时会想象，神创造我们每一个人的时候，同时在我们心中栽种了一个目的。而我想象中的这个目的一定不会是平庸。虽然《圣经》没有明确告诉每个人他的人生使命是什么，但是其中的确包含了很多普遍性的指引：

"你们要在最小的人身上找到我。"好的。

"你们要撇下一切所有的，来跟从我。"好的。

"你们要尽心、尽性、尽力爱主你们的神，其次是爱人如己。"好的。

"你们要去，使万民做我的门徒。"好的。

"客，你们要一味地款待，无论是陌生人、麻风病人还是税吏。"好的。

"你们要好怜悯。"好的。

"你们要过一种平庸却富足的生活，紧紧抓住自己舒适的生活方式不放，以免转瞬即逝。"不。

我认为不是这样的。"平庸却富足"不在《圣经》的经文中。然而，许多人为了寻求安全，都选择了平庸又富足、舒适又安逸的生活。以前我也是这样。反过来说，如果我们为了跟随耶稣而抛下一切，就算事先没有精心策划，就算沿途没有人愿意按照《圣经》上"客要一味地款待"的要求来接待我们——的确，这些听起来有些恐怖。但是在冒险和恐惧背后，是我们从来都想象不到的礼物：最丰盛的生命。

当然，我并不认为所有人都应该变卖家产、背起行囊，全都搬到非洲来。我不觉得世界上所有人都应该放下一切，去一个遥远而又充满未知的地方做宣教士。事实上，我相信每个人都可以在自己所在之处做一名宣教士。

我们每天都在面临选择：我们可以待在自己的安乐窝里，就像那个老鼠之夜里的我一样；我们可以任凭那种因一点小事而产生的恐惧撕裂自己，哪怕这个小事在神的伟大里显得微不足道，甘愿让它使我们寸步难行。然而我们还可以选择去冒险，去帮助别人，带给别人微笑，改变某些人的世界，让我们的生命因此得到最大的富足。这并非不可能实现的事，所以我们要做的事只有一件：做决定，然后起而行之。

我也并非是一直想着要帮助别人的人。通常来说，我是这样的。但是有那么几天，我就像世界上其他人一样，只想做我需要做的事，勉强往前行。这是一个人本性中的一部分。但是，当我们本不想帮助别人时，反而停下来伸出了援手，常常就是因舍己而获得回报最丰盛的时候。

2007年有一天晚上，下着雨，天很冷。我走出位于金嘉市中心大街上的超市，正要回家时我看到一个全身湿透的小男孩蜷缩在街角，浑身发抖。当时我只是想着要回家，赶紧把身体弄干，然后钻进我那温暖的被窝。但是有一个声音传进来使我站住了。

我把小男孩带进超市，把他擦干，然后给他买了一些饼干和果汁。然后把我的汗衫、一个小小的木质十字架和口袋里的一些零钱给了他，以便他能够乘车回家。

就在他要离开时，大声问我："你叫什么名字？"

"凯蒂，"我回答说，"凯蒂阿姨。"

"我，就是丹尼尔。"他喊叫着消失在了湿冷的夜色里。

大约一年后，我又走进那个超市去为家里买一些食品，中间有一个大大的拥抱把我搂住了。两条咖啡色的小胳膊环绕着我的身体，伴随着一个小孩子兴奋的喊声："凯蒂阿姨！"

我低头看见了丹尼尔。笑靥如花。

"等等。"他对我说。

他冲到最近的一个街边摊贩那里，用小小口袋里的零钱给我买了一支冰棍，然后把小手伸进口袋，掏出了一个小小的木质十字架，笑眯眯地看着我，然后说了一句深深刺透我心的话："我每天都在为你祷告，从未停止。"

直到今天，只要我想起这件事，就会惊叹神的良善。如果我顺服他的旨意，停下来去爱我眼前的人，他就会成就伟大的事。在那个雨夜，我本来只是想赶紧跳上一辆摩托车回家，但还是停了下来，因为我的内心告诉我要这么做。我只是给了他一件汗衫（我确信我有8件）；我只是给了他一些便宜饼干（我想吃的时候随时可以买到）；我只是给了他一些刚好够他坐车回家的钱（大概不到五毛钱的美金）。但那一晚，耶稣给了他希望，然后他就记住了。他不只是记住了我的脸，他还记得我的名字，他为我祷告，为我的平安和我们再次相见祷告。我只是在那个寒夜给了他祝福，他却在那晚之后为我祝福了整整一年。

凯蒂的日记 2008 年 7 月 23 日 礼拜三

嗨！大家好！我在一个充满疥疮、婴儿和太多太多欢笑的世界里向你问好。

我们对"疥疮家族"的治疗一切非常顺利，这个绰号现在在我家里已经被叫开了。事实上，前几天又有另外两个孩子加入了我们这个疥疮家族当中。当时我们本来是去几个身患疥疮的孩子们家里，告诉他们的婶婶，孩子们会在我家里住一段时间，结果发现小婴儿塞勒斯和姐姐法丽达也已经被传染了，而且前者的情形大概是目前为止我见过的最严重的，所以我就让他们搬过来和我们一起住。这样一来，家里就有 15 个孩子了。有疥疮的孩子每天要洗两次澡，我的女儿们则要每天洗一次，每个人还要吃一日三餐，这样算起来一共是 23 次澡和 45 顿饭，其中还不包括我自己和请来帮忙的人。毫无疑问，这样的工作量多得吓人，但我们很开心，因为知道这是神的作为。我们知道，当我们为孩子们洗澡、穿衣服和照顾他们的时候，自己真的就成了耶稣的手和脚。

昨天，我带克丽丝汀去一个疥疮家庭做疥疮清除工作。他们家是一个很小的泥土茅屋，孩子们像老鼠一样睡在一堆堆肮脏的旧衣服和破布上，下面垫着一个又旧又烂的厚纸箱。家里养的鸡大摇大摆地出入厨房，随处拉屎。连动物都不应该住在这么肮脏的环境里，人当然更不能。

我跪在地上，挑出腐烂生了蛆虫的衣服，把其中的粪便和蛆虫擦掉，然后开始整理家里的其他东西。我想把所有东西都烧掉，因为一旦疥疮藏在衣服或者毯子等东西里，就很难挑出来。但是要说服他们把这些东西都烧掉很困难，就像有人跑进你家，告诉你他们要烧掉其中的所有东西，你的感受会怎样。我们把家里几乎所有的东西都清理到房子外面，然后移到后院，开始点燃。在火苗一点点吞噬掉这个家里所有的财物时，我听到主说："我使一切都更新了。"

我们用漂白粉水把整个房子刷了一遍，然后把新买的东西搬进去：草席取代了他们本来当床的纸箱，床单和毯子取代了那些旧衣服。每个人还都得到了一套新衣服。不但孩子们有，阿姨和奶奶也有。我们用我们先前给他们的肥皂把盘子洗干净，然后把我们家里的洗脸盆留下来给他们用。阿姨和奶奶在一番折腾后，再回到屋子里，看到了一个焕然一新的家。一切看起来都很舒适。她们的眼睛泛着泪光。为了这样一个眼神，为了这个感恩的表情，我愿意再做一次。我愿意每天去为人治疗疥疮，烧掉那些沾满粪便、泥土和蛆虫的破衣服，只为在那位老奶奶的脸上看到耶稣。我愿意。

第九章

主是我一切

我的生活就像一场平衡游戏，一边，我正在运营一个小小的非营利机构，所需要的钱看起来就像天文数字；另一边，我要努力学习做一位真正的母亲，哪怕这个过程和大部分人都不太一样。两方面都在以不可思议的方式考验并推动着我的信仰，就像我正在学着去相信神会供应我的一切生活所需，同时也会赐给我足够的智慧和勇气，让我有能力养育那些他交给我的宝贵生命。

令我幸福到陶醉的事情是，我有机会擦净女儿们脏兮兮的脸，为她们小小的指甲涂上指甲油，或者把袜子做成小球给她们做玩具。身为一位母亲，我的生活和世界上其他做妈妈的人应该很相似，不同的地方在于我每天早上要准备 18 片吐司，洗澡时会有 7 个小朋友向我泼水嬉戏，还有每天晚上睡前有大概 140 个亲吻来祝福晚安。

这 7 个成为我家庭成员的女孩，在年纪轻轻的时候就经历了太多。我想把全世界都给她们。但是，当有时候她们用好奇而又充满期待的大眼睛看着我时，我又不禁会想："万一我做不到怎么办？"如果要说初为人母教会了我什么事情，那就是我发现自己真的还有太多的不足，深知自己必须完全仰赖天父赐给我每天所需的力量和恩典。

从各方面来说，我们都是一个平平常常的家庭，并不完美，但是却被我们的创造主完美合为一体。有时候我的孩子们会上学迟到，只是因为我做早餐时把吐司烤得着火了；有时候她们待在家里没去上学，只是因为妈妈想和她们一起玩；有时候我们把家里的食物都吃完了，就拿松饼当晚餐；有时候她们在家里疯玩，到处尖叫，在墙上涂鸦，把小狗当马骑，一度把我搞得快要崩溃了。尽管我很不完美，但是她们会用充满期盼的眼睛抬头看着我，里面饱含着爱和信任，认为我能够回答她们所有的问题。

"妈咪，当我在睡觉时，太阳到哪里去了？"

"妈咪，所有的瓢虫都是女生吗？"

"妈咪，我死了之后会去哪里？小鱼也会去那里吗？"

"可是，为什么鱼儿不需要呼吸空气？"

"妈咪，是什么把天空弄成了蓝色？"

"妈咪，为什么你不像我一样是光头？"

"妈咪，为什么你的皮肤和我的不一样？"

妈咪，妈咪，妈咪……

其中有一个问题最令我吃惊："妈咪，如果耶稣住到我心里去，我会不会爆炸？"

"不会！"我一边大声说着，一边带着孩子们前往尼罗河，准备给她们中的几个人施洗。

随后，我再次思考了这个问题。

"会的，如果耶稣住进你的心里，你会爆炸。"如果耶稣真的住进我们心里，那我们就真的会爆炸。因为当我们与悲伤的人同悲伤时，就会被爱和同情充满以至于爆炸；当我们与喜乐的人同喜乐时，就会被幸福充满以至于爆炸。我们渴望因主变得更丰盛、更美好，我们渴望与创造了我们的那一位更亲近，这种渴望也会使我们爆炸。

孩子们里面那美丽、信靠的灵以及问不完的问题清单，无不在提醒我自己有多么不完备，同时也提醒我，要学习她们，在我与天父的关系中学习她们的那种信靠和敬畏。他过去是，现在还是我唯一所需要的一切。

有时候我会唱歌，有时候我会跳舞，有时候我会大笑，有时候我会大哭。还有一些时候，我无法解释自己为什么要做现在做的这些事，只能说是神的恩典和慈爱过于伟大，以至于我的内心无法全部容纳而感动得激情涌流。所以那天我告诉女儿们说："是的，我的小家伙们。耶稣正要住到你们的心里去，准备好爆炸哦。"

虽然感觉到自己的不足，但是我心里很平安，因为我的本相如此，和所有人一样，所以我很快就可以坦然接受自己的不完美。纵观整部《圣经》，神拣选的都是看起来有各样不足的人来为他做工。看看基督的母亲马利亚吧，她初为人母的时候应该比我大不了多少，甚至可能比我还年轻。我相信她当时同样没有准备好，比我面对孩子们大声提出来的各种问题时的手足无措还要更严重，但是神呼召她做母亲，她就顺服。

一想到马利亚，我就决定不再挣扎着要做什么完美母亲，而只是努力像她那样，自己毫无准备，却随时愿意接纳神所托付到自己手上的孩子。马利亚的信心非常大，她对神全然顺服，完全不计代价和后果，完全遵从神的旨意，哪怕这意味着要失去自己的名声、爱人，甚至是生命。

马利亚是一位母亲，我也是。只要神继续把这些属于他的宝贵孩子交给我，我就会一如既往地尽我所能去爱他们。我是一个能力不足，甚至不太靠谱的妈妈，但是我愿意倾其所有、满怀喜乐地去爱他们。

神的用人方式是明知这个人的所有不足，还是要用他。并且，有时候我们自己感觉力不能胜，但是他要我们再往高处一点，更深地经历他。我们唯一要做的是一心一意地信靠他。然后，他就会帮助我们，使我们能够去应对他要我们做的"超过我们能力"的部分。当神要我接纳另一个女儿的时候，我不会担心自己可能会一次又一次把她那份吐司烤煳。所有我需要在意的就是要去爱她。

我记得那天我接到一个电话，说有一个我们项目资助的孩子刚刚失去了母亲。我赶紧跑到她家，一进房门就迅速扫视了一下这个小小的空间，看到6岁的莎拉在地上缩成一团哭泣，旁边是妈妈的遗体。

那夜，在那样一个又狭窄而又漆黑的小茅屋里，莎拉认出了我是凯蒂阿姨，于是爬到我腿上，静静听着邻居们讨论她妈妈死后自己要何去何从。

第二天，在莎拉妈妈的葬礼上，我握着这个孩子的手，心里很痛。莎拉的亲戚都确定她会来和我一起生活，而她对我也有些感情，因为眼前这个女人帮她支付了学费。当她的亲戚们把妈妈的身体放进土里那一刻，我不认为莎拉会因为有了我这个新妈妈，心理上会得到任何安慰。

当天离开葬礼后，我们一路走回那个人丁正在增长的家，其间，莎拉的眼睛躲在我那副超大白框的墨镜后面，给了我一个一闪即逝的笑容，那是这几天来我第一次看见她笑。凉爽的微风吹过这安静炎热的夏日，我的心为这个新女儿溢满同情。

起初几周里，莎拉都很害羞，很拘谨，但是慢慢地开始表现出她那充满活力和好奇心的本性。她有很多天马行空的幻想和有趣的点子，还有一双明亮会跳舞的眼睛和迷人的笑容。她有着一颗勇敢而又善良的心灵，是我见过的人当中最有创造力的人之一。就像我的其他女儿一样，她有着远超过自身年龄本身的聪明和独立，但是也总会不失时机地调皮玩耍，或者突然开心地放声高歌。她对自己的家人和神有着深深的忠诚，对遇见的一切都充满了爱。

莎拉很快就融入了我们这个大家庭。她的姐妹们用爱、同情和喜悦拥抱了她。我们的家庭成员增长速度快得惊人，而且每次有新成员加入，我的心就在乌干达的土地上更深地往下扎根。我对我这个新家的爱越来越深，可是内在的压力却越来越大，因为即使我全身心想要永远定居乌干达，也没有办法改变我曾经答应父母要回国读大学这个事实。

我意识到自己有两种完美生活。一种是在美国，那里有我亲爱的家人，他们是我的坚强后盾，还有一直鼓励我、帮助我的好朋友，和深爱着我的男朋友。那里也有伟大的教育体系，使我有机会继续学习。当然，还有光明的未来和无限的机遇。

另一种则是留在乌干达，这里同样有我的家，里面没有什么家具，却充满了爱和辛苦的工作，有 8 个漂亮的孩子会叫我妈咪，还有尼罗河畔美不胜收的景色以及神的荣美环绕着我。在这里，还会遇到各种激发我潜能的状况，是任何大学都无法教给我的。在这里还有我的远大梦想、光明未来和无限机会。一直以来，我都在这两种生活中挣扎，我担心有一天自己必须在两者之间做出选择。看着女儿们散落一地的玩具，还有墙上那些我家乡的亲友的照片，我知道我已经拥有了一切自己想要的，只不过它们分处两地。我知道，当我必须做出选择的那一刻到来之际，我会选择神所赐给我的新生活，但是目前我还没有准备好。我希望保持在乌干达的新生活，但是也想继续拥有自己在美国的所有福气。

随着八月临近，我越来越害怕面对抉择。虽然看起来好像很简单，但是我对父母的承诺早已将我的心撕成了两半。我答应他们的时候，完全不知道后来会有这满屋的女儿。我一点也不想离开女儿们，就算一分一秒都不行，但同时我也很想要信守对父母的承诺，让他们能够以我为荣。

神一再通过他的话语来告诉我要顺服父母，而我也真的非常想要尊重他们，毕竟他们一直都很支持我，提供了我生命当中的一切所需。我无法理解，神怎么会赐给我这样一个完美的新家之后，又要我离开。我无法想象自己离开孩子们很久的情形，所以我想或许有一种折中方案，就是先回到美国注册一所大学，念完一个学期以安抚爸妈的心，然后再回到乌干达通过远程网上教学完成学业。

带着这个"一个学期外加远程学位"的想法，我开始准备行李。

这次旅程会带我远离我的新家很长一段时间，一想到这里我就会痛苦到无法呼吸。当我准备抛下这里深爱的一切尤其是全心爱着的家人，内心充满了挣扎。虽然我是要回到一个熟悉的地方，那里有我熟悉的人们，而且也不过短短几个月，但是未来充满了未知。我无法想象自己成为美国大学一分子的情形。

我知道我会尽快重返乌干达，但是又不知道这段时期会发生什么事。我不知道自己离开的日子里，我的女儿们和这个国家会经历什么。我想知道当我不在女儿们身边时，她们会怎样；我也想知道自己在一个全然不同的世界里，最爱的人都不在身边，生活会怎样。我努力让自己不去想今后该怎么忍受亲情相隔，也不敢想象每天晚上没有了我的亲吻晚安，孩子们怎么上床睡觉，同样我自己没有了每晚数十个晚安之吻该怎么入睡。

离开乌干达之前的几周里，我为女儿们、家里和亚玛齐玛传道会都做了最好的安排。我把我的至亲——女儿们——托付给了朋友梅丽莎，因为我知道她们彼此都很爱对方。我也知道梅丽莎有能力照顾好她们，所以交给她我会很心安，当然，我不可能做到百分之百的放心，但是这已经是我能想到的最好的方法了。我把家里的大事小情都交托给了克丽丝汀，她的一双巧手把家里打理得干净整齐，使孩子们有一个舒适的居住环境。她也会帮我注意到大家有没有干净衣服穿，有没有营养食品吃。我请奥莉薇帮我管理亚玛齐玛传道会的各项事宜，相信她会做得很好。另外，奥莉薇也会路过我家时进去检查一下孩子们的情况。

我和一些信得过的朋友沟通了一下关于紧急情况的处理，留下一些可以救急的钱在一个上锁的盒子里。从实际操作层面，我想不到更多可以做的事情了。其实，给我再多时间也无法完全做好心理准备，一想到女儿们要在很长一段时间里离开妈妈生活，我就会很担心。她们有些几乎不认识自己的亲生母亲，有些则会因为曾经和生母很亲密，所以直到现在还在承受着强烈的丧母之痛。对于这些失去父母的孩子来说，能够搬来和我这个新妈妈一起生活，简直是美梦成真，但是现在我又要离开她们了。虽然还会有人在她们身边爱她们、好好照顾她们，但是她们的确又回到了没有妈妈的状态，这对她们而言一定很艰难，同样也使我想起来就觉得揪心。

在我要出发的前夜，孩子们坚持一定要我在她们的房间和她们一起睡，我和小斯科维雅一起睡在一张双人床上。她们只是想要在分开之前多待在我身边一会儿。第二天早上，我们五点钟就起床了，以便准时赶上飞机。那真的是一个心碎的清早，我们都泪如泉涌。

早在几周前，在回答关于耶稣住到心里会不会爆炸的问题时，我就告诉孩子们会。当时只是做个比喻而已，但现在我感觉自己的心真的要爆炸了，不是因为耶稣住到我心里，而是因为要离开孩子们这么久，我觉得心里很痛，难过得要爆炸了。我走出家门，坐上前往机场的车子那一刻，真的感觉心脏要炸得粉碎了。我只能相信耶稣在里面，紧紧握着我的心，除此之外别无选择。

随着行程安排妥当，只待登机，我一手拖着行李箱，衣服早已被孩子们的泪水打湿。就在上车那一刻，我完全败下阵来，平生第一次缴械投降，那真的是我人生中最艰难的时刻。机场离家大约 3 个小时的车程，但是事实上前面还摆着一段艰苦卓绝的旅途，需要我毫无瑕疵的信心与交托。

离开村庄的道路很颠簸。司机不得不躲开其中的坑坑洼洼，就像参加汽车障碍赛一样。我们要先从我家到首都坎帕拉，然后再前往恩德培国际机场。离家越远，我的信心必须不断加增。我不禁好奇，在接下来我人生中的新阶段，面对一个充满未知的未来，主是否真的是我的一切。我不知道自己心里是否还盛得下更多信心。但是，随着车子渐行渐远，我发现我可以。

凯蒂的日记 2008 年 9 月 2 日 礼拜三

你我皆凡人。

他选择了摩西，又拣选了大卫，后来是彼得和保罗。如今是我和你。你我皆凡人，普普通通的人，和他们相比一无所长的人。唯一的不同就是他们回应了神，并且选择顺服，接受神所指派的任务，起而行之。他们并不是每次都做得很完美，但是至少他们回应了神的要求，并且借着他的帮助，终究还是完成了任务。

非同寻常的任务。

摩西是个杀人犯，也是一个事不关己高高挂起的牧羊人。直到神在那堆点燃却不被烧坏的荆棘丛中向他显现，要他带领神的子民出埃及时，他才有了转变。平凡如摩西，马上告诉神选错了人，他说自己口才不好，内心又害怕，但是最后他还是答应了。所以无论如何神都使用他，然后有了后来的红海分开，吗哪从天而降，人们归信神。

约拿是个平凡的渔夫。神要他去尼尼微传福音，告诉那里的人不要再行邪恶的事。凡人如约拿，害怕这个重任，干脆逃之夭夭，结果被大鱼吞进肚子。约拿最后在鱼腹中认罪悔改，求神饶恕，回应神自己愿意顺服。于是神就派他去尼尼微。结果那里的人真的悔改信神，从而避免了因罪恶而带来的惩罚。

大卫是个放羊娃，是家里最小、最瘦弱的孩子。他的父亲一点都不看好他，兄长们也瞧不起他。但是，神要他成为以色列下一代伟大的王。虽然所有人都怀疑，怀着惊惧的心观望，但是大卫诚心顺服。于是神让他成为以色列的王。他在小小年纪时就用一颗石头击败了高大的非利士战士，并且使对手溃不成军。虽然大卫一生不断犯错，但是神还是借着他使以色列成为大国，也靠他向人们传递神的话语。

　　马利亚是农民的女儿，在她可能还是少女的时候，就已经准备好要和当地一个木匠结婚。神要使用她怀上他的儿子，旨在把神的孩子带到人间，成为全人类的希望。马利亚问天使："为什么是我？怎么会有这样的事？"最终她的心尊主为大，甘心顺服。于是神就让她怀上了一个儿子。这个孩子的诞生不仅在当时的世代改变了整个世界，直到今天，仍然在持续不断地改变着我们的世界。

　　保罗是一个一心想要摧毁基督教的年轻人，曾经把信徒关进监牢，甚至杀害他们。神要使用他向犹太人之外的全世界宣扬他的名。但是保罗劣迹斑斑，一开始令其他信徒都很害怕。但是保罗降服下来，毫不畏惧地放胆传福音，于是神就借着他成就了自己的应许。保罗成就了奇迹，也见证了奇迹，他写了将近一半的新约，让这个"好消息"传遍了全世界。

　　有时候，我感觉自己生活中每一年的安排都太平淡无奇，还有一些时候，我又觉得要抚养这么多孩子真是一件令人望而却步的任务。我发现，因为我选择了一条与众不同的道路，旁观者很容易会认为这一切都是超凡脱俗的大事，而我是勇气过人才能这么做。但是，我只不过是来自田纳西州的一个普通女孩，破败不堪，一身罪污，能力又不够。在我身上毫无特别之处，除了我选择对神说"好的，我愿意"。面对神的要求，我说"好的"；面对那些他让我遇见的人，我说"好的"。其实你也可以。平凡如我，在服侍着一位非凡的神，就是这样。

第 十 章

遵守诺言

从乌干达到纳什维尔，我坐的飞机绕着世界转了半圈，我一直无法忘记一个画面。就在我要回国的前一天晚上，10 岁的艾格尼丝请求我说："妈妈，不要回美国工作赚钱给我们，不要去上学找工作。留在这里吧，如果我们没有钱我们可以只吃青草。没错，就这样，我们不需要钱，好吗？"

紧接着她就跑到外面，吃了一把草。

不料，只见她脸色大变，看来她可能要重新调整一下这个计划了。但是想到她宁愿吃草都不要和我分开，心里就很甜蜜。我相信，如果我能够留下来，每天疼爱我的孩子们，我也宁愿吃草来度过余生。

但是现在我人在美国。即便我渴望重返乌干达，神却让那出乎意外的平安充满了我的灵魂。在我内心深处，我知道我的女儿们都会安然无恙，神一再向我确定她们一切安好。接下来几个月里，他叫我清楚地认识到一点，就是她们从一开始就并不真正属于我，而是神的恩赐厚礼。她们是神的孩子。虽然知道将有一段时间我无法接触她们，但是神向我保证，她们将永远不会离开他那充满慈爱的怀抱。

我相信人们都会认为，回到爸妈家里一定会感到舒适惬意。但是事实并非如此，我感觉不知所措，就像上次回家探亲时一样。而这次我知道自己要待得更久，所以这种感觉也会更严重。我感受到强烈的冲突，因为我想尊重父母，听从他们的要求去大学就读，但我又因为和女儿们分隔两地而感到肝肠寸断。虽然我才成为她们的妈妈不久，但是我心中的母爱却如此真实，这是由神而来的。一位母亲永远不应该和自己的孩子们以这种方式分开。

我希望自己在回国期间能温柔、有礼、快乐又感恩，就像任何一个爱耶稣的人都应当表现出来的那样，但是我做不到。实际上，我一踏上美国的土地，就开始变得很暴躁，很悲观，甚至和个别人无法正常交流，真的是无泪不成言。

我努力让自己"安好"，真的努力试过。我知道包括我父母在内的许多人都认为我没有努力尝试，但是我真的尽力了。我希望对父母和弟弟、男朋友更温柔亲切一些。我也希望对室友更好一些，她是我高中时的好朋友，当时和我一起住在大学附近的一间公寓里。但是不幸的是，和我最亲近的人无不承受了我最深的悲伤和挫折感。我越是竭力要做好，情况越糟糕。

我尝试去参加派对，并且筹办派对，这是我高中时代的拿手戏。我还去健身，完成家庭作业，出去跳舞，与男朋友约会。我真的努力尝试做回去乌干达之前的那个自己，那个健康、幸福、享受着美好生活的普通人。但是我再也不是从前的我了，虽然周围的每个人都期待我能够融入，但是我做不到。

回国后不久，我就通过日记倾诉心声，那感觉就像是身在家乡的陌生人，而我也更加理解了为什么自己会感觉不再属于这里。

再次进入美国，我常常想知道为什么会感觉到这么巨大的文化冲击。我怎么会对自己出生、长大，且生活了18年的地方感觉如此疏离呢？我又怎么会感觉那个自己只待了一年的地方反而是真实的家呢？我在许多事情上责备这里：

美国人过于铺张浪费。

超市里五花八门的食物应有尽有，总是会使我感觉恐慌。

这里的人们都在建设百万美元级的豪宅。

大家都缺乏彼此理解和感恩的心。

很轻易就可以获得医疗照顾。

凯蒂之爱——一个关于超凡之爱和救赎的故事

大量的物资冲击着我们的生活。

所有这些事情都使我难以适应，的确如此。但是，最令我震惊和产生分裂感的，是我不再需要依赖神来供应我的需要。我"怀念"耶稣。当然，他没有消失，但是我感觉他离我好远，因为没有耶稣我的生活也运作自如。我的意思是，如果我生病了，可以去药店买药或者去看医生；如果我饿了，就去超市；需要去一些地方，可以开车；需要一些意见或者指导方案，可以打电话给我妈，或者跳上室友的床问她；如果我想寻开心，就找我弟弟布莱德或者其他能逗笑我的人。

我经常忘记先求神来医治我、充满我、引导我，与我一同喜乐。我不得不每天早晚勉强挤出"祷告时间"，而不再持续不断地与主交流。在乌干达，由于我物质贫乏，却因完全依靠神而倍感灵里富足。当我坐在这里写这篇日记时，感觉很受挫，我的愚拙和人性中的欲望，使我开始依靠周围的环境。我发誓我痛恨这种光景。

但是，神还是依旧祝福我，带给我一些能够真正了解我的人，包括美伊一家，还有我的朋友葛文和苏珊娜。我在美国真正感觉"安好"的时刻是和美伊一家人在一起的时候。我在他们家打工，照顾他们身患重病的小儿子迪兰。我发自内心地爱迪兰及其家人，而且在照顾他和帮助他们一家人的时候，我觉得自己有用，正在做重要的事。当然，现在我明白事实并非如此。去爱我的室友，向我周围的人们介绍耶稣同样很重要。但是当时我真的很生神的气，因为他要我顺服父母，然后又让我爱上与父母心意截然不同的事情。这种愤怒使我忘记了，其实当时我仍然可以通过各种方式来服侍神。我希望自己永远不要忘记这个教训。

不过，我的确意识到了一个真理，那是我以前在某种程度上就知道的，但是在美国的这段时期，我对它有了全新的认识。我开始比以往任何时刻都深刻地理解并相信神在掌权，我的意思是那种彻底的、全然的主权。这个道理听起来就像是基督信仰的基本原则，但是很多时候人们这样说，只是想要去鼓励别人罢了。有时候真的很难接受神在掌权这个事实，尤其是当你诊断出重病在身，你的银行账户已空，没有工作，还有一个身陷毒瘾的儿子或者女儿，或者你所有心爱的孩子在非洲宣教，而你却人在美国。凡此种种，都是考验。

我必须一而再再而三地告诉自己："神真的在掌权。"我觉得自己就像生活在一种孤独而又无望的罅隙里。大部分人都会把我看作19岁的大学生，但是我并不像，也不觉得自己像，更不理解什么才算是大学生。我感觉自己就是一个在乌干达拥有8个孩子的年轻小女人，同时帮助教育那里的150个年轻人，那才是我能够理解的生活。但是我身边好像几乎没有人能够理解这些。

人们问我，身为护理系的在校生，一周要上19个小时的课，还要打工15个小时，怎么照顾远在乌干达的家人？我能提供的唯一标准答案就是："神会供应。"这个简单却是发自内心的答案常常被证明很准确。基督徒们经常这样说，但是我们有时候并未真正理解其中的全部真理。

我完全理解"神会供应"这句话的意义所在。它意味着任何时候，只要我需要，就会有一张1000美金的支票出现在邮箱里，以供我支付房租和雇工工资。它意味着下一周，神将感动一些人寄支票给我，帮我交电费，同样意味着当我们的食物告罄时，有人会寄钱给我们，让我们能够再次填满装食物的餐柜。

我发现，当我说"神会供应"的时候，有人会用怀疑的眼光看着我，这让我觉得很奇怪。我知道神会供应，我也亲眼见到他这样做了。我不是天真无邪才这么说，而是单单仰望这位神，他比我更爱我的孩子们和雇工。

　　还有人问我会不会感觉工作超负荷，这是我最不喜欢的问题。如果我说"是的"，他们肯定会追问："那你为什么不压缩工作量呢？"我嘴上想心平气和地回答他们，脑子里却说："我正在全身心地抚养我的家庭，爱我的孩子们啊！我不是在做一桩生意，所以无法'压缩成本'。"我确信每个给出这样建议的人都是希望减轻我的负担，是出于好心，但是有时候我想知道，如果我建议他们抛弃自己的一个孩子，他们会怎么说？

　　有些人真的很理解我。我的母亲就是，哪怕在我没有好好回应她的善意，或者由于我学习紧张没有感谢她为我洗衣服，她都全心全意对我好。还有我的室友，她在我饿了的时候跑到超市为我买吃的；还有美伊一家人，他们邀请我去他们家，留我与他们共进晚餐，听我滔滔不绝地谈我的孩子。他们一直答应要为我们祷告；还有葛文和苏珊娜也了解我，他们怜恤那些孤儿，支持我的收养计划，帮我宣扬我的理念和亚玛齐玛传道会的事工。我知道有很多人并不了解我，但有这些人了解就是极大的祝福了。

　　然而，仍然会有一种巨大的孤独感不断袭来。慢慢地，神差派一些体贴我的人认真地驱走这种感受。他不仅派来一些能够理解我的家庭，而且还有一些乐于奉献支付我们水费的人，这样我们就可以持续为村民提供洗澡水和干净的饮用水。每当我因思念孩子们而心碎时，神就会让我接到一个电话，电话另一端是巧克力肤色的人也在想念我，渴望着我的回音。神满足了我的每一个需要，而且不断以最奇妙的方式证明：他在掌权。

　　有一个周末，我格外被提醒神在掌权。那天我的世界在一瞬间被撕裂了，因为我最好的朋友正在读会计专业，她想看看亚玛齐玛传道会的财务数字。对她而言，这是一个练习会计技巧的绝佳机会。对我而言，这也是一个祝福，因为有这样一个比我懂财务的人来帮忙检查我们的财务状况。

我的朋友蒙了，她完全无法理解这个机构怎么能够维持运营。从一名会计的角度，以及最基本的人类生存逻辑来看，这根本不可能发生。有 150 个孩子上学，但是只有 44 名资助人。换言之，还有 106 个孩子的学费是来自募款或者我的个人储蓄。当时是 2008 年 10 月，我还欠乌干达的学校 8000 美元，这是截止到 12 月的学费。而且当时我在乌干达下个月的房租还没有着落。

我的朋友小心翼翼地问，如果我无法支付 2008 年的房租和日常开支，那怎么运营传道会，如何保证孩子们在 2009 年继续上学？我的答案很不切实际："到目前为止，我们都还可以收支平衡。每到月底，那些钱就会跳出来。"我想她可能会嘲笑我，但是很感恩她没有这么做。

她像包括我聪明的父亲在内的其他人一样，努力解释给我听，按照目前的情形，我不可能再继续运营传道会。她认为应该缩小规模，到 2009 年，只让被资助的 44 个孩子上学。她还建议，从现在起到同年年底，传道会收到的所有款项都要用来支付学费，我应该先攒一笔钱，然后再继续资助其他孩子上学。

我根本无法想象，要告诉 106 个我心爱的孩子们他们将不能再上学，同时告诉他们我养不起他们或者无法给他们提供医疗照顾了，因为我没钱。我极力控制着自己的情绪，在她离开后开始泪如雨下。

就在这时候，神拉回了我的注意力。他让我想起，从来就不是我选择了这 150 个孩子，而是他把他们赐给了我；不是我计划送每个孩子上学，而是神的计划；不是凯蒂在执行凯蒂的计划，而是主在做。主供应一切，凡事富足。我能想象神在对着我笑着说："哦，看你那小信！凡事奉我的名无论求什么，我都会赐给你！"

一直以来，我关注的是"如何继续供应这些孩子"这件事，以至于忘记了这根本不是我能做的。我一直忙着募款，却忘记了向神祈求。

于是那天我双膝跪下祷告说："我不要缩小规模，我不要告诉那 106 个孩子明年不能上学了。"

所以我能做的，就是回头去看过去一年发生的一切。神是否曾经停止过供应我们的所需？没有。那么，我为什么相信他现在会停止供应呢？

我一直跪着，求神饶恕我对他的质疑。他当然会帮助我们！接下来几天，我又禁食迫切祷告，求神不断供应。我们一共需要 7 万美元来偿还 2008 年的负债，并提供所有孩子 2009 年的学费，还要有足够的钱买食品、交房租、支付日常开销和孩子们所需的医疗费。在接下来的几周里，就有人要资助 13 个孩子的学费，还有人举办了三场募款晚会，朋友们自发地为我加油打气并提供帮助。葛文和苏珊娜成了我的第一批志愿者，他们努力不懈、热情洋溢地参与其中。我什么都没有做，只是祷告并相信神会参与我的生命，毕竟是他呼召我做这一切的。在神凡事都能，他重视每一个大大小小的呼求。

当我祷告并全然向神降服，他就开始行神迹。就像魔术般打开了一道闸门，供应如潮水般涌来。几个月时间里，我们就拥有了所需要的 7 万美元，随后还有更多。

或许我在美国感到不舒服，无法融入其中，但是神并没有抛弃我，任由我自生自灭。他与我同在，成就了不可思议的事，好让我在乌干达的服侍可以持续下去，即使我离开，一切如常。

凯蒂的日记 2008 年 9 月 25 日 礼拜四

我的一天

有几个礼拜天，我会去父母所在的天主教堂，那是我从小长大的地方。做弥撒时，我最喜欢的环节是领圣餐，而且我绝不会错过任何擘饼的机会。因为擘饼时，我可以看着每个人的眼睛，了解他们所经历的和我一样受过的痛苦，也享受过和我一样的喜乐，明白与我们最渴慕的造物主分离的那种感受。这对我而言，是何等大的祝福。这个礼拜天，当我擘饼给队伍中的一位阿姨时，她看着我说："欢迎回家。"

我并不认识她，但是那一刻她认识我。当她说"欢迎回家"时，我眼中的泪水如决堤般涌出，滔滔不绝。"欢迎回家。"

我想问她："家在哪里？"

从某种程度上，我感觉自己已经像地球上游牧民族的人们一样，正在学习适应迁徙生活。人类一直都渴望找到一个可以称为家的地方，那是一个窝，一个属于自己的营寨。我有好多个家，但它们又都不是我的家。一直以来，我父母的家是我的家，我的避风港，但是如今，它让我感到陌生和疏离。我在学校旁的公寓是我现在的家，但它并不属于我个人。其中我的房间里贴满了我的孩子们的照片，她们正居住在我另一个在乌干达的家，那是唯一一个真正让我有归属感的家，唯一一个我为自己打造的家，但如今却无法待在其中。

"欢迎回家。"那位女士在教堂里对我说。当时我的脑海中出现了八个光头的褐色小人，她们向我跑来，高喊着："妈咪，欢迎回家——家——家……"她们紧紧抱住我，使我喘不过气来。我的心待过许多地方，爱过很多人。但是，神轻声对我说，我真正的家只有一个，就是与他同在。我在地上永远得不到满足，永远是寄居的，因为事实就是如此。神创造了我的心，使它渴望有一个家，一个窝，一个营寨，这样的渴慕只有在天上与神同在时才能得到满足。我依旧会在不同的家之间奔波。但是，不管住在哪里，我都要好好珍惜所拥有的一切，并兴奋地等候那个我称之为天堂的地方，然后听到神对我说："欢迎回家。"

第十一章

活出秘诀

十一月初的一个礼拜天，正好是我 20 岁生日。那天我用了一部分时间来惊叹过去一年的生活。从 19 岁到 20 岁这一年里，我学着做老师、护士、工匠（包括修理管道和电路）、厨师、杀虫者、女仆、服务员、导师和母亲，最重要的是，学会了做王的女儿。

我那恩慈的天父为我创造了一个家，其中有引人怜爱的孩子们，同时还启动了一个迅速成长的事工机构，来帮助他的子民。虽然在这些工作中我的双手的确干了点体力活，但是这些成就不属于我。经常有人问我："你是怎么做到的？"我的答案很简单，一成不变："我没有做什么。也许咖啡起到了一点点作用，而耶稣则是全部。"这个计划，以及这些"成就"，都和我个人无关。

我很依赖人。

无力。

软弱。

撑不下去了。

虽然这些字眼听起来很恐怖，却将我带入了一个佳美之地，一个我必须随时呼求天父以度过每分每秒的地方，我必须时刻呼求他，否则就会下沉。我记得当初为这地感恩的场景，如今还要感谢。使徒保罗在给腓立比教会众信徒的信上说，无论他处卑贱，或处丰富，或饱足，或饥饿，或有余，或缺乏，"我都得了秘诀"。他知道怎样在这些环境里生活。他是怎么做到的？"我靠着那加给我力量的，凡事都能做。"（腓立比书 4:13）

我正在学习认识到一个无力、破碎、一无所有的地方，事实上正是主耶稣离我最近的地方。

　　我回国读书期间，有时候会希望自己仍旧生活在乌干达那个饥饿、贫瘠的环境里。有时候我觉得在那里虽然一无所有，但是事事处处都愿意依靠耶稣，在物质生活极其丰富的美国则做不到这一点。虽然我的肉体不会饥饿和贫乏，但是我的灵魂出现了前所未有的饥渴。保罗的秘诀是真的：我虽然什么都不能做，但是我让主赐给我力量，让他来成就万事。我迫不及待地要看看，在我从20岁到21岁这期间将会发生什么。

　　随着感恩节假期临近，我忙着上学、工作，同时也为在乌干达日益发展的机构募款，以补足其发展所需的供应。感恩节过去就是圣诞节，周围的人都忙着买礼物、挂灯饰来装点布置营造圣诞氛围，我却异常想念在地球另一端乌干达我的家，一心只想着回去和孩子们在一起。在我看来，我大一的上学期可谓一场灾难。我不是说神让我荒废了这段时间，相反，我交到了很好的朋友，筹到了很多钱确保神在乌干达的事工能够持续。我只是想说，大学并不适合我，乌干达才是为我预备的地方。

　　我已经在大学努力过了，一个学期已满。我不能身在一个国家，而灵魂却在异国他乡。纵然我心里想，实际上却做不到，我希望找到一个万全之策使我的亲生父亲和天父都满足，但是内心的战争却极其焦灼。

　　许多年里，我都记得自己背诵的一处经文："一个仆人不能侍奉两个主。"（路加福音16：13）放在一个大背景下看，这节经文提到了既侍奉神，又侍奉金钱的矛盾，但是当我读到这里的时候，这两个"主"在我眼中是要选择侍奉神的永恒旨意，还是一个人在这世上的欲望。我不能一边蒙神呼召，一边又要满足父亲在我身上的愿望——用一纸大学文凭获得一个稳妥的"平庸、成功的未来"。

　　我并不讨厌大学和美国，只是太想念我的新家和家人们。我生命中有太多令人为之迷醉的地方，在乌干达的小村庄里传教和做一位母亲都使我着迷；但是有那么一刻我也想住在老家附近，嫁给我的男朋友。我不想放弃在乌干达爱上的一切，但我也想让美国的生活使我锦上添花。但是，事实就是，没有一个人可以侍奉两个主人。要跟随耶稣，就必须做出选择。有时候，做选择真是让人煎熬。

回过头去看，现在我相信在美国的那段日子里，当时我在竭力尝试的生活并不是神要我过的生活。我虽然也想乖乖听爸妈的话，但他们对我的期待和神的心意大相径庭。神不要我待在美国。在美国的我并不在神的心意里，所以会感到如处黑暗之境。

这并不是说我在美国的那段时间就毫无意义，没有蒙神祝福。相反，他的祝福超乎我的所思所想，他让我在对的时间遇到对的人，有些人帮助我度过每一天，有些人则帮我募款，还有人些虽然不能理解我，但依然乐意为我鼓劲，比如我的弟弟布莱德、我的男朋友和闺蜜们。神让我在美国募款，以此唤起美国人的关注，而这些努力直到如今都在支持着传道会的财务。

神一再教导我，世人说什么都无关紧要。哪怕身边最亲近的人都怀疑我的所作所为，不相信一切会成功，也都不要紧。他们说这一切都不可能也没关系，因为神做了这件事，他就会持续不断做下去。

以前人们常说，不管发生了什么事，都有神的旨意，我曾经意识不到这句话有什么问题，但是现在我确信这是一个被普遍错解的概念。它会带给人这种想法：太好了，这下我可以做我所想的，神要么做一些事来成就我，要么坐视不理，但是一切都是他的旨意。至于事情本身，该成什么样就会成什么样。我再也不相信这种鬼话。我相信神掌管一切，当然，我也相信我有自由选择权：要么跟随他，要么转离他；我可以答应他的呼召，也可以拒绝；我可以选择吃苦，也可以选择安逸。并且如果我选择安逸的生活，神仍然会无条件地爱我，永远不会放弃。

我仍然会在我的生命中蒙受他的祝福，看见他的荣耀，只是不会是我现在所看到的这样。我会错过神的旨意，会像《圣经》中记载的那位富有的年轻官员一样。他并没有像使徒行传中的亚拿尼亚和撒非拉，因为私自留下变卖田地的价银而扑倒断气。他一直遵守诫命，大可继续过着富足的生活，但是如果当时他答应神："去变卖你所有的分给穷人，就必有财宝在天上，你还要来跟从我。"（马可福音10:21）这样，他的人生将完全不同。

我再也不想错过神的旨意。在美国期间，神使我大大成长，教会我许多功课，并且从不放开我的手。每一天他都在不住提醒我，我现在的这一切不是他要给我的。我不想错过他为我预备的，永永远远都不想。

在《路加福音》第14章26节中耶稣对他的门徒说："人到我这里来，若不爱我胜过爱自己的父母、妻子、儿女、弟兄、姐妹和自己的性命，就不能作我的门徒。"这节经文当然不是要我憎恨父母，而是要我爱神超过爱父母，这份大爱使其他的一切爱都相形见绌，甚至变得像是憎恨一样。这节经文要我抛下一切来跟随主，尽管别人会以为我憎恨这一切。这节经文要我看重他对我的爱和安排，世上再也没有比这更宝贵的了。所以，我就照办。

我选择重视他的计划，他的呼召，他的爱，胜过这世上的一切。我必须使我的心和神的旨意合而为一。我必须回到乌干达，不是暂时居住一段，而是在那里用尽余生。

带着父母极不情愿的祝福，圣诞节之后我没有再回校注册，而是买了一张单程机票，回到了乌干达。

凯蒂的日记 2008 年 12 月 29 日 礼拜一

　　"记住，神永远都不会要你做你无能为力的事。"人们常常把这句话挂在嘴边，不断重复。这句话伴随着我长大，如今又听见了。它的本意是要鼓励别人，并且如果我相信它是真的，那么事实就必然如此。

　　但是我不相信。

　　我相信神创始成终、说有就有、命立则立，他所给我们的远超过我们的能力。正因为此，当我们向他降服的时候，他就全然掌权，在我们生命中做成那不可能的给我们看，让我们相信他真的在那里。

　　去年，神又给了我八个孩子，我根本力不能逮。他还要我募我找不到的款项，来支付那些搁在心头的各种需要。他要我做的，全是我自己认为会击垮我的事。

　　神给了我一个家，一个我完全意想不到的家。但是我刚刚爱上这一家人，就不得不离开。我以为将要离开的这四个月将难以忍受。虽然他们有时候很磨人，但却是一群蒙神眷顾的孩子，而且使我从中可以学到很多。只要再撑几天，煎熬的日子就结束了！我就可以和亲爱的孩子们团聚。我们真的做到了！

　　在美国读书的四个月里，我收获了意想不到的友谊。他们爱我、服侍我、帮助我，这个世界再也找不到比他们更好的人了。我对救赎主的爱与日俱增。我们已经筹到了明年所需的钱。

　　我已经学会了接受神要我做我无能为力的事，甚至主动请缨。因为在这些时候，神会向我彰显他自己的得胜。他提醒我在这种生活面前，一定要他越来越多，我越来越少。神的确会给我们更多，超过我们能够驾驭的。但这并非恶意为之，而是一种带着爱的计划，只有这样，他的荣耀才得以彰显，我们才能毫不怀疑他在掌权，人们才会看见他的恩典和信实一直在光照我们的生命。

随着我在这些环境里向神降服，看着他掌管一切，行各种神迹，我就被喜乐和平安充满了，多得令我无法承受。

第十二章

天堂一瞥

我乘坐的出租车从恩德培机场开始一路颠簸回家。家门口近在咫尺，我感到车身一震，就像有人从四面八方跳上去了一样。我的孩子们！我几乎打不开车门下去迎接她们。好不容易下了车，我也是踉踉跄跄的，因为我那欣喜若狂的女儿们都要来抱我、亲我。我们就这样一路蹦蹦跳跳地往家走，留下一头雾水的出租车司机在后面跟着。

虽然我离开乌干达只有四个月，但是就像一生之久那么漫长。我找不到合适的字眼来充分表达这种重返家园的喜乐，就像一个窒息的人终于可以再次呼吸了一样。

在我从美国回来前一周，我们家又多了一个新成员，有一天我接到一个电话，说是普洛西和玛格丽特还有一个妹妹，名叫海伦，刚刚8岁，就住在我家附近的孤儿院。这三个姐妹从未在一起生活过，彼此也只见过几次面。但是一想到这个小女孩离我们这么近，却和姐姐们又彼此分隔两地，我就无法忍受。克丽丝汀去孤儿院问了海伦的情况，然后在我回家之前把她接回来同住。

高高的个子，明亮的眼睛，随和的性格，海伦很快就完全融入到我们的生活当中了，就像我们本来就是一家人。海伦天真可爱，很快就可以信任别人并且会爱人爱得很深。她有着自由奔放的灵魂，活泼而又外向，很容易和人交朋友，而且表情很多，常常逗得大家哈哈大笑。她偶尔有些任性且很有主见，但是大部分时候都是充满快乐，也给我们这个大家庭带来了更多欢笑。

我回到家的当天晚上，家里没有一个人愿意安静下来。家里所有人都在欢天喜地地折腾。过了午夜，所有的女儿都爬到我的床上，直到最后一个一个地进入梦乡。只剩下我一个人醒着，虽然精疲力竭了，但想起女儿们见到我时那兴高采烈的样子，就忍不住笑了。

"妈咪！妈咪！妈咪！欢迎回家！"她们大声喊着。

这一定是天堂才有的场景，我思忖着。天使正在喊着我们的名字，而耶稣则温柔地说了一声："欢迎回家。"

想着想着，我就迷迷糊糊睡着了。

第二天早上醒来，看见躺在自己的床上，我就有种抑制不住的幸福感。我和女儿们立刻回到了昔日的生活轨道。这就意味着我那天要烤 28 片肉桂吐司作为早餐。想到接下来要给孩子们洗澡，在她们那巧克力色的肌肤上抹润肤乳，然后还要换床单、洗衣服、擦地板、跳绳、唱歌、跳舞、彩绘，容光焕发地度过这一天，我就幸福至极。一直到吃晚饭时，我们都还穿着睡衣。最后，我们以观影《夏洛的网》结束了这一天，女儿们认为一只会讲话的猪是最好玩的事情，于是就在笑声中进入梦乡。

接下来的几周，我走访了周围我们项目支持的 6 个村子，看看孩子们，同时考虑再增加几个资助名额。走访村子一直能给我带来纯粹的喜乐。这里到处都是贫困有需要的人，走在他们中间我才能被神提醒，我们迫切需要神，需要救主。我站在这些被感恩和幸福感充满的人群中，听着他们描述自己简单的生活，发现他们的贫乏使他们更愿意信靠神。在他们中间我感觉我们的心灵距离好近。在美国"清洁"的文化中待了四个月后，我已经迫不及待地要挥汗如雨、灰头土脸，被几十只脏兮兮的小手拉着胳膊到处跑。在乌干达的破屋陋室里，我的心鲜活有力。"欢迎回家，凯蒂！"我对自己说。

在美国期间，我已经募到了足够的钱，来额外支持几个孩子上学。用以支持明年所需经费的 7 万美元，可谓来得神奇。起初我们一共资助 156 个孩子，现在增加到了 203 个。这些孩子经历的苦楚，远远超过我的想象。耶稣认识这些孩子，不仅能叫出他们的名字，而且还乐意称他们为"我的孩子"。当初钱到账后，我就告诉奥莉薇，尽快去寻找那些最需要帮助的孩子。乌干达每年二月开学，所以我希望能尽快完成家庭评估，尽早让这些孩子办完入学手续。

我们的家庭评估会首先从搜集基本资料开始入手，其中包括家庭人口、孩子多少、家长有无工作能力，等等。不少家长不是上了年纪，就是身患重病，除此之外，我们还会看看家里是否有水、电和粮食。我们机构的目标是服务最需要帮助的孩子，所以家庭评估的目的之一，就是要确认哪个家庭最需要帮助。

一月底，我已回到乌干达两周了，又到了给项目支持的孩子们分发学习用品的时候。孩子们急切的心情完全不亚于有些人渴望得到金银珠宝时的情景。我们一共发出去 1740 本书，864 支笔，54 个橡皮擦、尺子和量角器，还有 100 盒彩色铅笔，220 套牙刷牙膏，1100 块肥皂，568 卷厕纸。

看着去年就加入我们项目支持的孩子们，我心里真是感觉惊喜。他们比以前更健康快乐了，身体也越发强壮，人也变得干净整洁。以前不认识耶稣的人，现在大部分都认识了。至于刚刚加入项目的孩子，我相信一年后也会大变样。看着这些可爱的孩子，都出身于极端贫穷的家庭，但却充满潜能，才一年时间他们就进步如此神速，这再次更新了我的使命感，使我能量倍增。

我回到乌干达后最幸福的一个早晨是这样开始的，我的三个大女儿玛格丽特、普洛西、艾格尼丝排着队走进了我的房间，当时我还正在睡觉。她们叫我说："妈咪，妈咪，有小孩子需要我们的帮助，快看看吧。"

"好，"我昏昏沉沉地说，"在哪里？"

她们一路带我来到一栋废弃了的房子里，有七个孩子躺在肮脏的土地上。他们身上很脏，饿得奄奄一息。其中最大的孩子 11 岁，最小的两岁。我虽然见过病危的孩子，但是还从未见过病得这么严重的。他们浑身长满了皮癣，还患有疟疾，生满了疥疮，还有其他很多病。其中两个孩子是我有生以来见过最瘦的，他们身高约 140 厘米，体重大概只有 30 斤。

我和三个女儿赶紧把他们带回了家。看着孩子们的表现，我真为我们这个家庭自豪。普洛西、玛格丽特和艾格尼丝径直走到浴缸旁边去接水来为他们洗澡，玛丽为他们梳头，海伦和苏米妮给他们擦乳液。到今天为止，我们早就再也不怕疥疮了。斯科维雅泡了茶水，撒拉和乔伊斯回到自己房间，为每个孩子挑了一件新衣服。不到一个小时的时间，我们的七个小邻居和刚才判若两人，他们洗了澡、穿了新衣服、吃饱了肚子，还咯咯咯地笑。

玛格丽特用她那闪亮的眼睛看着我说："妈咪，我爱这些孩子。"

"我也是，玛格丽特。"我轻声说。

事情就是这样。当时我想，世界上的许多地方，我们坐在教堂里谈着同情、无缘无故的爱、重生，一个小时过去，我们仍旧坐而论道。但是就在此刻，重生这件事发生了。我的五岁女儿明白怎样做耶稣的手，去帮助更多人。我亲眼看见我照顾的心爱的孩子们转而去爱、去照顾别人。

这次经历只是发生在我家里很多很多类似事情中的一次，我经常看着她们把需要帮助的人接到家里来，欢迎他们，拥抱他们。她们的细心和爱心每每令我惊奇。这一天，我的孩子们替爱人的神认养了那些没人爱、没人要的孩子。看着那些没人想要的孩子感受到了被爱、被重视，这是多么美好的事。

直到那时候，我才知道神用这种事充满我的心，是为下一刻做准备。有一天，我正在心无旁骛地帮助七个孩子中最小的女儿珍妮，忽然，本来被爱充满的心碎了，脑子里再次冒出许多念头：她流浪无着落，没有人要。怎么会没有一个人想要这个亲爱的宝贝呢？但是神要她。她是天上君王的孩子，属于那位荣美的造物主。从昨天到今天，当我把她放到床上那一刻，她就属于我。

第二天早上，我在日记里写下了头天晚上在珍妮睡着后心里的挣扎，记录了伟大的神对我说的我最需要的话。

2009 年 1 月 25 日 礼拜天

我睡不着。昨天晚上，我把 7 个生病的宝贝孩子从废弃房里带回了家。晚上哄他们入睡后，我的脑子就像被砖块砸了一下：他们需要一位妈妈。我下意识地做了回应："好，我来。"

随后我又想了一会儿。哇！啊哦！嗯！神啊，请不要让我做他们的妈妈。我的意思是，这是真的吗？9 个孩子都已经让人抓狂了，16个孩子怎么搞得定？不行，我做不到。我是认真的。我认为我没有精力天天给他们做饭，为他们洗澡。就算是在乌干达，我也没办法一路供他们完成学业。

哦，当然，我愿意告诉大家，我一直都相信神在我生命中的完美计划，也一直会把所有事都交托给他，知道他会在凡事上赐给我平安。但说归说，真正开始面对现实的时候，我还是想缴械。我说："神啊，如果你要我做他们的妈妈，我不愿意，真的不愿意。"但是，紧接着我就感觉非常不舒服，因为我的说话对象是为我死了的人，所以，我马上说："好吧，神，如果你要我成为他们的妈妈，那我想要一个洗碗工。哦，对了，还有一辆车。"这次交流持续了大约有一个小时，当时我就躺在床边的地板上，意识开始慢慢清醒起来，决定去读神的话语（咄！）。

接下来是神给我说的话：

做好你自己就好了。我造了你，我了解。不要害怕，不必纠结。

我是主，是你的神，无论你往哪里去，都必与你同在。我永远不会撇下你，也不会丢弃你。（申命记 31:6）记得我的话，你虽四面受敌，却不被困住；心里作难，却不至失望；遭逼迫，却不被丢弃；打倒了，却不至灭亡。（哥林多后书 4:8-9）你要救自己的生命，就必先丧掉生命；凡为我丧掉生命的，必得着生命。（马太福音 16:25）在我里面有平安，你要专心仰赖我，不可倚靠自己的聪明，在你一切所行的事上，都要认定我，我必指引你的路。（箴言 3:5-6）女儿，有时候我会试炼你的信心，因为信心经过试验，才能生忍耐，但忍耐也当成功，使你成全完备，毫无缺欠。（雅各书 1:2-4）我知道你为这些孩子心痛忧伤，我比你更心痛。在世上，你会有苦难，但你可以放心，我已经胜了世界。（约翰福音 16:33）殷勤不可懒惰。要心里火热，常常服侍主。在指望中要喜乐，在患难中要忍耐，祷告要恒切。圣徒缺乏要帮补，客要一味地款待。（罗马书 12:11-13）

当然，根据苏珊娜的说法，人时不时都会有恐惧。晚上给她发了一条短信，结果她有些紧张，就赶紧打电话给我了。

今天的恐惧已经荡然无存了，虽然我对未来依然茫然无知，但至少我知道要怎么去面对了。我要过好每一天，因为神应许我的就是今天、当下。我要做的，就是帮这些孩子洗澡、做饭，要好好爱他们、照顾他们，让他们恢复健康，我要在盼望中等候，目睹神替他们所做的最完美的安排。我每天晚上都会为他们祷告，祈求有爱他们的人出现，或许是一位母亲，抑或是一位阿姨。总之，神不会让他们成为孤儿的。

这 7 个孩子和我们住了几周之后，我们联系上了他们的父母，原来他们外出找工作去了。这对父母拼命想照顾好自己的孩子们，但是在我们这里很难找到工作，加上经济拮据，没有能力请人来帮忙照顾孩子，所以发生了这样的事情。等他们回来后，看到孩子们有人照顾，感激不已。他们想亲自抚养自己的儿女，但是又没有钱供应孩子们的日常所需，所以我就答应让这些孩子加入亚玛齐玛传道会的资助项目，以便他们能够在没有太大经济压力的情况下继续照顾自己的孩子。能够告诉这对父母，尽管没钱养自己的孩子，但是还可以继续享受天伦之乐，这真是神的保守。

七个孩子中，年纪最小的珍妮不是这对父母的亲生女儿，而是他们的外甥女。她的亲生父母是她现在的舅舅舅妈，但是对方在她几个月大的时候就抛弃了她不知去向。这对父母一直想为珍妮另找一个家，毕竟他们连自己的亲生孩子都照顾不过来。我发自内心地希望他们能够做好父母，而不要感觉小女儿是个累赘。但是他们白天要工作，其他孩子要上学，只剩下两岁的珍妮一个人在家无人看管，所以我就提出收留她直到找到她的亲生父母。

警方找了大约一个月之后，正式宣布珍妮已经被父母遗弃。于是，我们决定推动关于她的收养程序。两岁半的珍妮是我见过最惹人怜爱的孩子，到今天还是一样喜欢被人抱在怀里。她天生是一个领导者，不管走到哪里，都会留心并保护自己的小妹妹。到今年她才4岁，但是已经对主有了无比的忠诚，还有一颗美丽、好怜悯的心。她是妈妈的小帮手，喜欢我派工作给她，这使她觉得自己就像个"老大"。她还是我身边会唱歌的百灵鸟，每天不停地唱歌跳舞。

每天都会有新的孩子来到我们家。除了小小的珍妮成为我们家中的开心果，还有越来越多的孩子加入我们的资助项目，准确算来，一共有248个人。按理说，人数到了一个程度，我应该叫停。但是我实在没有办法对这些贫穷的儿童坐视不管，加上神给了我更多钱让我来照顾这些孩子，我就继续顺服。

我的女儿们已经认为，将生病的、被遗弃的陌生人带回家，是很正常的事。那些需要地方养伤、养病的人，或者在养父母出现之前需要地方暂居的人，如果不让他们来我们家，才是不正常的行为。我的孩子们一直清楚一个事实，就是她们自己曾经无家可归，所以现在热心与人分享自己的全部。每次看到她们拥抱新成员，都使我更明白天父的心有多慷慨、多慈爱。虽然家里已经爆满，但我们依然由衷欢迎客人前来，不论他们的年纪多大，也不管他们的需求是什么。

帮助并照顾别人，然后看他们一路恢复健康，再送上我们更多的爱，是我们家庭DNA的一部分，这也是我们的工作。我常常为此感谢神，他给我机会教育孩子们通过邀请他人到家里来去学习爱别人。但是，看着她们张开双臂欢迎新来的客人，既不迟疑也不议论，更不会指责，我才明白，孩子们才是教育我的人。

在珍妮到家里和我们一起居住后不久，有一天，女儿们又从村子里带回来4个孩子，其中年纪最小的3岁，最大的10岁，4个人都有严重的烧伤。我都不敢看他们，心里难过到了极点。我天天都在等着寻找他们的人出现，但是一直都没有人来。年纪最大的孩子叫我别担心，说肯定不会有人想念他们。后来，他们在我们家里住得习惯了，终于向我们袒露心扉，原来他们是受到了继母的虐待。他们的生母活着时，孩子们根本没有学过做饭，后来却被继母逼着生火做饭，所以胳膊、腿都被烧得到处是伤。

当然，经过我们几天的关爱和照顾，孩子们开始明显好起来，这中间我们用了药物、绷带和营养餐，还有许多的祷告。他们很快就露出笑容，并且和我的女儿们玩成了一片。

在我家住了两周后，他们身上的烫伤基本痊愈，我们就开始找愿意收养他们的人。最后，我们征得他们继母的同意，将他们交给了我们亲密的邻居安杰洛爷爷和他25岁的女儿。他们非常乐意给这些孩子提供一个爱的家庭，而他们的学费、医药费和伙食费则全部由亚玛齐玛传道会承担。每次都是这样，我们先收留孩子们住下来，接着总会找到有愿意领养他们的本地人。一次又一次，基督和他在这里的子民都使我感动。我惊讶的不是这些愿意领养孩子的家庭，也不是愿意将外面的孩子带回家来的女儿们。我惊讶的是，神能照着运行在我们心里的大能大力，充充足足地成就一切，远远超过我们所求所想的。（以弗所书 3:20）

"更多"成了我生命中的主题。每天我都去学校为更多加入资助项目的孩子们完成注册，每天都要到城镇上去为孩子们买更多学习用品。每天我都会收到更多的经济支持，以供应神送来的"更多"孩子的需求。

一切都在以惊人的速度增长，除了我们的房子不变。随着加入资助项目的孩子越来越多，我再也没有办法像以前一样，每个周五都请大家来家里过夜。我们家一共有四间卧室，除了我之外，还有克丽丝汀和 10 个孩子，每天都有川流不息的客人涌来。想要在每个周末招待超过 250 个人，简直是天方夜谭！

因此，我们只好停止了礼拜五的留宿活动，我们的传道会事工改在每周六的全天进行。每个周六一大早，小朋友们就陆陆续续到我们家来，渴望从站在门廊处的我们手中拿到早餐，就是粥和水煮鸡蛋。早餐后，他们会一边玩耍，一边等着附近的牧师雷欧尔前来讲解圣经，并领导孩子们敬拜，他有这方面的恩赐，每礼拜都来带大家查经。敬拜结束后，开始午餐时间，有米饭、豆子和鸡肉（特殊待遇哦！），孩子们唱着玩着，到处跑着笑着来度过这一天回家前的剩余时光。

在这些被增长的人口和忙碌围绕的日子里，我想起了保罗给哥林多人所说的话。

我们凡事都不叫人有妨碍，免得这职分被人毁谤。反倒在各样的事上，表明自己是神的用人，就如在许多的忍耐、患难、穷乏、困苦、鞭打、监禁、扰乱、勤劳、警醒、不食、廉洁、知识、恒忍、恩慈、圣灵的感化、无伪的爱心、真实的道理、神的大能。仁义的兵器在左在右。荣耀、羞辱，恶名、美名；似乎是诱惑人的，却是诚实的；似乎不为人所知，却是人所共知的；似乎要死，却是活着的；似乎受责罚，却是不至丧命的；似乎忧愁，却是常常快乐的；似乎贫穷，却是叫许多人富足的；似乎一无所有，却是样样都有的。哥林多人哪，我们向你们口是张开的，心是宽宏的。你们狭窄，原不在乎我们，是在乎自己的心肠狭窄。你们也要照样用宽宏的心报答我。我这话正像对自己的孩子说的。（哥林多后书 6：3-13）

　　我希望把自己全然献给基督。我希望每天都效法他，活出一个开放而又尊贵的生命，把自己奉献给周围所有有需要的人，为的是荣耀他。每天，神都垂听我的祷告，给我新的机会。我希望敞开心怀，慷慨待人，爱邻舍如同爱自己，直到耶稣再来的日子。

凯蒂的日记 2009 年 2 月 8 日 礼拜天

神奇的神

这是我的生活，我的真实生活。有时候人们会说："这不可能是真的吧？你真的很懂如何讲故事！"让我告诉你吧，每天晚上当我躺倒在床上，望着天花板的时候，也会感觉吃惊，同样也想知道："这不可能是真实的，不是吗？"不，它就是真实的。

哪怕是我最亲近的人，有时候也表现出他们的不相信："那怎么可能？！"大多数时候，我真的也无法相信。有时候会拧自己一下，以确信自己还醒着。是的，我醒着，一切都正在进行。10 个孩子，接着是 7 个被遗弃的孤儿，后来是被烧伤的 4 个孩子。在过去的三周时间里，大约又有 75 个孩子要加入我们的资助计划项目中来。每天我在准备午饭之前，都要重新数一下人头，确定没错。这一切都是真实发生着的！

又是劳累而美好的一天结束，我躺在床上，感到一切是如此不可思议，和神一起惊叹这些"不可能"的事情。我意识到，你什么时候读到神的伟大工作是合乎情理的？哪一个不是有点出格、离奇和不可能？神迹不常有。但是在一个堕落的世界里，彻底的超凡之爱本身就是不合情理的，但是这并不意味着它不会发生。相反，爱就是神的本质。

我敢打赌，大家看到摩西分开红海的故事时一定会想："这不可能发生！"挪亚用了 120 年打造方舟，我想大家一定会认为他疯了。约书亚到耶利哥城，神要他带领军队围着城转，一日转一次，连续六天都要这样行。同时，七个祭司要拿七个羊角走到约柜前。到第七日，要绕城七次，祭司也要吹角。我猜约书亚当时肯定也觉得不合情理。

神答应要立亚伯拉罕的儿子以撒做多国的父，却又要他杀掉以撒，当时亚伯拉罕一定也觉得没有道理。耶稣要门徒将五饼二鱼分给五千多人吃，门徒一定看着他，认为他疯了。后来，耶稣告诉彼得穿过风暴从水面上走到他那里，我想彼得一定胆战心惊。

我们读到这些故事的时候，会认为它们是神那奇妙大能大爱的有力例证，但是有时候又真的不相信这些事的确发生过。我们认为，或许摩西、亚伯拉罕、约书亚、挪亚等人都异于常人。可是我不这么认为。神是昔在、今在，以后永在的神，而我们是照着神的形象所造的，换言之，这些神迹我们也都做得到！尽管离谱、异常、超凡，但是神迹真的依旧存在！

我在这里想说的是：我希望神成就大事。我们都想看到神成就大事，但是当他要求我们造方舟、喂饱五千人、带着七个祭司拿着七个羊角绕城行军七天，我们就会觉得离谱。我请求神在我身上成就神迹，就像我想要一台厢型小巴士，让我载着全家十口人去教会；我还想要一栋房子，要有十间淋浴室；我还想要全世界的1.47亿孤儿都有母亲，并且母亲都知道他们喜欢吃什么晚餐。因此，我的生活虽然疯狂，但是我一点都不吃惊。每天早上当我睁开眼睛，看着眼前不可能的任务，就晓得全能的真神会用大能和大爱来完成。我侍奉的神找杀人犯摩西分开红海，让即将否认他的彼得行走在水面上，同样，他在我最软弱不堪的时候说："你可以做到不可能的事。"

第十二章

奇异恩典

　　我的人生主题似乎是"更多"。神在扩张我的全部，包括我的家。大约 2009 年 2 月，也就是苏米妮来到我家后一年左右，她的亲妹妹苏拉也来和我们一起住。一对姐妹为再次团聚，高兴极了，好几天都形影不离。苏米妮已经祷告了好几个月，希望能够和妹妹生活在一起，我再次被神的信实鼓舞了，他真的回应了一个 5 岁小女孩的祷告。

　　苏拉很谦卑，温柔，和每一个她碰到的人都合得来。再加上她温柔体贴，大家都想和她做朋友，很快就和大家打成一片。她还是我们家的和事佬，在姐妹圈里左右逢源。她的眼神里含着忍耐和理解。因为她恬静安稳，人们常常认为她很胆小，实际上不是。她很勇敢，也很坚强，是小妹妹们的保护者。她很有智慧，凡事感恩，值得多人学习。

　　随着苏拉的加入，我已经有了 11 个孩子。在我看来，这下应该足够了。我宁愿在自己一番热切祷告之后，神亲自回答说："就是这么多了，凯蒂，就是这 11 个孩子，不会再多了！"但是他没有这样做。

　　我自言自语地说着，也说给神听："够了，不是吗？我的神？不要有再多孩子了，我没有办法收养更多了！"

　　我知道我必须狠下心来，限制新成员的加入，毕竟，我已经在这么短的时间里收养了 11 个孩子。我的心很软，渴望每一个孩子都能够有一个温暖的家，但是我不得不停下来了。

　　我正式决定不再收养孩子，可是依然无法停止人们来请求我这么做。有一位老妇背着孙女来了我家三四次，每次都要走大约 11 公里的路来央求我。小女孩是个漂亮的孩子，大约两岁半，脚不能动，不会说话，手也不灵活。我看得出来老人连自己都照顾不好，但是我的确没办法再多收养一个孩子了。我已经有 11 个孩子，而且还要照顾参与项目资助的 300 多个孩子，我真的忙不过来，没有办法照顾有明显身体缺陷的孩子。

"我超负荷了，"我对自己说，"除非疯了才会收养一个有特殊需求的孩子做我的第 12 个女儿！"

每次老奶奶登门造访被我拒绝后，我都会送她一袋食物，请她把孙女背回去。但是有时候，在我送她们离开之后，脑海中小女孩的笑容就挥之不去。有时候那个小小的微笑会使我在午夜醒来。

几周过去了，我在忙碌中渐渐忘了这祖孙俩。大概一个月后的一天晚上，我失眠了。我知道神要告诉我什么事，但是我总不得要领，于是我马上强烈地意识到要为一些特殊事项祷告。那天之后的连续几个晚上都是这样，就连早上醒来也是，我必须让自己好好读《圣经》。接连几个早上，我醒来后如果不读几页神的话语，就根本无法下床。无数次，我都会在半夜醒来祷告。通常我祷告都会非常频繁，偶尔还会非常紧迫，但是这次不同。

最后，在礼拜天的时候，主透过我里面的圣灵向我低语，这是他在我生命中讲话最清晰的一次："你的下一个孩子是莎拉。"

我有些困惑。就是八月，主刚刚带给我一个漂亮女儿，就叫莎拉。"主啊，我已经有了，不是吗？"但是他依旧低语："你的下一个孩子是莎拉。"好吧，莎拉。所以，我开始为莎拉祷告，不管她人在哪里。我祷告了又祷告，梦里梦见过她，热切渴望见到她，心里思念着她。

过了几天，我们项目支持的一个小女孩 碧塔来我家找我，她的半边脸肿得有两倍大。原来是牙龈脓肿，已经痛了好几天。我带她去看牙医，帮她熬汤，让她在我们家里休息。我派同工到她家里去了一趟，告诉她奶奶 碧塔晚上会在我家住下，因为我还要观察她是否会消肿，同时要随时帮她用盐水漱口，以免感染。

当天晚上我躺下来，累到精疲力竭了，但是还能说话，就说："主啊，

这个女孩是 碧塔，可你说的是莎拉。莎拉在哪里啊？难道我听错了吗？主啊，你知道我的心能够承受多少。请原谅，我真的无法承担这件事，明明知道有一个需要帮助的孩子在那里，需要一位妈妈，但是我却帮不到她。我相信你讲话了，天父，如果你要我成为莎拉的妈妈，我需要你亲自带她来到我门前。求你了。"

随后，我拥有了多日来第一次沉沉的睡眠。

第二天早上 8 点，我听见有人敲门。来找我的是 碧塔的奶奶，背上背着 碧塔的小妹妹。原来这位奶奶就是一再被我拒绝的老人。这次我从她身上接过小女孩，看着她把头依偎在我怀里，我忍不住笑了。

老人再一次求我收养这个孩子，并且坚持说是主耶稣敦促她到我这里来的。我心想：不会吧？就问奶奶："她叫什么名字？"

"莎拉。"她回答说。

奶奶挣扎着跪在我面前的地板上祈求："求你帮帮我。我宁愿不来求你，但是主告诉我起床到这里来，他说你能帮助这孩子。她两岁半了，不会走路。我不知道她得了什么病，但是我们没有钱送她去医院。神一直告诉我到你这里来求助。你已经为 碧塔做了很多，我也不想来求你做更多，但是只想恳请你帮帮莎拉。"

就在那一刻，莎拉的小手紧紧抓住了我的手，抬头看着我，用温柔嘶哑的声音喊了一声："妈妈。"奶奶愣住了，就像见到了鬼一样震惊，因为这个孩子以前从来不会说话。

我瞪大眼睛看着她，然后一起笑着哭起来，同时抬头仰望天空。

我突然意识到我们还站在门外的车道上，赶紧请奶奶进屋坐下，要她把这里当作是自己的家，并留下来一起吃午饭。我要等到我的孩子们回来再做决定，因为每次收养新的孩子之前，我们都要事先召开家庭会议，一起祷告，一起讨论。我的宝贝女儿们从来都不反对，她们答应收养小莎拉，甚至提出来要收养 碧塔！

由于之前刚收养了苏拉，要她们姐妹二人团聚，所以，最好还是将莎拉和 碧塔一起收养。毕竟，她们的奶奶年事已高，身体又不好，而且常常胸口痛。我还想起来，此前我们对她们家进行家庭评估时发现，必须在短期内帮这两个小女孩找到一个领养家庭。

抱起这个宝贝的小孩子，为她洗了有生以来的第一次热水澡，洗净她那双小脚丫，用舒服点的毛巾把她包起来，帮她穿上衣服，喂她饭吃，整个过程中我有一种非同寻常的感受。随后我把她抱在怀里告诉她："你是我的女儿。我是你的妈咪，永远都是。"这使我想起《撒母耳记上》1 章 26–28 节："主啊，我敢在你面前起誓，从前在你这里，站着祈求耶和华的那妇人，就是我。我祈求为要得这孩子，耶和华已将我所求的赐给我了。所以我将这孩子归与耶和华，使他终身归与耶和华。"

当我把这个小女孩抱进卧室，给她换上生平第一件新衣服，恐惧突然间淹没了我。我要怎么照顾一个可能永远不会走路的孩子？我怎么确保其他孩子继续过正常生活？开始照顾有特殊需求的孩子后，我会不会没有时间去爱其他孩子？哦，还有，别人会怎么说呢？

神只是轻声说，他的恩典够用。虽然你多次拒绝过她，但是我会使你有足够的恩惠来抚养莎拉。

每次神把孩子带到我家来，我就会心生敬畏，因为他信任我，把这样的祝福赐给我。每一次，我都会跪下，流出感恩的泪水，感谢他赐给我这美丽的孩子，无论怎么感谢都不够。

有了这次不可思议的经历，听见神亲自对我说出莎拉的名字，起初我们决定不给她改名字。但是，当全家一起讨论要不要收养莎拉和 碧塔时，孩子们唯一担忧的是，家里已经有一个莎拉了，而且家庭成员莎拉本人也有些犹豫，不能肯定自己是否要和别人共用名字。我告诉她们，等小莎拉到了家里，我们就为她取一个新名字。后来我们为她改名恩典，这个名字非常适合她，因为神的恩典，我才把这个漂亮的孩子带回家。本来我以为家里已经容不下更多人了，可是神的恩典够用。他饶恕了我的自以为是，依旧赐给我最美好的祝福。他应许我恩典够用，足以支持我做好所有孩子的母亲。

恩典真的需要神的特殊眷顾，起初一度使我感觉很为难，但是很快就变得得心应手。我知道无论如何神都会处理好一切。我并不知道他将会做什么，但是他已经应许我他有无比丰盛的恩典，何况随着一天天过去，我发现事实的确如此。

碧塔和恩典为我们这个家庭带来了新的活力。前者瘦高个，笑起来会把嘴巴咧得很大，活泼外向，很喜欢交朋友。她个性鲜明，爱吵闹，老是逗身边的人开心。但是她也很热心、直言不讳，很坚强也很顽固！

恩典的微笑总是小小的，带着点淘气，但是很有感染力，会一下子抓住人的心。她是我见过最有趣、最有想象力的孩子。她的爱心令人感动，虽然从未见过陌生人，但是却迫不及待地要拥抱和亲吻新朋友。她充满力量、恩典和兴趣，有着愈挫愈勇的个性，绝不会被打败。

碧塔和恩典住进我们家后，我马上就开始为恩典的腿祷告。我倒不担心，因为神是医治者和保护者，并且我知道他有多爱自己的孩子们。我对恩典的健康和身体状况只有一个计划，就是先为她祷告。

我相信神迹，主要是因为我相信爱，来自神的爱，他那长阔高深且无条件的爱，可以移山，还可以改变世界，并且他愿意白白地赐给我们，并让我们自由传递。我们需要将疾病的大山从恩典的生命中挪去，我相信神一定做得到。于是就写信给世界各地的亲友们和基督徒，请大家和我们一起祷告，求神医治恩典。

虽然我希望神的恩惠马上从天而降，在恩典的腿上行出神迹，但是我也知道需要用一些常识，利用身边有限的医疗资源。我带恩典去看了好几位医生，大家都说她是因为出生时大脑缺氧导致脑麻痹，虽然迟早能学会说话，但注定一生不会行走。其中一位医生信誓旦旦地告诉我，恩典的腿已经开始瘫痪，有一天会蔓延至全身。

听了医生的结论，我常常感受到一种无边的恐惧。有些天里，我会因为恩典的病痛而悲伤，还有几天则会感到愤怒。我不知道从那一刻起，生活会变成什么样，但是神不断重复一句话："我的恩典够用。"

我尽己所能地帮助恩典，但是对她帮助最大的或许是她的新姐姐珍妮。恩典和珍妮大概同岁，所以我们称她们为"双胞胎"。在恩典来我家之前，珍妮是家里唯一一个白天不去上学的孩子，所以一直渴望有个小伙伴。等恩典来了，两人不但成为姐妹和玩伴，而且珍妮还帮助恩典许多。珍妮希望恩典站起来行走，而且非常坚持，每天都和对方一起玩耍，既相亲相爱，又会有点小霸道。珍妮命令恩典："过来！"如果对方不动，她就会走过去，用自己圆滚滚的小手臂抱住恩典，把人家从地上拉起来，这样好笑、甜蜜的场景不断在我家里重复上演，因为珍妮立志要她的双胞胎妹妹学会走路。

我帮助恩典，珍妮也用她三岁小孩独特的方式在帮助恩典，而且还有许多人在持续不断地为此祷告。很快，我就给他们送去了一个好消息，这也是我发出去的最令人开心的信息。

2009 年 3 月 9 日 礼拜一

恩典可以走路了。

她还不能走得很稳当，只是弯曲着腿走出几步，但是她能够迈步行走了。两周前，恩典来到我们家，她的奶奶给我解释说她是个"瘸子"。

身为一个两岁半的孩子，她不会站立，更不会行走，也不会拿汤勺，不会说出完整的一句话。我带她去看医生，医生说她患的是"上行性麻痹症"，双脚已经瘫痪，全身瘫痪是迟早的事。我当时听了没有什么感觉，因为医生说的也不一定都对。以我的医学知识来判断，最后决定不相信医生的话。相信他们有什么好玩的吗？

我们开始不断帮小恩典做腿部拉伸，喂她吃饭，搂着她，抱着她，为她祷告。不久，恩典开始扶着家具站起来了，还学着让我牵着她往前走，今天更是自己走了十步。她也开始学会握汤勺了，虽然吃得乱七八糟，但总算会自己吃饭了。我们每天从早上醒来到晚上入睡的 14个小时里，会有 13 个小时能听见恩典的笑声。恩典还能不结巴地说出一句话了："我耐里（我爱你），妈咪。"

恩典的姐妹们更是爱她爱到发疯了。由于恩典身体上的问题，我担心她会被怠慢，她的姐妹们从未注意她有什么不同，她们只知道她唯一特别需要的就是爱。

她们把恩典抱在身上，帮她拉伸萎缩的腿，还帮她不让果汁洒得到处都是。家里有 13 个孩子，除了恩典之外，只有珍妮没有上学。珍妮急着要恩典陪她玩，于是常常看见她拉着对方的手，"拖拉"着恩典到处走。

当恩典迈出第一步时，正是珍妮在身边鼓励她继续，当她跌倒的时候拉她起来。这两个姐妹每天都黏在一起，成了"死党"，有时候更是"犯罪搭档"。但大部分时间她们是相亲相爱的姊妹花。珍妮年纪还很小，却已经学会鼓励恩典，这真是神的赐福。

短短一段时间里，我已经看见神把过去两年半里从她身上拿走的东西又全部还给了她，不仅给她健康的身体，更给她完美的灵魂。神是那样爱这颗小心灵，并且渴望亲近它。神提醒我，他渴望自己的孩子们认识他的爱，他渴望修补我们的残缺。他还提醒我的女儿们，他的爱透过她们的小手，将不可能化为可能。最不可思议的是，我知道这一切只是刚刚开始，他的工作尚未停止。

主啊，我们给你的是残缺破败的自己，你却全然修复我们，用你的慈爱提醒我们你渴望和我们在一起，你深深地爱着自己的孩子们。天父，你白白地赐给我们这么多，你的爱无与伦比。请让我们学会给予，学会去爱。

　　起初我收养的都是能够自力更生的孩子，而今脚不能走、凡事需要靠人的恩典，也成了我的孩子。以前我认为自己的适应力很强，毕竟每多一个孩子，就要多准备一个人的饭，多盯一个孩子的功课，每件事都非常辛苦。况且，多照顾一个孩子，哪怕他们生活能够自理，我的心理上也需要相当大的调适。可是，这次的经历完全不同，我必须学会把自己全然交托给神，求他赐给我力量，并亲眼看他在恩典身上行神迹。恩典现在会跑了，虽然步伐还比较笨拙，但是看着她带着灿烂、坚定的笑容跑过草地，我就不由得心生怜爱。她现在双手灵活，会自己吃饭，会用轻柔的声音说出一句完整的话，而且就像所有学龄前孩子一样不爱洗澡！神的恩典够用！

凯蒂的日记 2009 年 2 月 9 日 礼拜一

家里有多个孩子的人会对我昨天的经历感同身受，而它也不过是许多个日子中的一个个案罢了。克丽丝汀回校上课了，所以家里只剩下我一个大人。开学了，真是谢天谢地，我早上终于可以安安静静地洗衣服、做午饭、提前准备晚饭，这样一来，就算孩子们放学回来在家里乱成一团，我也不至于手忙脚乱。

还有，昨天停电已经达到 72 个小时，自来水也在下午大约两点钟开始停止供应，当时正是孩子们放学回家的时间，这就意味着我那漂亮的脏娃们都无法洗澡了。每当这时候，每个人似乎都比往常更吵，大家都不想听我说的话，也不愿感恩。

下了一整天的雨，把我的木柴都弄湿了，没办法生火。加上电还没有来，电炉也不能用，幸好瓦斯炉还可以用。快要晚上八点了，晚饭还没有做好。几个大孩子去井边打水，好让大家洗脚，因为我不允许孩子们带着脏脚丫上床睡觉。13 个孩子在家里跑来跑去，假装自己是动物园里的动物。我不禁闭上眼睛，大笑了一分钟。

八点半，豆子终于煮好了，我们在客厅地板上坐成一圈。家里人太多，餐桌早就不够用了！屋里一片漆黑，最后一根蜡烛也用完了，大家相互都看不见彼此。我把食物分盘装好，一盘一盘传下去，最后多了一盘。起初我以为自己算错了，后来吃到一半，我问乔伊斯一个问题，却没有听到回答。

"乔伊斯？"

没人应答。

"乔伊斯？"

一片沉默。

我站起来绕了一圈数人头。12 个，乔伊斯不在。我里里外外叫她的名字，四周一片漆黑，我跟跟跄跄地走来走去，最后还是听不到乔伊斯的回答。妈妈的本能使我开始惊慌。我跑去检查浴缸，虽然我知道里面根本不可能有水。我抓起手机照明，里里外外找了一遍，还是没找到。

艾格尼丝想到车库去找，可是没走几步就被绊倒了，我赶紧去看她摔伤了没有，结果自己也被绊了一下。低头一看，竟然是乔伊斯的腿！她正在餐桌底下呼呼大睡。我们全都笑趴下了，笑得肚子疼！

昨天这种经历是神给我的小礼物，不仅有机会坐在地上与孩子们一起大笑，同样也是一个小小的提醒，使我知道自己有多爱多宝贝我的每个孩子，不管孩子再多再吵，也不管她们多不听我的话，甚至气得我想要拔光头发，我也不愿意卖掉她们中的任何一个。

神提醒我，他在这个世界上有 60 多亿个孩子，每一个离他而去，他都会难过，想要把对方找回来。他是好牧人，会为了一只迷失的羊，暂时撇下 99 只，去找那一只，直到找到，才感到欣慰。他提醒我，当我离开他、不相信他、不求告他，他会很难过。当我回到他身边，降服在他脚边，他才会很开心。

十分钟后，来电了。

今天早上，我五点钟起床开始为 13 个孩子做早饭，这次没忘记一再清点人数。我在厨房煮鸡蛋时，一直感觉闻到一股臭味，当时也没多想。等孩子们出门上学去了，我才回到厨房检查。是从垃圾桶来的吗？不会，我昨天刚刚清理了垃圾，并且用漂白粉消过毒。那就是冰箱？不会，我也刚刚清理过。最后我确定臭味是从瓦斯炉后面飘出来的，就把炉子从墙边移开，一看，简直无法用语言形容眼前的情形。原来有一只大老鼠钻进了墙壁和瓦斯炉的缝隙里，只看见一条粗粗的长尾巴和带爪子的脚掌，估计是前几天被我烤熟了，肉开始腐烂，飘出阵阵恶臭，差点把我恶心得呕吐。我戴上电工安全帽，把瓦斯炉掀开，一边呕吐一边把腐烂的老鼠肉一块一块从灶台上扯下来。

随后我用漂白水把整个厨房消毒一遍，把煮好的咖啡倒回去再煮一遍，因为我需要更浓烈一点的咖啡。

至于这只老鼠，我实在没有什么好说的，也不知道神要我从中学到什么。只有一种感觉，就是恶心。但我依然笑得出来，因为我知道神今天有礼物要送给我，有功课要教给我，还有一些人的心需要我去改变。如果有老鼠要冒出来捣乱，尽管放马来吧！

第十四章

与众不同的教育

当初我决定放弃大学学位时，有人说我没有受到"完整的教育"。他们这样说真的是错得离谱。或许我的确没有坐在阶梯教室里听人们谈论着各个领域的专家，他们的名字前面都有数不清的头衔，但是我很快学会了一件事：跟随神就是一种教育。

我正在学习的功课就是，凡事无论大小皆有学问。

我学到的第一课是神在乎我的感受，而且并不仅仅局限于灵性层面。今年一月和二月我们经历了酷热的天气，虽然当时正是"雨季"，但是并没有下雨，所以天气一直又闷热又潮湿，使人天天汗流浃背。其中有一天，在我去加油站加油时还碰到一件特别尴尬的糗事，当时工作人员一看到我就惊呼："哇！你太漂亮了；你的皮肤闪闪发光！"

"哈！那是汗。"我有点心虚地回答说。

"连你身上的汗珠都真的很漂亮。"当我把车开走时，她又说了一句。

当你居住在非洲，或者当你是 13 个孩子的妈妈，你很难真的漂亮起来。许多时候，我感觉自己会有来自神的爱散发出来，但是很少认为自己的容貌看起来会有多靓丽。虽说神并不在乎我的美丑，但是身为女人，我偶尔还是希望自己看起来漂亮些。

那我学到的功课就是：神在乎我的感受，哪怕是爱漂亮这种小家子气的心态。所以，他才会让别人来告诉我，我的汗珠很漂亮。是啊！神连野地里他所创造的百合花都精心装扮，对我的照顾不知道要更用心多少倍？神透过这位可爱的加油站工作人员提醒我，在他眼中，我们都很美，毕竟，我们都是照着神的形象所造的。他看着你，看着我，不论我们漂亮、肮脏、残破，他都会说："我拣选了你，你很荣美。"

就在同一周，接下来还发生了一件事，我亲爱的女儿玛格丽特，也就是所有孩子里最温柔谦卑的孩子之一，竟然和邻居家她最好的朋友奥利维亚打架了。当时我正在做午饭，奥利维亚和她妈妈一起出现在门口。

那位女士开口就喊着说："你家闺女打我女儿了！"然后一转身就回家了，把奥利维亚一个人丢在了我家院子里。我把玛格丽特、艾格尼丝和海伦等参与了这起事件的孩子都叫到了院子里，随着和奥利维亚的交流，一下子就真相大白了。

奥利维亚当时嘲笑艾格尼丝和海伦，说她们认了一个白人做妈妈。她的原话是："你们的妈妈是白色的，所以你们都吃鱼，就会变成胖子！"听到这里，我就走开了，假装很严肃，事实上是要到一旁强忍住不笑出来，这个评论真是太搞笑了。

等我处理好自己的情绪回来，给奥利维亚解释说，大家都是好朋友，耶稣要我们去爱自己的朋友，也要爱自己的敌人，所以彼此之间要谨慎，说祝福人的话。我给我的孩子们解释说，不管别人怎么说自己，只要不造成皮肉伤，一定不许打人。最后，我们大家拥抱在一起，还邀请奥利维亚到家里吃午饭。讽刺的是，我们恰好吃鱼。

奥维利亚离开后，我们一家人聚在一起，讨论要怎么面对一些考验。周围的孩子们经常对我的女儿们指指点点，说她们有一个白人妈妈。我给她们解释说，不管是在美国，还是乌干达，人们常常会给我说一些见识不够或者粗鲁的话，只是因为我有许多来自不同部落和文化区域的孩子。我们讨论了面对这种问题怎么面对：我们可以继续在一个家庭里生活，只是偶尔会听见有人说闲话，但是我们可以置之不理；我们还可以不再当一家人，这样就没人说闲话了。当然，这根本不需要选择，我们还是一家人，来自不同的部落、文化、国家，有不同的肤色。偶尔会感觉很艰难，但是我们决不后退。

这次我学到的功课是：耶稣知道我们是一家人，真真实实的一家人。他并不看我们的肤色。相反，到天堂里我将会是黑皮肤，因为我已经向神说了。

还有一个功课：身为父母有时候会很辛苦，但是永远不乏欢声笑语。

有一次，女儿苏米妮过生日，邀请了一个在当地被大部分人视为疯婆子的妇人前来参加。这个人是纳吉布卡奶奶，她的到来给我上了一课。她是麻风病人，手指头和脚指头都掉了，为了住在丛林里，还放火烧了自己的房子，所以村里所有人都认为她疯了。她一贫如洗，但是全然依靠信仰活着。我的孩子们经常会送食物和小礼物给她。每次看到我们，她都会说一句话："神是良善的，耶稣快回来了。"她一直重复这句话，并且相信它，以之为生活信条。她在地上一无所有，全身心等候耶稣回来接她回天家。但是人们说她疯了。

如果她是疯了，我倒希望大家都更疯一点比较好。我为纳吉布卡奶奶祷告时，常常问神为什么不医治她身上的伤口。我知道他肯定能，但是今天我恍然大悟，这件事暴露了那偏差而又不牢靠的信心。我需要亲眼看见瘸子走路才会相信神，纳吉布卡奶奶则不需要，因为她已经掌握了其中的秘诀。神很爱我，也了解我的心，并帮助我看见。纳吉布卡奶奶却已经看见了。她的身体或许残缺，但是内心完美。耶稣说："你因看见我才信；那没有看见就信的有福了。"（约翰福音20：29）

这件事让我学到的功课：擦亮眼睛吧。神是良善的，耶稣快回来了。

这件事还让我学到了一节最简单的功课，就是无论任何事、任何人，都能够在某些方面成为我们的老师。我甚至还向歌手席琳·迪翁学习过。

我想死男朋友了，无疑这都是席琳·迪翁害的。由于我们那些义薄云天的朋友和乐于奉献的慈善人士，亚玛齐玛传道会买了一辆厢型车，这对我们实在是莫大祝福。从此以后，我们每周就可以开车去发放 800 多公斤食物给 1500 个小朋友了。这成了学习五饼二鱼故事的伟大教学素材。这辆车还能载着我们全家人一起去教堂，真是太棒了。

席琳·迪翁在非洲可是家喻户晓，在金嘉市，市场上每个摊位都在放她的歌。我们的厢型车只能收到两个广播频道，其中一个一直不停地播放她的歌。所以，我们常常碰上席琳·迪翁马拉松，大有不把她的歌单全部放完决不罢休之势。

不要误会我的意思，我很喜欢席琳的一些好歌，而且喜欢调高音量，跟着音乐一路唱个不停，后面还有珍妮和恩典伴舞。我大概是从 8 岁那年第一次听席琳·迪翁的歌，当时还不太明白她是唱给爱人听的。她离开爱人后，就有了这些充满思念之情让人肝肠寸断的情歌。当我在乌干达听到这些歌的时候，常常会有一种要抱抱男朋友的冲动。

但是，即便是这样的小事，也一再让我从中学到功课。我想，席琳·迪翁对爱人的思念，正是神对教会的感情，况且从某种程度上而言，后者已经离神越来越远了。我想，他允许我这么真实地想念男朋友，也是要我瞥见他的心，当教会开始堕入宗教的罅隙，远离他所重视的一切，就像离弃这世上的穷苦人，他会何等渴望我的心能归向他，每一天每一分钟都不要离开。

这件事给我的功课：凡事都能教会我们一些道理。神如此深切、热情而又彻底地爱着我们，所以也急切渴望自己的爱人，就是所有的教会都回归他的教导，倾尽所有服侍身边的穷乏人。他希望鼓励我们每一个人，去唤醒当今的教会，因为我们都互为肢体。我仍旧在努力这样做，并且在这个过程中有了新的体会，就是他对我唱的情歌比席琳·迪翁的更深情，这使我感觉棒极了。

与此同时，我比以前更深刻地意识到从周围袭来的属灵战争。有一天，我到邻村去看一些朋友，当我到那里时，看见有个朋友正在哭，就问她怎么了，结果她告诉了我一件很恐怖的事。她的邻居为了区区100美元，竟然杀了自己的继子，把孩子的头割下来卖给了巫医。我听完后和她一起抱头痛哭。我这个朋友刚刚受洗成为基督徒几个月，她拿出《圣经》来感谢神差走了她的孩子们，使他们避免看见这起人间惨剧。

这件事给我的功课：撒旦不愿看见耶稣在这个美丽的国家一路凯歌。但是无论如何耶稣都会获胜。事实上，他每天都在得胜。而这是我学到的最棒的功课。

当我向神和其他人学习得越多，就了解自己越多，其间有些功课是伴随着痛苦的。和许多人一样，我不时就会梦想做更大更好的事，偶尔难免过了头。我还常常拿孩子们做借口，说所有的东西都是为了给他们用。比如，我说我们家太小，没办法邀请接受资助的孩子们在周五到家里来过夜，所以就梦想着要一个更大更好的房子，最好每个女儿都有一个房间，还要有环绕的门廊。克丽丝汀常常对我说，要换一个大点的房子，里面摆上一张大餐桌，让全家人围在一起吃饭，而不用再席地而坐。另外，还要有一间大厨房，至少要有 3 米乘 4.5 米，以便有至少两个人站在里面帮忙做饭。

有一天，我正在天马行空地想着的时候，想到要去项目支持的 11个孩子家里走访。他们彼此互为兄弟姐妹或者亲戚，和婶婶生活在一起，吃住睡觉都在一个比我女儿房间还小的地方。当时我感觉自己就像被石头砸到了一样，看见里面的自私。身边的人生活在这样缺衣少食的光景里，我怎么会梦想着要一个更大的房子？当这 12 个人挤在这样一个小屋里生活的时候，我又怎么能感觉自己的厨房太小？最起码我家是用水泥建造的，他们的房子却是用泥巴盖成的。我对自己的欲望深感羞愧，但是这就是现实，每个人都有"体贴肉体"的时候。

　　有时候我会产生"我配得这个"的想法，直到今天还是一样。有时候我会拿自己跟别人比，然后自欺欺人，觉得自己做得很棒。偶尔我会想给自己放一个下午的假，发发呆，放松一下，不再想着去照顾病人。还有时候我会想，我都辛苦一天了，晚上总该好好坐下来吃顿饭，不要再打开被叩响的门去帮助前来求助的人。

　　但是，这些想法都不合乎圣经真理。《圣经》里没有半个字说我配待在这个地球上。《歌罗西书》3 章 23 节说："你无论做什么，都要从心里做，像是给主做的，不是给人做的。"这段经文后面并没有说："做完之后，因为你很认真，所以可以泡个热水澡，好好享受一个人的时光。"这段经文后面一句是："因你们知道从主那里必得着基业为赏赐。"

　　《马太福音》19 章 21 节，《马可福音》10 章 21 节，《路加福音》18 章 22 节都明确说了相同的话："要变卖一切所有的，分给穷人，就必有财宝在天上。"我生活的这个世界告诉我，如果我卖了自己所有的分给穷人，如果离开我那富裕的美国生活，到第三世界一个蟑螂横行的水泥屋里，就是在做了不起的事。真实的情况是，我正在做我喜欢做的事，神把自己的生命给我，就是要我来做这些。

　　以多数人的标准来看，我的小家庭拥有的不多，但是我们却是富足有加。并且我们心里明白，基督是我们的全部需要。他说："不要为自己积攒财宝在地上。地上有虫子咬，能锈坏，也有贼挖窟窿来偷；只要积财宝在天上，天上没有虫子咬，不能锈坏，也没有贼挖窟窿来偷。因为你的财宝在哪里，你的心也在那里。"（马太福音 6:19—21）

　　用我的全部身心服侍耶稣和我的家，这就是我的财宝。

凯蒂的日记 2009 年 7 月 3 日 礼拜五

"妈——妈咪——！"就在我开着十六人座厢型车，颠簸疾驶过坑坑洼洼的马路去看我们的项目时，突然听到有人一连声地大叫。我马上停车，掉头回去，接到了普洛西，她刚才走回家取了些东西。

"你怎么看见她的？"前来看望我的爸爸问。

"我没看到啊！只是听到了声音叫我'妈咪'。"我回答说。

"但是这里每个人都叫你妈咪，甚至我们不认识的人都在到处这样叫你。"爸爸说。

"是啊，但是我能听出来女儿的声音。"我顺理成章地解释。

随后我想了想刚才说的话，忍不住热泪盈眶。真是太不可思议了，神竟然在我身上做了这等事！这是他赐给我们的神迹，所有人就算不认识我，也都叫我妈咪。随便哪一天，只要时间对，比如刚好碰上放学时间，我从家里去布吉卡的时候，一路上每两秒就会听见有人叫我"妈咪！妈咪！"每次听到他们这样喊我，我就笑开了怀。

但是有 14 个"妈咪"声会让我停下来，因为我能听到每个不同的声音，那是我的孩子们传来的。那一刻我就知道，我们一家人是心灵相通的。不管从哪个角度讲，我们这个家庭都与众不同，但我们就是一家人，这是铁的事实。神用神迹把我们一家人的心连在了一起，不管别人怎么看怎么说，我就是她们的妈咪，她们就是我的孩子。

今天我正在读《创世记》第 33 章，雅各和以扫这对兄弟阔别已久，终于碰面。雅各上前就近以扫，后面紧跟着自己的许多孩子。以扫问："这些和你同行的是谁呢？"雅各回答说："这些孩子是神施恩给你仆人的。"

总会有人问我或者我的孩子们：

"为什么做这件事？"

"为什么有这么多孩子？"

"这个世界怎么能有这种事……"

"为什么收养这些情况特别的孩子？"

"身为单亲妈妈，收养孩子合适吗？他们不需要一个父亲吗？"

"你和孩子们种族不同，会不会对她们造成困扰？"

同时也有人称赞我们：

"我不知道你是怎么做到的！"

"做得漂亮！"

"你简直是太负责了！"

"你的女儿们一定很乖。"

大家看我们的眼光各不相同，有人瞪着我们，觉得我们疯了，也有人给我们大大的微笑。

这就是我们以神的旨意运转的完美家庭。

我并不是要给大家一种印象，就是所有这一切都易如反掌，相反，其中有无穷的挣扎。我相信收养孩子是神的旨意，但组建一个家庭毕竟是最不寻常的方式，其中伴随着巨大的锥心之痛和与神的角力。

当一个孩子还不知道何为爱的时候，我如何告诉她我爱她？当一个孩子知道的只有背信弃义，我怎么指望她来信任我？我只能用行动来证明，进而获得这一切。我用语言、行动、拥抱和亲吻，再三提醒孩子们我爱她们，我值得信赖。我也一再提醒自己，只有让耶稣在自己里面照常显人，才能盼望孩子们成为耶稣的化身。每当孩子们咬我、打我、瞪着眼睛推开我，每当孩子们拼命吃饭吃到要呕吐，为了以防不时之需而将食物藏在被单下面，每当孩子们吵着要找虐待她们的亲生父母，我该怎么办？

不管怎样，我只能去爱。我跪在地上向神哭诉自己经受的伤害，问他为什么。然后我就会想起一个真理，就是一个良善的神希望他的孩子们给出去的也只有良善。我想到，所有这一切，哪怕是其中艰苦的部分，都是为了我们生命的益处才有的。我知道，这些艰难都是神所赐的礼物，以此让我们一家人在他里面更紧密，也更有他的样式。

这个独一无二的家庭是神的恩典，我们会珍惜。面对别人的旨意、评论和赞美，我的回答是："这些孩子是神量身定做给我的祝福。"

第十五章

3000 个朋友

出了金嘉市，大约 15 分钟车程的地方有一座小山。山的一边是垃圾场，另一边则居住着我的 3000 个朋友，他们以一个叫马塞斯的贫民窟为家。

马塞斯的大部分男女老少是卡里莫琼族，这是一个半游牧民族，主要聚居在北乌干达靠近苏丹边界的地方。许多政府机关向市民建议，在旅行时要避开这一区域，因为那一带动荡不安。卡里莫琼族文化具有原始性和攻击性，而且根据世界各国相关部门的说法，这个民族很危险。纵观乌干达，卡里莫琼族人一直被边缘化，受人鄙视和惧怕，其实这一切都只是因为大家根本不了解他们。

多年前，来自北方的卡里莫琼族人从充满战乱和饥荒的家乡逃离出来，到了金嘉市这块国有山地，想象着繁荣的金嘉市能够给他们带来更好的生活。但是，难以想象的贫穷、饥饿和疾病，加上基础设施缺乏、失业、酗酒，又没有土地，医护资源匮乏，使得马塞斯成了城乡之外最糟糕的死亡之地。因为他们居住的这块地方属于政府所有，不能归私人占有和买卖，所以人们无法靠耕种糊口。迫于生计，他们只好依靠酿酒、卖淫、拾荒度日，希望从垃圾场或者城市的垃圾桶里找到点东西，要么带回家用，要么卖一小笔钱。

卡里莫琼族人无法耕种的现实，使他们不仅因为没有粮食而引发了大量问题，而且也失去了自身的民族独立性。作为一个部落，卡里莫琼族的传统是牧牛。在他们的文化中，牛就是货币，就是财富。这个民族的社会、宗教、政治、经济等各个方面都以牛为中心，一个人拥有牛的数量多寡决定了他的社会地位，而那些没有牛的人则会被认为"有病"。

从传统上来看，卡里莫琼族耕种是为了养牛，作为回报，牛也养育了族人。他们的主食是牛奶和牛血。失去了农牧业的卡里莫琼族人感觉茫然而又无助，和自己的传统文化渐行渐远，但又不被任何其他民族文化接纳。

卡里莫琼族还受到更大的冲击，就是当地政府逼迫他们回到北部原住地。他们不想回去，处于沙漠之地的故乡卡拉莫贾，现在连唯一的雨季都越来越难以预料，这只会加剧他们对于另外一种饥荒的恐惧。许多族人都还记得或者听说过 1980 年的那场饥荒，21% 的人被活活饿死，其中有 60% 是婴儿。现在的估计显示，卡里莫琼族的每 1000 个幼儿中，大概有 250 个活不过 5 岁，有 82% 的人口活在贫困线以下。这些人们生活步履维艰。

要说我爱这个社区的人们，那肯定是太低估其中的爱意了。我简直无法用言语来形容自己对这些漂亮族人的珍爱。他们挑战我，无条件地爱着我，而且让我在他们的脸上看见了耶稣。

我每周都会去几次马塞斯。当我驱车前往这个贫民窟，会看见沿途狭窄的土路上盛开着亮闪闪的黄花，伴随着凉风习习和美不胜收的维多利亚湖光山色，一度使我忘记了自己要去的地方。这简单的美景使我心中充满了身为受造物和生命的喜乐，陪伴我进入那弥漫着难以想象的贫穷与死亡的黑暗幽谷。虽然卡里莫琼族人的生活环境令人毛骨悚然，但是他们那黝黑的脸上总是挂满洁白的笑容来祝福我。他们挥舞双手高喊着"凯蒂阿姨"，同时伴随着传统的卡里莫琼族式问候。

马塞斯人并不是一直看见我就很开心。我住在金嘉市的头一年，和许多年轻的卡里莫琼族孩子交上了朋友，他们在金嘉市街头排队乞讨，或者捡垃圾吃。他们有着漂亮的面孔，还有伤痕累累的双脚结着痂，脏兮兮的，这一切吸引了我的注意，就听他们用古老的陌生语言试图和我交谈。依照以前的所见所闻，语言障碍根本无法阻碍我们迅速发展的友谊。我常常带他们回家吃饭、洗热水澡,然后再回到他们父母送他们到街头乞讨的地方,一天结束后再长途跋涉回家,不管距离多遥远。

有一天,我的一个大约 10 岁的朋友阿布拉踩到了一个瓶盖,脚被严重割伤。我就带她和妹妹到家里清洗、包扎。但是我很担心如果再把她送回中央大街,她可能无法跛着脚回到睡觉的地方,所以坚持要开车送她回家。

起初她很犹豫,不知道自己和一个白人一起出现在村子里,其他族人会怎么说,因为传统的卡里莫琼人非常不信任外族人,尤其是那些肤色不同的人。但是她最终还是妥协了。因为阿布拉知道回家必须穿过一条杂草丛生的偏僻小道,而我的厢型车根本开不过去,所以我们经过了好一番折腾,才最终把车停在所谓的"停车场",然后一起下车,走进了杂草堆。

走了几分钟后,我们到了一块空地,那里有一间间狭小的棚屋,其中有着熙熙攘攘的人群,整个文化风格和金嘉市随处可见的巴干达、巴索加民族完全不同。他们口音很尖厉刺耳,身上的部落佩饰很引人注意,不过最吸引我注意的,是这里的贫穷景象。我已经见识过肮脏和贫穷之地,但是这里的情形还是前所未有。有些人看起来快要饿死了,孩子们的身上长满了受感染的皮癣、脓疮和各种伤口,圆滚滚的肚子里都是寄生虫,皮肤也因为严重营养不良而变得苍白,开始脱落。

阿布拉犹犹豫豫、忐忑不安,还有一点兴奋地带着我去她家,在那里首先映入眼帘的是一堆冒烟的木炭和摆放其上的鸡腿,既没有锅盛放,也没有烤肉架。她的家人递给我一只鸡腿。他们一家 12 口人,分食剩下的 5 只。这些鸡腿都是阿布拉的姊姊早上从垃圾桶捡回来的,是他们一天的口粮。当时阿布拉和我一进门,姊姊就骂她为什么没有从垃圾桶里多捡一些木炭回来。我赶紧再三向她道歉,解释说是我早早带走了她，要为她包扎伤口。

"这些人都生病了，"我自言自语地说，"他们很饿。"我无法想象自己就这样眼睁睁地看着他们受苦，自己却抽身而去。

很快，我就想起来亚玛齐玛传道会有一笔膳食补助经费，在支持完项目内的孩子所需之后还会有盈余，于是我就生发出一个天真的念头：好吧，我可以把多余的粮食带到这里来。这里的人很饥饿，他们可以分享。这个想法貌似合情合理，可以非常轻易地解决人们的基本所需。

第二天是礼拜天，我一早醒来就准备把食物带给马塞斯人。"今天我们要去一个不一样的教堂。"我告诉孩子们。我们煮了大锅的豆子和一大锅米饭，同时把《圣经》和 90 公斤食物放在车厢里。一路驶进草丛，兴冲冲地要帮助那些和我初识的朋友们生活在一起的人们。

看见我和孩子们，还有那辆大货车停在自己的社区中间，村民们并不开心。我不知道为什么自己会认为把食物带给他们和分给项目支持的孩子们一样。我们教导孩子们在领取食物时要耐心等待，要排队，还要说谢谢，并且尽快离开让下一个人领。

或许是我自己傻乎乎地想象着现代版的"五饼二鱼"画面重现，所有人坐成一圈，一起开心地享用美食。但是这一切没有发生。现场混乱不堪，这些人根本不知道我为什么会出现，我来是要干什么，还有我正在说什么。他们一看见食物，就只有饥饿，推搡叫嚷成了一片。当我分发食物时，身边站着的一个老醉汉还用塑料盘子打我的头。我赶紧把所有孩子锁在车里，明确要求他们不许出米。

我被人潮挤得几乎要站不稳了，但还是尽我所能地继续为大家分食物，只是要努力避免不要跌进那一大锅滚烫的豆子里。雨开始下，我开始唱歌。

随后我低语道："神，这不是我脑海里所想的，我只是希望喂饱那些挨饿的人，就像你曾经说过的，不是吗？"

我估计当天有一半的马塞斯人吃到了食物。用"糟糕透顶"来描述这整个经历比较准确。开车离去时，浑身湿透的我筋疲力尽，浑身满是豆汁和泥巴，但是我并不泄气。无论如何，神都要接触到这些人，不是通过我搬运多余的食物来给他们一次野餐，但是神总有办法。

最初去马塞斯的时候，有一次我注意到山顶有一座学校。在经过了简单的一番调研和为期数周的会议讨论、组织构思之后，我和学校校长谈妥，他同意让我们使用学校废弃多年的厨房，为马塞斯的孩子们准备饮食，条件是喂饱学校里的所有学生。还有一份意外收获，就是如果我为老师们提供午餐，他就允许马塞斯的一些大孩子免费来上学！

这样的安排回应了我的祷告，就是马塞斯的孩子们可以不必再沿街乞讨。同时，其中一些人还可以接受教育，也就是为他们提供了一个以前难以想象的机会，可以在将来有一天脱离他们和家里人倾其一生只知道的乞讨和拾荒两种生活方式。我再一次被神震撼了，他以自己独具匠心的周密计划，帮助我周围这些人，而这一切是我永远也无法想象的。

我们慢慢地开始启动计划，在学校放假期间，一周两次给孩子们、老师们和村里的孩子们提供饮食。雷欧尔牧师和我利用厨房后面一大块开阔地，带领早到的人一起学习《圣经》和一段时间的敬拜。当美国老家人知道我们为马塞斯社区所做的努力时，金钱如潮而至，很快，我们又得一周五天为孩子们提供食物。随着支持经费的增加，我们不仅在学校提供饮食，还让孩子们带一盘食物回去给家人一起当晚餐。后来我们还提供每周一到两次的免费医疗服务，包括每六个月为所有孩子除虫一次。

这些孩子成为我进入马塞斯的入口。我常常陪他们一起回家，然后花几个小时时间和他们的父母或者成年亲戚一起坐着聊天，或者比比画画交流。随后有些事情开始起变化，以前在这个破败的贫民窟里难以想象的事情发生了：我们成了朋友。

我开始从深入的私人层面了解这些人，这也驱使我渴望更多帮助他们。

碧翠丝是一个妓女，在孩子们入睡之后悄悄从家里溜出去摸黑卖淫，这样就能够在第二天一早把孩子们需要的饮食放上桌。

法图玛以酿酒为最便捷的赚钱渠道，来养活自己的孩子们。她有一个孩子正在饿死的边缘。在卖不出酒的日子里，她就把麦芽酱带回家给孩子们吃，他们狼吞虎咽地一直吃到睡觉。她会把孩子们灌醉，以免他们感觉到饥饿带来的痛苦。

伊丽莎白生完第三个孩子之后，丈夫离家而去。最近又因她的姐姐猝死，收养了对方的 5 个孩子。"我能选择什么？"她在向我解释这些窘况的时候问，"神说我要照顾孤儿，我要照顾孤儿。"她和 8 个孩子一起睡在家里的地板上，而她的家还没有我那仄仄的厨房大。

索菲亚奶奶抚养着自己的 3 个孙女，尽管她年事已高，而且因为背痛寸步难行。

布伦达年轻时因患小儿麻痹而导致剩下一只胳膊能用，她就用这只胳膊拾荒维持生计，盼望着为 6 个孩子找到食物。

我的每一位新朋友都有令我心碎的故事。

我想为这些妇女做些什么。我无法想象，她们如此努力工作，却仍然不能维持家人的基本生活所需。必须有一条出路。我在当地土木结构的教堂里，召集了认识的 20 个妇女，她们来自不同部落，年龄也各不相同，各自的难处也不同。但是她们有一件事是共同的：她们都在努力想要撑起自己的家，喂饱自己的孩子，但都没有成功。是的，这件事及其背后的现实偷走了我的心。

　　有些朋友教我用细长的三角形彩色再生纸做项链，之后我们就开始教妇女们一起做。起初的几个月里，我们一边做项链，一边彼此认识和了解。每当有人说她的 HIV 检测呈阳性，大家就一起痛苦；每当有人做出了奇形怪状的丑珠子，大家就一起大笑。我们形成了跨越种族和社会差异的纽带，最重要的是，我们开始彼此教导认识耶稣。

　　我喜欢这些妇女身上的许多地方，其中之一就是她们乐于做荣神益人的工作。参加项链制作团队的人，不许卖淫、酿酒、拾荒，这是规则。她们每周必须做够一定数量的项链，并带到团队会议上来。在那里，我会购买她们的项链，然后送到美国去销售。

　　每周聚会结束后，这些妇女就会爬进我的厢型车，然后由我带她们到金嘉市内，把一半收入存进个人账户，另一半作为家庭开支。团队中妇女们的生活蓬勃向上不仅令人惊奇，还惠及整个村庄，激励其他人努力将自己的生活提高到当前的贫困水平以上。

　　虽然在妇女团队中发生了这些奇妙的事，但是有些天当我从金嘉市走过的时候，仍然会感觉到彻头彻尾的无助和悲观。即使我在自己厢型车后排搭设的急诊间连坐 15 个小时，也无法治好所有人的疾病。有时候袭来的忧伤几乎令我难以承受，还有无法解决的问题，无法医治的伤痛。这种处境教会我最伟大的功课之一：无能与信心之间的张力。我必须顺服神的应许，唯独信任他要我做的事，不定睛于一切看得见的结果和成功。我希望帮助这里的所有人，解决他们的全部问题，找到一个成功的解决方案来改善他们残酷的生活境况，但是常常处于一种并不理想的环境中，在天堂的这一端并没有理想的解决办法。亚玛齐玛传道会的项目在这个社区推进得非常棒，但还是只能满足一部分人的需求，只能触及皮毛。神要我确信这样就很好，如果我继续传福音，更重要的是活出福音，哪怕这里的外在环境永不改变或者改变甚缓，只要这些人有一天能够在天堂里永远和耶稣生活在一起，目前这些年所受的苦难也就微不足道了。与此同时，神还让我在这些人的脸上看见了他自己，让我通过为人们包扎伤口来爱他，让我在邀请他们浑身是炭黑泥巴的孩子坐在我的膝盖上的过程中爱他。

有一天，我载着一个朋友前往马塞斯，她坐在副驾驶的位置上，普洛西、珍妮和恩典坐在后座，路上遇到了一个在这一带千年难遇的路障，因为这里是偏僻区域，路面上满是坑坑洼洼的大洞和裂缝，而政府机构根本不愿承担起为马塞斯这样的地方修路的责任。但是，我还是停车与工作人员搭讪，眼前的男人头戴一顶安全帽，看起来不像官方人士。

这人把一块半米见方的木桩横放在路中间，再把一根绳子绑在路两侧的树上。要解开绳子移走木桩，必须先交过路费，看来他是想要钱，这种把戏我早已见惯不怪了，以下是我们的对话：

凯蒂："你在干什么？"

戴安全帽的男人（看着我，嘴里念念有词，手指着道路就像在说）："你看不见吗？我在修路，马上交钱，我好继续工作。"

我们用乌干达语进行了一番讨价还价，最后我用英语说："我回来时会给你钱。如果我回来看见你修了路并且努力工作，我会付给你，现在让我们过去。"

他照办了。

我们继续前行进入马塞斯，到了项链制作团队。当我们离开村庄时，车里坐满了勤奋的项链加工妇女，她们要去银行。到了路障那里时，我停下车，那个戴安全帽的男人走近我要过路费。所有他得到的就是一番视察："这条路没有任何变化，你并没有努力工作，我不会付给你钱。"

旋即，厢型车里爆出了卡里莫琼族口音的大合唱，以支持我的决定："不要给这个男人钱！"

　　对于有些想要敲诈女人钱的男人，看到有 17 个态度坚决的女士，一定会放弃。但是这个人没有。

　　他试图说服我自己已经努力工作了，但是努力工作很好证明，显而易见的是他没有任何证据。我开着车，一点一点接近绳子，几乎都要撞上了，那个男人站着冷眼旁观，再次开口要钱。而身后的大合唱一再响起，叫我不要给他。

　　最后，我说："如果我开车冲过去，绳子会断掉，你会无法再拥有这根绳子。"他仍然一动不动，等着拿钱。

　　我受够了。就把车熄火，下车，把木桩挪开，再从树上解开绳子，扔在地上，然后爬回车内。我车里坐在副驾驶的朋友看得目瞪口呆。

　　"两年前我不会这样做，"我告诉她们，"我会害怕，不知道那个男人会对我做什么。但是现在，我们后面村子里有我的 3000 个朋友，如果这人敢伤害我，他们会杀了他。"

　　神在最不可能的地方和处境中给了我们友谊。他使我们虽然来自截然不同的世界，但是感觉像一家人。因着这种神所赐给的美好友谊，使我哪怕处在最艰难的日子里，依然会感觉到希望在我的血管中汩汩涌流

　　神教导我，并且马塞斯人也教导我：复活是真实的。生命比死亡更有力量；光能够刺透黑暗。或许我永远看不到这个地球上的惨剧终结，所以，与其竭力在这地上修修补补，我更愿意专注于帮助这里的人们与我同进天堂。因此，我们会齐声说："死被得胜吞灭的话就应验了。死啊，你得胜的权势在哪里？死啊，你的毒钩在哪里？"（哥林多前书 15:54-55）基督已经战胜了世上的混乱，而我则心怀谦卑，准备好了见证他在日常生活中的复活。

凯蒂的日记 2010 年 4 月 20 日 礼拜二

上个月，我们在马塞斯的妇女团队中，有一个成员克丽丝汀突然去世了。就在事发当天早上，她还向村里少数有手机的村民借了手机，在电话里告诉我有点头痛，等朋友赶过去看望时，她已经死了，或许是因为 AIDS 末期导致的。从她记事起，就开始和这一病魔做斗争了。

甜美的克丽丝汀离去了，这使我备受打击，她拥有大大的微笑和温柔喜乐的灵。但是我也因此充满喜乐。就在几周前，我们团队中的妇女们进行了一次长时间的交流，分享了许许多多问题，当时克丽丝汀就把自己的生命交给了基督。接下来的礼拜天，我们在教堂庆祝了她的洗礼。克丽丝汀或许离开了这个世界，但是我知道她去了哪里。死亡未能称胜，得胜的是基督。

在克丽丝汀离世之前，我亲眼看到了耶稣基督使她成了一个新造的人。她那一度虚弱、病恹恹的身体突然充满了朝气和能量，工作更加勤奋，每天笑容满面，眼睛炯炯有神。本来干裂流血的嘴唇发出的尽是赞美和感恩，总说鼓励朋友的话。以前她老是抱怨自己拥有得不够，但是跟随基督之后的新生命开始凡事感恩，就连早上用于泡茶的一枚枯叶也会令她喜乐赞美。

47 岁的克丽丝汀找到了自己一直都在追寻的归宿。神使一切都更新了。并且我知道，此刻的克丽丝汀在天堂里，赢弱的身体已经全然复原，在基督里成为完美。

我为此不胜感恩！

在克丽丝汀的葬礼上，团队里剩余的 19 个人站着讲述关于她的美好往事。随后，她们倾其所有，为参加葬礼的所有人准备了午餐，这简直是不可思议，要知道在这个贫民窟的人都是自扫门前雪，几乎连自己的孩子都养不活，更不用说去爱邻舍。这 19 个妇女却彰显出无私的爱和极其慷慨的心。这顿午饭就像《圣经·新约》里五饼二鱼的故事，想当初我第一次到马塞斯来送食物时，心里就曾期待过这样一幅画面：大家坐在一起吃饭，食物怎么吃都吃不完。那天是马塞斯族人第一次共享一顿饭。我这些可爱的朋友做到了，不仅使耶稣在克丽丝汀的生命中彰显荣耀，而且在她死亡这件事上继续得荣耀。

　　一切都是这么真实。有那么几天，我环顾这个贫民窟，想知道自己为何做出尝试。事情正在发生变化，甚至可能是在改观，但是真的好缓慢哦。我记得耶稣告诉我们一个故事："天国好像买卖人寻找好珍珠，遇见一颗重价的珍珠，就去变卖他一切所有的，买了这颗珍珠。"我亲眼看见了克丽丝汀明白耶稣对她的爱之后，生命中所发生的巨大变化。我相信，自己有一天会在天国里和她一起欢笑。这就是我要尝试的原因。耶稣基督的福音改变着人们的生命和他们永恒的未来。为此，我值得付出自己的一生。

第十六章

只要再多一个

　　"那个饿肚子的小男孩在哪里？"一天早上去亚玛齐玛提供餐饮项目的学校时，我问陪我一道前往的朋友。

　　他看着我就像我傻了一样。"凯蒂，他们都很饿。"他回答说，语气间明显带着疑惑。

　　但是，的确有一个孩子比其他所有人都更饿。

　　我站在校园里，周围全是饥肠辘辘的孩子们，但是那天只有一个孩子格外吸引我的注意。我在一片脸的海洋中寻找，却找不到他。随后，终于看见了他，那个瘦小的男孩，看起来大约有 3 岁，实际年龄已经 6 岁了。他满头白发，两颊肿胀，独自一人坐在一棵小树旁。

　　我端给他一盘食物和一杯水，他看了看，脸上一点表情都没有。当他最后终于决定伸手接过食物时，我看见他浑身都是破了的脓疮，手臂上布满了小小的烧伤痕迹，双脚干裂都起了水泡，我无法相信他当天就是这样翻山越岭从马塞斯走到了学校。他严重营养不良，我这样说是因为他黄斑点点的皮肤正在蜕皮，本来应该漆黑如炭的短发，看起来却像白雪一样覆盖在头顶。

　　我知道这个小男孩需要帮助，就叫了附近的几个孩子把他的家长找来，我要和他们谈一谈。他爸爸到学校来看发生了什么事。我就问他，我能不能把孩子带回家去清洗包扎伤口。他同意了。

　　接着我问他："他叫什么名字？"

　　令我震惊和悲哀的是，他的父亲回答说："我不知道。"

　　周围人群里有一个孩子说："他的名字是迈克尔。"

　　我不知道迈克尔以前是否坐过汽车，但是他肯定没有坐过我这么大的厢型车。就这样，我和朋友带着他开车回家，路上他一言不发，也没有发出一点声响。

到家后，我把自己的午餐给了他，同时给他一大杯牛奶，他一口气喝完了，但是还是沉默不语。我希望尽快为迈克尔全面清洁伤口，就迅速帮他脱了衣服，才发现他的双腿和后背有更多的烧伤，可能是被刚刚从火堆里抽出的扒火棍惩罚的结果。我们开始清洗他脏兮兮的身体，这可能是他长期以来第一次洗澡，最后他终于开口说话了："我想回家。"

但是我不能带迈克尔回家，至少现在不行，他需要太多的照顾！我用毛巾把他裹起来，请朋友抱紧他，同时开始把他脚后跟和脚底的死皮清剪掉，再把沙蚤和卵囊挑出来。沙蚤在他脚上咬了好几个洞，里面塞满了泥巴和小石子，我把这些都一一挑出。朋友一脸恐惧地看着，迈克尔仍然不说一句话。他没有尖叫，也没有哭闹，只是坐在那里，后来一定是太疼了，眼泪顺着他漂亮而又毫无表情的小脸蛋滚落下来。

而另一边的我冲出房间开始呕吐。

吐完后，我赶紧回去拿了干净衣服，一双新袜子和新鞋，为迈克尔穿好，然后准备带他回自己家。在我们开车回去的路上，朋友一直想办法逗迈克尔开心，最后终于找到一根带哨子的棒棒糖，就"唔唔唔"地吹给他听，接着又递给他让他自己吹出声音。就在这时候，我们惊讶地发现，迈克尔的脸上第一次有了表情。他褐色的大眼睛睁得大大的，闪闪发光，开心的笑容盈满了他的脸。就像他把倾尽一生藏在心中的快乐都终于释放出来了一样。返回马塞斯的 15 分钟路程，和白天带迈克尔回家的沉默之旅截然不同。现在的他很开心，我透过倒后镜看他一路都在吹哨子。

迈克尔的妈妈看到我们回来，用了一句评价来迎接："他看起来挺干净。"意思就是他看着还不错。我想知道这个女人到底是迈克尔的生母还是继母？不知道，我只是尽量让她知道如何照顾儿子，并且叮嘱她要喂他吃蛋白质丰富的食物，因为迈克尔的身体还是健康的。我留给他一些奶粉和复合维生素，和他们一家人做了祷告，承诺会很快回来看他。

几周后，我去看望迈克尔，发现他的状况严重恶化，整个人又脏又饿，显然需要马上引起注意。

我知道自己能够帮助迈克尔，但是有个问题：我已经一再向自己承诺，不许带马塞斯孩子回家，最多只能帮他们洗澡，给他们吃饭，提供一些诸如包扎伤口、清除沙蚤等基本的医疗照顾。我提醒自己不能干涉太多。

"凯蒂，"我以自己最坚决的口气告诉自己，"这些孩子都生病了，他们一直都在病中。如果你开始在自己家里照顾他们，就会永远没有尽头。"

毕竟，我们每天都会给这些孩子提供午餐和晚餐，而且每周有两次，我会开着塞满药品的厢型车，就像一个小药房，到村民中间去，尽我所能地为他们提供基本的医护服务。我告诉自己，一周两次到马塞斯是我能够做到的全部。我不能把孩子们带回家住几天或者几周，直到他们疾病复原或者伤口愈合。我真的真的希望自己遵守诺言，但是当我那天看着迈克尔，就明白自己别无选择，至少没有别的办法能够确保他活下来。他需要每天洗热水澡，需要喝牛奶，吃鸡蛋和新鲜蔬果。如果要他活下去，还需要吃复合维生素和高电解质水。

对我而言，要每天都把这些东西送到马塞斯给他，肯定是不可能实现的事。即便我能这么做，也不能保证他的父母不会把这些值钱的东西拿去变卖，然后继续给他吃玉米糊。不管迈克尔有多么营养不良，或者多么需要人照顾，他都是神手中值得敬畏的完美受造，是照着我救主的形像所造的。我欠他一个活下去的机会，也亏欠主，因此在征得他父母同意之后，我把他放上车，带他回家。

我开始启动迈克尔的"修复"计划，对他做了一些基本的医疗检查，很感恩，其中 HIV、肺结核和伤寒的检测结果都是阴性。接着，我们开始执行严格的除虫方案，并喂他吃高热量、高蛋白的食物。他和我们一起生活的前 5 天里，就胖了 2 斤多，这真是太棒了，毕竟他刚来的时候体重只有 18 斤。在我们家里住了一星期之后，迈克尔发生了显著变化，他从一个精神萎靡、面无表情、整日昏睡的男孩子，变成了一个极其快乐，偶尔还很叛逆、活泼的小子。他很少有不笑的时候，热衷于和其他孩子一起做游戏。

迈克尔和我们一起生活的这段时间里，还有一个绝望的马塞斯妇女要把襁褓中的侄女塞进我的胳膊，这个小宝贝的病很重，非常瘦小，还非常饥饿。她长得很漂亮，但是生命垂危，我认为如果不尽快进行治疗，她可能就活不久了。我征得这女人同意后，做了一件在这种情况下我唯一能做的事，就是抱起小孩，上车，在安全速度范围内，尽快开往城里最好的医院。为宝宝办好入院手续后，我又开车回到马塞斯，给那个女人解释说，孩子需要待在医院一段时间。

这个女人的家是用硬纸板做成的，比我晚上睡觉的床还要小。地上铺着肮脏破旧的地毯，上面堆着做饭用的木炭（如果有饭吃的话，我想）。当我看到眼前这些人的生活环境，几乎要膝盖瘫软跪倒下去，难怪小宝宝会病成那样。

孩子的家人知道她生病了，但是又毫无办法来帮助她。他们担心她会死掉，所以一直都没有起名字。神把取名的特权赐给了我，我想到了自己亲爱的母亲，她的中间名是帕特里夏，没有比这个名字更好的了。

住进医院的头一晚，医生诊断帕特里夏有严重的营养不良，并且患有严重的肺炎。她的 HIV 检测呈阴性，为此我赞美主耶稣。在医院里，我喂给她高能量的配方奶，随后把她接回家继续照顾，直到完全康复。

最初的 24 个小时里，我简直不忍心看她。她那毫无生命力的眼神里充满着病痛和饥饿，令人难以忍受。每次我给她换尿布，里面都爬满了像蚯蚓一样肥大的寄生虫。更可怜的是，由于咳嗽得很厉害，她几乎整夜整夜都不能睡觉。

我一边照顾帕特里夏，一边为这个孩子的遭遇痛哭，她被折磨得太久了。我哭的另外一个原因是想到虽然现在我可以按时替她除虫，但是只要一把她送回马塞斯，这些寄生虫就会卷土重来。但是在接下来的几周里，通过一系列无可推诿的事实印证，我知道神要我把帕特里夏带回家，作为第 14 个女儿收养，并成为另外 13 个女儿可爱的小妹妹，因此我们再次开始启动收养程序。

这个孩子的眼睛曾经一度饥饿空洞，因悲伤而黯然无光，如今却闪耀着生命的活力。很难用简单的语言来描述她，她有自己的独特个性，并且很泼辣、自信，好奇心强，容易开心，活泼开朗。她每天以自己的方式欢笑跳舞，享受着姐妹们的宠爱，所到之处充满喜乐笑声。她对我单纯地信赖和依靠，不断提醒我也要如此信靠天父，而她全然相信人的良善，同样提醒我这就是耶稣要我们去看待其他人的方式。

就在我为帕特里夏成为家里的新成员而开心不已的同时，还为另外一件事难过，就是我知道自己不得不把迈克尔送回马塞斯。他的家人有能力抚养他，只是需要知道该怎么做。他在我家里住了一个月左右，身体状况已经改善。我就开始和他父母沟通，要他们为迈克尔回家做好准备。这时候，我已经了解了他的家庭状况，不幸的是，迈克尔所谓的妈妈实际上是她的继母。在乌干达文化里，丈夫的第二任妻子通常都不愿照顾前妻的孩子，有时候她们甚至认为继子是"可咒可诅的"，不配获得食物和基本生活所需。我不知道迈克尔和继母关系中的具体细节，只知道有人对他照顾不周。因此，在送迈克尔回到一个完全不利于他生活的环境之前，我决定努力说服他的父亲和继母，让他们知道什么食物对他是最有营养的，多久吃一顿饭，多久应该洗一次澡，还有一些其他的重要信息。我一边给他们谈话，心里也很清楚，一旦真的要送他回来的那一刻，我肯定会心碎，但是我也相信他们有诚意照顾好他。我知道，回家对他和他的整个家庭都是最好的选择。

我决定选择一个礼拜天，上午和我们一家人在教堂做完礼拜后，下午送他回到父母身边。那天早上，我把他的衣服打包，还放了大量的奶粉和复合维生素。

在教堂敬拜过程中，我一直在哭，因为想到不得不送迈克尔回家，想到这个我深爱的宝贵孩子，将要回到那个地方生活，又无法保证他的继母不会把我送他的奶粉一卖了之。

但是，神也清清楚楚地给我讲话。他没有为我的心痛道歉，而是和我分担。他洞悉一切。我心中的痛，是因为不得不割舍已经深爱了一个月的小男孩，而天父的痛是舍弃了自己唯一的独生爱子，两者根本无法相提并论。而他所做的这一切都是为了我。尽管我心里的痛苦难以承受，却也远不及他派遣自己的独生子来救我时的心痛。他了解这一切。虽然我依旧很难过，无法保证迈克尔回去后有人照顾，但是我知道神会与他同在。

我的心正在变得粉碎，和迈克尔、帕特里夏以及其他这么多的孩子在一起的生活，每天都在击打它。虽然我从未失去对这些孩子的爱和同情，但是偶尔会因为他们正在生活的环境而失去耐心。

我常常记得，当我为这些孩子而伤心欲绝时，又会感觉怒火中烧。我愤怒，因为乌干达的文化欺骗像迈克尔的继母这样的妇女，使她们相信孩子不是自己亲生的就无须照顾，哪怕她们有能力这么做；我愤怒，因为在有"非洲珍珠"美誉的肥沃之地上，却有阿姨仍然养不活自己和襁褓中的侄女；我愤怒，因为这一切导致这些无辜的孩子受尽了苦楚。

　　我愤怒，是因为我过去相信并且现在仍旧相信，创造了宇宙万物的神，不会按照自己的形像创造出多余的孩子，以至于没有足够的爱分给他们。我希望做得再多一些。我希望帮助所有这些人。

　　神向我低语说一个就够了。他向我保证，他将会怀抱着其他孩子，直到有别人来给他们喂药和牛奶。他没有要我大包大揽收养所有的孩子，而是要我做到一次一个就好，因为只要我把这些事做在"弟兄中最小的一个身上"，就是做在他身上了。（马太福音 25：40）我的灵里深深感到，他正在教导我去关心眼前的一个人：为那个满头白发、浑身长疮的小男孩停下脚步，为那个满身粪便、虚弱到抬不起头的小宝宝停留驻足。停下来，去爱那个出现在我眼前的人，相信他会照顾其余的。他低声说一切都会好起来，而我不必愤怒，我可以微笑，因为世上挨饿的孩子又少了一个，这样的一天就够好了。

　　这是他不断教给我的功课。有时候感觉好难，令人纠结。因为每次为一个生病的孩子、一位饥饿的老人，或者一个新生婴儿停下脚步，我的脑海里就开始纠结于一些数据，还有多少人我没有接触到，没有给他们喂饭，没有去挽救他们的生命。但是每每此时，神就会向我低语，这一个就够了。一次只要有一个人感受到他的爱就够了，而这种爱是存到永恒的。永恒不变。

　　现在，愤怒已经消失不见，不过偶尔还是会不得不坐在天父身边，沉浸在因为这个世上的痛苦而悲伤心碎的情绪里。有时候我仍然不得不向他哭诉，为什么要让无辜的孩子们受苦，同时祈求他感动人们的心起来行动。然而，作为一家人，我们只能爱那些神托给我们并且相信我们能够照顾的人。当我们抱起他要我们去照顾的最小的那一个孩子时，我们会求他抱住我们。我们做好自己能做的，相信他会处理剩下的。

　　当我哪天过得很糟糕，或者一连几天都状态欠佳，就像帕特里夏刚刚加入我们当中那几天一样，我很容易就会忘记自己为什么要做这些事。"当你在黑暗中时，不要忘记自己在光明中的诺言。"当我的日子变得黑暗而又艰难，我会努力环顾四周，心想："为什么？我为什么做这件事？我为什么不愿多要一个孩子？为什么我们要勤俭恪守以便给别人更多？我为什么要离开亲友来到这样一个陌生的地方？我正在这里干什么？"

我通常都不会忘记所有这些问题的答案："为了耶稣。因为他呼召我到这里，因为他把自己的生命给了我。"这意味着这是注定要我去做的，是我的殊荣，"不但得以信服基督，并要为他受苦。"（腓立比书1:29）并非我一个人在受苦，而是和他一起。哦，能够在他的同在中，和我亲爱的救主分享苦乐，这是多么大的荣幸！

这就是我说做这一切是为了耶稣的意思。他先爱了我，然后我才爱上他。虽然有时候感觉受伤，但是想到自己能够分担他的苦楚，就只剩下纯粹的喜乐。这就是神的应许：他没有为我受的伤痛而道歉，但是他全部看在眼里，知道发生的一切，并且与我同在。

我想起那不同的"一个又一个人"，以及因他们我所蒙受的祝福。

我想起迈克尔，他回到家里和继母一起生活，现在很健康，或许偶尔还会被虐待。神知道这些，在乌干达，身为单身女人，我不能合法收养小男孩，那么又为何将我的心和他的心绑在一起？

我想起了名叫格罗里亚的女孩子，她因为高烧大脑受损，也许一辈子都会是植物人。神的智慧无限，知道只要我早到几天，就会避免这潜在的风险。

但是随后我想到家里的14个女儿，她们拥有一个家，有食物，还有妈咪，而且认识耶稣。我想到那1600个卡里莫琼族的孩子们，尽管乌干达人避之不及，但他们一起歌唱神对自己的爱，每天都吃饱了肚子再回家。我想起项目支持的400个孩子，由于亚玛齐玛传道会可以支付他们的基本费用（食物、教育、医疗），他们的父母终于能够给他们买一些新裙子和衬衫，有时候在礼拜六还能看见他们穿着新衣服前来。

我看见数千双深褐色的眼睛，感受着数千双咖啡色的小手，心里知道，哪怕在最艰苦的日子里，停下脚步就是值得的。那意味着有一个人的生命因此而改变；同样意味着神的爱开始被一个人所知道，哪怕只有一个人也值得。我无法挽救所有人，但是我将努力尝试。我愿意说"好的"。我愿意为一个人停下脚步。

凯蒂的日记 2010 年 3 月 9 日 礼拜二

　　我的心哪，你要称颂耶和华；凡在我里面的，也要称颂他的圣名！我的心哪，你要称颂耶和华，不可忘记他的一切恩惠。他赦免你的一切罪孽，医治你的一切疾病。他救赎你的命脱离死亡，以仁爱和慈悲为你的冠冕。（诗篇 103：1—4）

　　去年八月，我见到了迈克尔，感觉他就站在死亡门口，即便不是，也离死不远了。他毛茸茸的头发是白色的，脸颊肿胀，发育停滞，全身脱皮，所有都是因为严重的营养不良所致。起初，我让他留在自己家里，尽我所能地帮助他，但是收效甚微。于是，我们一家人决定让他到家里来和我们一起生活，大家一起照顾他，直到他恢复健康。能够看着这个可爱的宝贝开始慢慢彰显个性，并且开始精神焕发，这真的是无与伦比的福气。

　　我害怕把迈克尔重新送回继母身边的那一天，毕竟对方就是一直不愿照顾他的人。但是我满怀希望，因为我已经每周和她见面几次，鼓励她要好好照顾这个小男孩。后来她不仅好好照顾他，而且还发自内心地深深疼爱他，除了说是奇迹，我没有别的语言可以形容。迈克尔本就配得这样的爱，但是以前从未经历过，直到他住进我们家。过去那个害羞、毫无生机的小男孩，就是那个连续几周都一言不发的孩子，如今每次看到我开车路过马塞斯，都会追着车子大叫："凯蒂阿姨！凯蒂阿姨！我爱你！我现在很好！我现在很好！"他脸上洋溢的笑容是我见过的最大最甜蜜的笑容。

　　再多一个就好。

　　我曾经告诉自己不会把马塞斯人带回家，因为他们的需求太大了。我要怎么选择呢？但是神教导我再多照顾一个就好了。我能力不足，如果没有神,什么事都做不了,即便有了神,我能做的也不过寥寥。但是当我做自己能做的,就能亲眼看见他所行的一切。前几天,有一个叫娜贡的妇女来找我,她全身上下都是烫伤。一想到她需要帮助的地方那么多,另外还有许多人同样需要帮助,我就忍不住想哭。神推着我前行:"今天是她的日子。"于是我们一起去了医院。

每次都值得。我回到马塞斯,看见迈克尔身体健康。回到自己家里,我又看到帕特里夏那双会在跳舞的眼睛。我知道克丽丝汀在天堂里与耶稣同在,很平安。安吉丽娜很健康,跑来跑去四处玩耍。娜贡奶水充足,得以亲自喂养孩子。现在,有三个新人和我们同住,其中一个是两岁,九斤重。我知道他们有一天会健健康康地回到马塞斯,人生从此改变。我知道神会改变我无法改变的贫民窟。他一次只做在一个人身上,就是这样。他使用我,使我一次又一次地为之折服。

我试图找到一些词语来赞美我亲爱的天父,但是它们都显得苍白无力。

他从祸坑里,从淤泥中把我拉上来,使我的脚立在磐石上,使我脚步稳当。他使我口唱新歌,就是赞美我们神的话。许多人必看见而惧怕,并要倚靠耶和华。(诗篇 40:2—3)

第十七章

他为孤独的安家

有一天，我数了数家里人口和动物的数目。有14个孩子，10条狗（因为我们家的一条狗生了8只小狗）、2只山羊、1只猴子，还有可爱的克丽丝汀和我。真是有好多生命。

在这种情况下，我认为多一个人、一只动物或者一些其他紧急状况都没办法应付，我们的日常生活已经不能再忙乱了。我真的不能应对更多了。

我错了。

神本来可以将哭泣的母亲再次带到我面前，怀里抱着几乎不能呼吸的4个月大，体重不到4斤的女婴。

他的确这么做了。

一位受聘于亚玛齐玛传道会的好朋友，把她的妹妹苏珊和孩子一起带到了我们家，这个婴儿名叫喜乐。任何人第一眼看见这个小女孩，都会以为她死了，但是凑近一点仔细看，会发现她的胸脯在微微起伏。

我们迅速将她送到了最近的医院，在那里医生为她打点滴、戴上氧气面罩。第二天早上，我们又开了两个小时的车，把喜乐送到首都坎帕拉的国际医院，也是乌干达最大、最先进的医院，不过仍然无法和西方的许多医疗机构相提并论。

经过了许多检查之后，医生发现喜乐的左右心室中间的中间膈膜上有个9毫米的洞，使得心脏无法供氧，以至于左心室衰竭，进而引发肺部不适，心跳加快，食欲不振和体重无法增加。

坎帕拉的医生在小喜乐的身体上插入了小小的进食管，接上了呼吸机，同时开始为她输液。医院的计划是先这样维持几周，等她体重增加之后再进行手术，把她心室膈膜上的小洞修补完善。他们不确定这种手术在坎帕拉是否能够完成，就建议我们带她到南非的约翰内斯堡、肯尼亚首都内罗毕，或者干脆到美国去接受治疗。整个手术费用很昂贵，但是我知道喜乐的生命还有挽救回来的可能，就急切地努力筹款。

尽管乌干达缺乏必需的医疗设备和医护资源，但是我尽量不让自己灰心丧气。另外，虽然明知道只要及早检查，就能在喜乐几周大时查出病因，免去她现在的痛苦，但是我不想为此唉声叹气。其实，她的情况和这个世界上各个国家的其他任何人都没有区别。无论到哪里，神都是医治者。他大能的手能够坚固并修复所有人。他能够使病人复原，使害怕的人平静安稳，使痛苦的人得自由释放。我知道，如果喜乐活下来，那一定是因为神选择了在她生命中行神迹。于是我全身心祷告，希望他这样做，并以此得荣耀。

但是，神没有行神迹，而是选择了一种不同的方式来医治她。

赏赐的是耶和华，收取的也是耶和华；耶和华的名是应当称颂的。
（约伯记 1:21）

情感千头万绪，真的有太多的话想写下来。最重要的是，我现在可以放心了，因为我知道喜乐正与耶稣在一起欢喜快乐。哦，谢谢你，亲爱的主。

昨天，我很难过，也很沮丧。我难过并不是因为喜乐和我们的造物主在一起了，沮丧也不是因为她离开人世。我知道这一切都是神的计划。但是残忍的是，她才四个月大，只有四斤重，她的心脏里有一个9毫米的洞。公立医院的医生本来应该免费为每个人提供医疗服务，但是他们看了看她，又看看她母亲，知道她们没有钱，就打发她走了。他们看着她那张甜美的脸庞，竟然打发她离开。在那家医院，他们明明有心脏外科医生，可以做手术修补好那个洞！喜乐就不必要吃更多的苦。在这个国家，本来是有药物可以为她提供帮助的。

昨天，我累了；但是并不困，只是有些透支了。我和喜乐相识了72个小时，当然，在这期间，我可以帮助她，也安慰她的妈妈，哄她睡觉。我爱上了这个小宝宝，她虽然没有力气呼吸，但是却用力抓住我的手指。这是为什么呢？为什么我不断爱上自己无法帮到的人呢？为什么我刚刚爱上他们，却又从我生命中被带走？

昨晚我躺在床上读《圣经》，主不断带我去看耶稣行的神迹，还有一些我之前从未注意到的地方。《圣经》告诉我们，耶稣让拉撒路从死里复活，医治了许多病人，还喂饱了数千人。

《圣经》没有提到但是肯定发生了的事实是，数年后，拉撒路还是死了；耶稣治好的人会在余生之年再次生病；耶稣喂饱的那些人几天后还会再饿。与明明可见的耶稣的权柄和能力相比，更重要的是在这些神迹奇事背后的爱。他爱这些人，愿意使用自己的能力去做一切事，为的是"让一切变得更好"。他进入他们的苦难当中去爱他们。

我们被呼召，并不是为了拯救世界，甚至不是为了挽救一个人，那是耶稣做的事。我们只是被呼召尽情去爱。我们被呼召进入我们邻居的难处当中，感同身受地爱他们。或许我什么也没有做，只是让喜乐多挣扎了几天而已，但是我真的爱她，并且至今她在我的心里还留有印记，使这颗心因此永远被改变。

今天，我为能够和喜乐共度几天而欢欣快乐。我很开心，有一天我将再次看到她，会告诉她，她是如何改变了我的心并且教我关于爱的功课。过去这几天来，我收到了不计其数的电子邮件和电话，它们是来自医生、护士、朋友和陌生人的帮助和鼓励。真是一个关于基督身体的精彩例子。

昨天晚上到今天早上，我收到了几封美国医生发来的电子邮件，他们一直在帮助我。这次，每个人都告诉我喜乐改变了他们的心，使他们更希望为乌干达提供更好的医护服务。

亲爱的喜乐，你铺设了一条通往伟大的道路。在人生的四个月时间里，你带来了变化，还教导世人，破碎人心。我们爱你，亲爱的宝贝！

《圣经》说，神叫孤独的有家。（诗篇68:6）这就是他把喜乐带到我们的生命中时为她所做的事，这也是他为许许多多人所做的，其中有些人和我们待在一起几周或者数月；还有些客人只是待了几天；还有那些像喜乐这样的人，当我们在医院或者家里照顾他们的时候，就捕获了我们的心。相处的时间长短并不重要，重要的是神把我们的心绑在了一起，让我们在这段时间里进入彼此的生命。

我在美国读大学的时候，神也对我行了同样的事。他使我和家乡田纳西州布伦伍德市的两家人联结在了一起，一家是葛文和斯科特·奥茨维尔夫妇；另外一家是苏珊娜和麦克·梅尔尼克夫妇。这两对夫妇和他们的孩子对我敞开心怀和家门，我们几乎是一见如故。令我开心的是，他们和我一样，对孤儿有同样的热情和看法。我们一致认为，神的儿女们正是那些无父无母的孩子们的出路，是世界性难题的解决办法。我还爱上了奥茨维尔和梅尔尼克两家的孩子们，曾经和他们一起玩了好长时间。另外，这两对夫妻是我找到的亚玛齐玛传道会的有力支持者，没有他们，我想这个机构将不会真的落地！这两家人都到过乌干达很多次，还在我的新家园领养了孩子。

2009年年初，梅尔尼克夫妇带着孩子、外甥和一些好友完成了首次乌干达探访之旅。他们每次到来，都会为我的孩子们带来欢乐，也给我带来爱和鼓励。两家的孩子们兴奋地玩在一起。苏珊娜每天早上起来帮我煮咖啡，麦克在客厅读《圣经》，还拉着我的孩子们跳舞。我们大家相互爱慕，虽然两个家庭相隔半个地球之遥，却还是一家人。

梅尔尼克夫妇不仅和我们一大家子亲如一家，还和我初到乌干达时认识的一个小女孩成了一家人，那是2007年，我到育婴所做志愿者，我和妈妈走进去那一刻，就爱上了我当时见到过的病得最严重的女宝宝，当时的我还不知道，未来还有更多重病的孩子在等着我！

当时一岁的她名叫约瑟芬，还没长牙，不会抬头，也不会翻身，看起来只有两个月大小。妈妈和我轮流，一路把她抱到金嘉市。只要她发病，我们就带她去医院，还要整晚抱着她，让护士为她打针、输液。我还唱歌哄她入睡，陪她一起掉眼泪。我向主求告："请不要让她死掉！"后来我回到美国，心里还一直惦记着约瑟芬，用了数不清多少小时想着她，为她祷告。

在美国期间，我通过脸书上约瑟芬的照片看到她的成长，这些照片都是乌干达育婴所的志愿者拍摄并上传的。后来我返回乌干达做幼儿园老师时，第一件事就是把约瑟芬抱进怀里。幼儿园下课后，我大部分时间都在抱着她，帮她洗澡，喂她吃香蕉，还祷告不久就有人来领养她，给她一个永远的家。

2008年12月，我坐在麦克和苏珊娜·梅尔尼克家里，听到苏珊娜说，如果自己再生一个女儿，就要给她取名叫约瑟宝贝。

我的心一阵狂跳。约瑟芬！

我径直走到苏珊娜的电脑前，给她看我能找到的每一张约瑟芬的照片，谈论说如果苏珊娜和麦克能够收养她，那简直太棒了。苏珊娜看着我，就像我彻底疯了一样，哈哈大笑。

三个月后，梅尔尼克夫妇和他们的朋友们首次到访，我赶紧带他们去看约瑟芬。到这时候为止，他们已经为收养事宜祷告了一段时间，但是还是不确定她有哪些特殊需求。

但是小约瑟芬一下子就偷走了他们的心，就像当初偷走我的心一样。就在他们回国后不久，我就接到了一直在等候的电话：他们打算收养约瑟芬。

后来，只要我一有时间，就会继续去看望约瑟芬，每次都很开心，并且向她低语："他们就要来了。你的爸爸和妈妈就要来接你了。"

几个月后，麦克和苏珊娜前来金嘉市接约瑟芬回家。凡是要前往美国的孩子，都要接受例行检查，结果，约瑟芬被检查出患有肺结核，HIV阳性。她之前的检测结果都是阴性，但是这种病毒本来就有潜伏期。因此，麦克和苏珊娜必须先回美国填写完整的申报材料，之后才能来乌干达接回她。我提议这段时期由我来照顾约瑟芬。之后她在我们家住了几个月。家里多了一个可爱的宝宝，我和女儿们都很开心。约瑟芬有着颇具感染力的个性，和我们就像一家人一样。

清楚了约瑟芬的病情后，我的朋友们大为震惊，但是决定全心依靠神。看到他们继续填写约瑟芬的健康信息表，并决定不管她的状况如何都要带她回家，一度感觉到挑战的我也深受激励。

我惊叹神的良善，他的计划超乎我的所有想象。几年前让我一见钟情的可爱宝宝，如今被我在这个世界上最喜欢的两个人收养并一起生活。麦克和苏珊娜是我父母的邻居，约瑟芬就在我妈妈眼皮底下那条街上长大，我妈爱她爱到不行。另外，这个有特殊医疗需求的小女孩如今就住在世界一流的儿童医院附近，不仅肺结核已经痊愈，血液里的艾滋病毒数量也得到了控制，低到几乎检测不出来。刚到美国时，麦克夫妇刚把她带回家时，她还几乎不能走路，现在可以跑动了，还上了幼儿园，会和哥哥们打架，整天开怀大笑，鼓舞着她遇到的每一个人。

如此美妙的奇异恩典，我甚至无法述说得尽。神把我们的心紧密联结在一起，并且以如此震撼人心的方式把我们的故事编织在了一起。

他真的为孤独的人安家。

凯蒂的日记 2009 年 11 月 20 日 礼拜五

　　今天，我们又拥有了一个着实很棒的日子，我情不自禁地为这样的生活赞美耶稣。孩子们放假了，感谢神！因为她们几乎都长了水痘！今天，我剪了 140 个手指甲和 140 个脚指甲，剪完之后用锉刀修好，再为它们涂上指甲油。然后我很快去了趟药店，在里面竟然找到了小号的手术手套。因为我的手很小，小号的戴着正好。趁着孩子们睡午觉，我偷偷跑来跑去做家务，把巧克力碎片饼干放进了烤箱。感觉充实而又非常蒙福。

　　但是，就在我心满意足地坐下来的一刻，有些事沉重地压在心头。这是我一段时间以来反复琢磨的事情，但是又不想写下来，因为我的语言好像无法充分描述心里的痛。然而，我知道这件事迫在眉睫，非做不可，哪怕我的文笔捉襟见肘，至少也要努力一试。

　　事情要从几个月前说起，当时我的好朋友麦克和苏珊娜前来收养他们的女儿，结果发现她是 HIV 携带者，他们显然都要心碎了。当时麦克做了表态，在我心里掀起波澜："我想你知道孩子们正在外面受苦。你知道他们生病了，就像这种病。但是当你自己的孩子生病，那就是另一回事。会很不一样。"

　　的确如此。无数个夜晚，我醒着，陪伴那些垂死的或者至少是病重的孩子一起度过。我爱他们，拥抱他们。我用海绵帮他们擦澡，喂他们吃药，擦拭他们的呕吐物。我把他们搂在怀里，为他们祷告，告诉他们自己有多特别，耶稣有多么爱他们。

　　我的心真的为他们而受伤。但是这种伤痛，和想到自己的孩子正在接近死亡那种痛不同。当苏米妮高烧不退，当三个月大的帕特里夏因为 C 型肺炎整夜咳嗽，当玛格丽特的牙齿咬进艾格妮丝的眉毛，深到可以看见骨头，而我只能惊恐地看着医生没有用麻药就直接缝合伤口。凡此种种，看着自己的孩子经历痛苦，和看着外面的孩子身处患难，那是不一样的痛苦感受。

不管怎样，如果受苦的是自己的孩子，心里就会更着急和紧张，会对医疗资源的匮乏有更多失望，会更多一点尝试寻找解决之道。我并不以此为傲。好几次，我抱着因为医疗资源缺乏而濒临死亡的孩子，那种感觉很恐怖也很痛苦。但是我保证，如果抱着的是我自己的孩子，我肯定会更崩溃。这种心思很丑陋，但是很真实。

当你自己的孩子正在受苦，那感觉就是不同。但是这是理所当然的吗？这正是我所纠结的，我相信这是常人的反应，我也相信这是错误的。我相信这个星球上的每一个人都是神的孩子，是完美的受造，受神疼爱和珍惜。世上每一个孩子受伤、濒死、挨饿、哭泣，都会令他心痛，而且比我为孩子的那种心痛更深刻。因此，我不得不相信，如果我的心真的与神同在，我也应该为世上所有受苦的孩子感到痛心。但是有时候我会忘记。有时候我很忙碌。有时候是因为感觉只为自己的孩子心痛就够了，我也相信世人会说这样就够了。我相信这是错误的，所以这种想法使我常常在夜里醒来。

安洁莉娜今年 7 岁，体重不到 14 斤。她的母亲已经有四个月无法给她任何食物了。每当她倾尽力气哭喊着太饿，妈妈就会给她一些当地土酿的酒喂她，让她能够安静下来。她太虚弱了，以至于不能走路，甚至连头都抬不起来。四个月来，让安洁莉娜喝得微醉是让她勉强活命的办法。她一整天躺在土地上，身上生出了褥疮，周围都是来自人畜的垃圾和排泄物。沙蚤深深地钻进了她的小脚丫，使她的双脚干裂流血。她身上一丝不挂，又脏又冷。这种景象令人惊骇万分。

萘丽玛今年 30 岁，眼睁睁看着艾滋病夺去了自己全部的 5 个孩子。她找不到一个人诉苦，也没有人陪她欢笑，想哭的时候没有一个人的肩膀可以依靠，所以她只能借助酒精来缓解痛苦。她觉得在这个世界上很孤独，绝望吞噬了她。她自己也是疾病缠身，体重不足 80 斤。晚上睡在小小的家里那坚硬的土地上，会把骨头硌得疼。她的身体因为高烧而发冷，肚子也因饥饿而咕噜咕噜叫。

每当我紧紧抱着安洁莉娜和萘丽玛，每当我亲吻她们的脸庞，每当我用汤勺把小儿安养素喂进安洁莉娜那小小的嘴巴，或者看见萘丽玛会因为一条旧毛毯而开心，我就会任凭眼泪滴落。我为这些人感到心痛，就像她们是我的家人一样。正因为她们是我的家人，所以我才应该心痛。不应该有差别。我渴望自己的爱永远不再有差别。

天父，为着安洁莉娜感谢你。为着萘丽玛感谢你。谢谢你按照自己的形像完美创造了她们，成为你珍贵、亲爱的孩子。谢谢你为她们的人生做了美好的计划，将她们带进我的生命中。请你帮助我，不只是有那么一点同情的表面之痛，而是像你看见孩子们受人忽视死去时的那种真正的痛。请你帮助我，让我不要因为太忙或者生活太舒适而忘记那些受苦的人。请你帮助我，让我永远不要忘记停止为此做些什么的渴望。主啊，帮助我记得，作为基督的身体，这是我的责任。谢谢你爱我们，即便在我们忘记的时候，你的爱从未停止。我永远永远不要再忘记。

第十八章

数算代价

有八个月的时间，恩典都爱洗澡。后来她三岁了，那些声称害怕两岁娃的人，显然是还没有经历过带三岁的孩子们。

我不太记得具体是从什么时候开始了。有一天，她就是不愿进浴缸，我也没有勉强她，当晚就任由她脏兮兮地上床睡觉。我们的斗争除了搅乱别人的睡觉时间，没有任何意义。但是第二天晚上，我不能再坐视不管，她真的要洗澡了。所以我们就开始了战争，并且一直持续到今天。

每天晚上，我们都要上演同样的戏码。序幕就像是这样拉开的：我要恩典走进浴缸，她轻轻地回答说："我不想。"

我就以最亲切、最甜美的妈咪的声音，向她解释她才 3 岁，并不明白哪些才是对自己最好的，并且她不能一直想要什么就有什么。我告诉她，洗澡是为了她的健康，可以生活得更好。每个人都必须洗澡！她只是看着我，完全不懂我在说什么。

我并不泄气，又尝试了一种不同的方式，兴高采烈地说："快来，恩典！我们一起在浴缸里玩吧！"

看到我这样，她非常快速地眨巴着眼睛，鳄鱼的大眼泪还是顺着脸颊往下淌，试图以新的方式博取我的同情。当她发现眼泪也没有奏效，就开始尖叫："不洗澡，不洗澡，不洗澡！"就像水会把她融化了一样。

接下来我就以比较严厉的口吻说道："恩典，洗澡时间。"

随后我就把她拉起来，简直是一路拖着把她从走廊拖到浴室。她的悲伤变成了愤怒，竭尽全力喊着"我讨厌你，妈妈"，同时拉下脸，双手交叉，一屁股坐在地上大叫着："我不要！"

我把她拉起来，她一边用脚踢，一边尖叫。最后好不容易把她弄进浴缸。她在浴缸里双手乱挥，号啕大哭，想让我知道我毁了她的人生，她这辈子都不会再开心了。

随后，好玩的事情发生了。当她往自己身上浇水的时候，想起来了：她喜欢洗澡！洗澡很好玩。更不用说它真的可以让自己变干净。

这出戏的最后，恩典通常都会因为太享受洗澡的过程，而不想离开浴缸。

洗澡时间的斗争其实和洗澡本身一点关系都没有，它关乎顺服。恩典 3 岁了，只是不想顺服。她认为自己应该是那个决定要不要进浴缸的人。她 3 岁了，试图弄明白自己小小的人生中究竟有多少可以自我控制。到目前为止，没有多少。

或许我是一个坏妈妈，因为在恩典不顺服的时候没有更严厉地为她树立原则，但是，真实的情况是，不顺服的小恩典却提醒了关于我自己的很多地方。

想到可能因为自己的不顺服在生命中错失的东西，我不禁打了个寒战。我是如此感恩，因为神用他的恩典覆庇我，使我没有得胜。因为通常来讲，斗争和他要我做的事真的没有关系，和浴缸没有关系，只和我有关，总想努力弄明白小小的人生中究竟有多少可以自己控制。到目前为止，没有多少。

我希望自己能够说，我一直都在严格按照主要求我的去做；我还很想说，困难来临的时候，我总是先去寻求他。就在我越来越懂得这些的同时，我有时候还是做不到，偶尔还是会觉得我的人生要做什么应该由我决定。神反问我，给我讲道理，鼓励我。他温柔地向我解释，我并不知道怎么做对自己是最好的，我不能想要什么就有什么。我看着他，完全不懂他在说什么。有时候，我甚至会又哭又闹，大声尖叫，就像一个不耐烦的怒气冲天的 3 岁小孩。

而神把挣扎中疲惫不堪的我抱起来，放在他的旨意中。接着，好玩的事情发生了。就在我一边用脚踢，一边尖叫挣扎的时候，想起来了：我喜欢活在神的旨意中。神的计划向来都很棒，无论如何都比我自己的想法好得多。我很庆幸他不允许我赢。

我越努力要活在神的旨意中，他就要我放弃得越多，我也会感觉越来越不舒适。他一再教导我，他的旨意最完美。"浴缸"这个不舒服的地方会越来越难以进入，但是在进到那里之前，我学着提醒自己记住，我终究会明白什么对我才是最好的，并且更重要的是，什么是荣耀神的最好方式。

我记得第一次被打击时的情形，真的很艰难，他要我放弃的东西太多了。他多么渴望我全人全心都彻底属于他自己啊。自从我第一次到达乌干达以来，已经艰难地攻克了重重难关，但是都没有比那一次更艰难、更揪心、更令我心碎。当时，他要我放弃我生命中最重要的东西。之前我以为自己已经为他放弃了全部，以为我已经做出了牺牲。但是他想要的更多。

2010 年 2 月 11 日 礼拜四

她 18 岁之前，从未爱过任何一个人。我的意思是，虽然她自幼就爱耶稣，但是这次不同，那是一种可以触碰到的爱。

在她眼中，他是完美的。他爱主，更别提他有多可爱。他跟她一起去教堂，陪她一起做傻事，还跟她家人一起吃晚餐。他会说一些只有她觉得有趣的事，来逗她开怀大笑。每次他拨开那绺挡在她眼前的头发，她的心总是会突突乱跳。

他们是"完美的一对"，不顾一切地陷入热恋。当一个人走进房间，另一个人就会眼睛发亮。他们能够看见自己的美好未来。高中毕业后一起读大学，然后结婚，工作一段时间后定居下来，生孩子，眼睛像爸爸，笑容像妈妈。他们会一起变老，嘲笑一些秘密，睡前亲吻彼此，互道晚安。

后来，神要她搬到乌干达。起初只是待一年，他们可以进行一年的异地恋，然后她再回到美国，和他一起上大学，而他们所有的梦想仍然都还会变成现实。

当主要她收养第一批孩子的时候，事情开始变得有点复杂。当时她找借口说，自己最小的女儿5岁了，所以13年后对方成年了，她可以搬回家和他一起生活。但是她领养的孩子越来越小，神的呼召越来越强烈。先是15年后才能回去，接着是17年，再到20年。最后，她向现实妥协，神其实是要她留下来。当神说他要的是她的全部的时候，其中的重点是"全部"。

好吧，她就留在乌干达生活。但是她还是抓紧属于自己的爱情，相比分手带来的空虚心痛，待在舒适环境中要容易得多。

虽然他全力支持她在乌干达的事工，并且一有可能就来看望她，但是他无法想象自己能进入她所拥抱的生活。她想生活在两个世界里，但是现实使这种想法变得越来越不可能。她的眼界被打开，人生也被改变了。她不能假装自己还是以前的自己，也不能像以前那样坐在他的世界里，那样只会让她头晕恶心。可是她还是攥在手里，因为她对他的爱并未减少。她知道神能够移山，就祷告神来改变他的心意。毕竟，这样一份爱必定是神的精心安排。

他使她觉得自己很美，即便身为单亲妈妈，一身尘土和呕吐物地走着。他感激她，即便所有人都忘了向她说"谢谢你"；他信任她，即便全世界的人都说要筹到8万美元、收养10个孩子的行为是愚不可及。即便分隔世界的两端，当她感觉自己不够坚强的时候，他会一直鼓励她打起精神。电话那头他的声音总能使糟糕的一天变得好起来。

他们正在朝着相反的方向渐行渐远，两人都心知肚明，但是他们都拒绝放手。

因此，她求神给一个非常独特的信号，在她看来即便不是绝对不可能，但是有些事已经令人非常无奈。随后，令人绝望的事情发生了，神给了她一个她一直求告的信号。因此，她向他吻别，掉头而去，号啕大哭，一度怀疑自己都要无法呼吸了。她尽量不去想这辈子是否还能遇到这么爱她的人这回事，也不去想一个人孤孤单单的日子该怎么过。

就在这时候，神提醒她，她一点都不孤单。神让她觉得自己很美，哪怕是个灰头土脸、浑身都是呕吐物的单亲妈妈。神让她知道，哪怕周围所有人都忘了给她说"谢谢你"，他会欣赏她；即便世人都说她疯了，他信任她。当她感觉自己不够坚强时，他会鼓励她让她打起精神，并且抱着她。他告诉她，他的声音正在她耳畔低语，会使那些艰难的日子反转。他会永远信实，他的爱是无条件的。神提醒她，他才是她的真爱，永远都不会离开她，不会辜负她，反而会满足她内心的愿望。他会使一切都更新，甚至还有她那颗破碎的心。

如今，读到这些写于很久以前的文字，我还是会哭出来，仍旧会感觉到因那次失去而带来的锥心之痛。

然而，一想到要和耶稣共度永生，那种痛苦就显得短暂而又微不足道。这想法一直提醒我，为了活在神的旨意里，我愿意抛弃所有。为了福音，我愿意放弃一切。我满心相信在神的应许中，没有什么是牺牲，未来我将和他永远生活在一起。我希望顺服，并奉献出我的生命。

我的生活充实而又喜乐、精彩，但是并不容易，也真的不那么光鲜亮丽。我并不期待这些。在我的 NIV 版本圣经中，《路加福音》9∶57–62 节这部分的标题是："跟从耶稣的代价"。下面就是主清楚告诉我的话：

他们走路的时候，有一人对耶稣说，你无论往那里去，我要跟从你。耶稣说，狐狸有洞，天空的飞鸟有窝，只是人子没有枕头的地方。又对一个人说，跟从我来。那人说，主，容我先回去埋葬我的父亲。耶稣说，任凭死人埋葬他们的死人。你只管去传扬神国的道。又有一人说，主，我要跟从你，但容我先去辞别我家里的人。耶稣说，手扶着犁向后看的，不配进神的国。

有时候，我也试图回头看，但是我不想再回去。我只想往前看他将要做的事。

上述经文再往后一点，《路加福音》14章25–33节，耶稣告诉围在他周围的人：

有极多的人和耶稣同行。他转过来对他们说，人到我这里来，若不爱我胜过爱自己的父母、妻子、儿女、弟兄、姐妹和自己的性命，就不能作我的门徒。（"爱我胜过爱"原文作"恨"）凡不背着自己十字架跟从我的，也不能作我的门徒。你们那一个要盖一座楼，不先坐下算计花费，能盖成不能呢？恐怕安了地基，不能成功，看见的人都笑话他，说，这个人开了工，却不能完工。或是一个王，出去和别的王打仗，岂不先坐下酌量，能用一万兵去敌那领二万兵来攻打他的吗？若是不能，就趁敌人还远的时候，派使者去求和息的条款。这样，你们无论什么人，若不撇下一切所有的，就不能作我的门徒。

在耶稣的时代，他希望他的门徒放下一切。我相信他今天的要求还一样吗？

我相信。并且我希望自己就像自己所相信的那样去生活。

　　我并未宣告自己已经有了答案，也不宣告"正做得对"。我要明确宣告，相信耶稣所说的话全部真实，并且适用于当下的我。我希望奉献自己的全部，不计代价。完全不计代价。因为我相信在基督的永恒光中，没有什么是牺牲。

凯蒂的日记 2009 年 11 月 16 日 礼拜一

我决定今天上脸书浏览。

当我打开脸书，首先看到的是我小弟的照片，他身形比我大多了。他刚刚和贝拉明大学签约，成为该校的曲棍球球员。我无法形容自己心中的自豪！他正式成为贝拉明大学的学生。贝拉明大学的曲棍球队名列全美大学体育协会甲组，我小弟还是拿了奖学金进去的！虽然这件事如此令人兴奋，但是它并不是我这个大姐第一次为弟弟骄傲。我弟弟布莱德是我见过的心地最善良，为人最忠诚的人。他爱耶稣，也爱家人和朋友，永远把耶稣和亲友放在第一位。他虽然在体育方面极有天分，但可能是你见过的最谦卑的人。我知道，有一天，我的丈夫可能要重担在肩，因为布拉德曾经教会我，男人会如何对待生命中最重要的女人。他的肩膀可以用来靠着哭泣，他也可以和我一起笑对任何事情。我一天比一天更想念他。

看着一张张漂亮的照片，我的眼泪忍不住落了下来，你看，这些照片都缺了点东西，那是我的位置。我心里有一部分会永远和亲密的家人待在田纳西州布兰伍德市，因此会常常隐隐作痛。我真想和他们在一起。

我生命中的每一天都充满了喜乐，是那种远远超过人类所得的喜悦。我知道，这种喜乐来自认识到耶稣为我死了，而我渴望一生服侍他；来自活在他的旨意中，看着他完美地安排一切；来自望着那无助的咖啡色小脸，告诉她耶稣爱她；还来自听见孩子们叫我"妈咪"。而这一切并不意味着远离深爱的人我不会心痛，那是我内心最深处的痛。但是保罗的话也同样响起："使我认识基督，晓得他复活的大能，并且晓得和他一起受苦，效法他的死。"（腓立比书 3:10）诚哉斯言。

我相信当耶稣这样说的时候，我必须"离开父母，来跟从他"，他没有在开玩笑。

今天是我心痛的一天。有时候，我想念进门时母亲的微笑，想念父亲回家时的拥抱，想念深夜和布莱德一起看电影、吃冰激凌，一起大笑。

在乌干达，思念将成为我生命中的一部分，因为我很少能够兼顾我美国的家庭和乌干达的家庭。但是"天国好像宝贝藏在地里，人遇见了就把它藏起来，欢欢喜喜地去变卖一切所有的，买这块地"。（马太福音 13:44）有时候，思念会使我的心伤痛，但是也温柔地提醒我，为天国放弃万有，真的值得。虽然很难，但是值得。

第十九章

我们的奶奶

在马塞斯，天很黑，很安静。冰冷的雨水从她的茅草屋顶渗透下来，滴进她那不到半平方米的小房子里，然后再浸湿她的被单。她就用这湿漉漉的被单裹着骨瘦如柴的身体，在硬邦邦的土地上躺得骨头发疼，虚弱的身体冷得直打哆嗦，肚子饿得咕噜噜叫，彻夜难眠。

格蕾丝 65 岁了，不过初次见面时我还以为她有 80 岁了。贫穷、疾病和其他一些难处催她老迈。双目失明的她孑然一身，体内的 HIV 病毒已经全然发作，使她瘦小的身体毫无力量抵抗一切病毒侵袭，肺结核更使她咳得浑身难受。她在绝望中呼求那位已经有 20 年没有理睬过的神，当时艾滋病夺去了她心爱的丈夫和四个孩子，剩下的两个孩子也离弃了她，到外面寻求更好的生活，结果最终也死于艾滋病。她知道自己的人生已经接近终点，拼命地希望自己在离开这个世界的时候能够信任任何能够相信的。她向主祈求，如果他是真实的，就派一个朋友，或者一个访客，或者其他表示有人关心自己的印记。她颤抖着睡去，头上罩着塑料袋，以免雨水滴到脸上。

第二天，我沿着熟悉的小路来到马塞斯，完全不知道有一位老妇人的热切祷告。我背着帕特里夏，一如既往地为村民们包扎伤口、筛查疟疾、亲吻他们的额头。妇女团队里有人告诉我，有位瞎眼老太太需要人帮助。我就拉上好友塔玛拉陪我一起，往她们说的地方去。

对于眼前出现的景象，我毫无心理准备。

格蕾丝真的又老迈又瞎眼，但是这些都只是表面的困境。坦白说，当时我站在那里看了她几分钟，惊叹她竟然还能够活着。她的身体虚弱到几乎坐不直，更是不能站立或者行走。她已经三天没有进食了，大概有五年看不见东西。

我想，她的体重可能不会超过 77 斤。

最吸引我注意的是包围在她房子周围那诡异的寂静。她的房子位于村子最偏僻角落的一个垃圾堆旁边。那一天，邻居们都外出打工或者打发时间了，连风似乎都悄然无声。

我想了一会儿，格蕾丝家的小泥屋里为什么格外暗，继而想起来，对她而言，不管怎样到处都已经是黑暗一片了。我拥抱这位可爱的老太太，拍着她的背，亲吻她的脸颊，告诉她耶稣爱她，我也爱她。

"他真的做到了！"她大叫，"就像我祈求的那样，他派了探访者给我！"

她从激动转为嗫嚅："我想停止信仰。我认为神并不在意我。主啊，我信你。"

眼泪从她双颊流下，然后我们一起向我们的天父祷告，他看见了，也听见了，并且回应我们哪怕最小的请求。

从那天起，我就开始花时间陪伴格蕾丝，每周给她送几次食物，而她的邻居每天会帮她做饭。我带她去看了很多医生，治疗她的肺结核，帮她输血，给她维生素。当我带女儿们来看她的时候，她们一下子就爱上了她，并且认她做奶奶。

不久以后，我和女儿们就养成了一个习惯，会定期从家里打包午餐去和格蕾丝奶奶一起分享，在她家里读《圣经》，跳舞唱歌，女儿们爱上了这里，格蕾丝也很喜欢自己的家里充满热闹和笑声。

当然，她能够听见女儿们开心地谈笑风生，还能够感觉到大家温柔充满爱意地拍打她的手臂，或者送给她的拥抱。很快，她还能够看见大家了！当她开始吃营养餐并服用复合维生素时，视力有了显著提高。当然没有恢复到完好，但是能够看见东西了。她激动不已，我们也为她激动不已。

2009 年圣诞节那天，我们在格蕾丝奶奶家里吃午饭，神送给我们所有人一份最棒的圣诞礼物（当然比不上神的儿子！）：格蕾丝奶奶开始会走路了，几个月前她还虚弱得站不起来，如今却在外面绕着屋子来回走，每时每刻都在赞美主。邻居们前来观看，问发生了什么事，许多人要我们为他们祷告，并接受了耶稣。格蕾丝的见证正在我们眼前改变生命。

大约三个月后，我和女儿们去看望格蕾丝奶奶，惊讶地发现我们送给她的食物原封不动地放着，没有烹饪，也没有吃。她说原来帮她做饭的邻居三天前搬走了，从那时候开始她就没再吃饭。我问她这段时间是怎么吃药的，她说自己只是靠感觉摸到五个药瓶，然后一样吞一粒。这是一个问题，因为她的药片都不一样，有些应该一天吃三次，有些一次吃两粒，有些要和食物一起服用，有些则不能。她这样吃根本没有效果。

我去和格蕾丝的其他邻居沟通，但是没有人愿意或者能够帮忙，随后有一个想法敲了我一下：我们必须把格蕾丝奶奶带回去和我们一起生活。不得不说这个突如其来的念头把我吓坏了。

在格蕾丝家里探访的剩余时间里，要把她接回家里来的想法一遍一遍冒出来，挥之不去。探访结束我们回到家，我就开始思考并祷告下一步的计划。

当天晚上，我在床上辗转反侧，无法入睡。"神啊，你真的要我做这件事吗？"我不停地问他。

神说："我认为你知道答案。你并不是真的想知道我是否要你做这件事，你只是担心照顾一个瞎眼老太太会给你带来诸多不便。"他是对的，确实如此。无论如何，收养一位老奶奶好像比收养一个小孩子更令人望而却步。

但是，对我而言，整件事可以简化成一个问题：我相信耶稣是认真的吗？我相信他说的是真的吗？答案是肯定的。当他说要爱人如己的时候，我相信他是认真的。我相信他的意思是，即便这个邻居不那么惹人怜爱也要去爱，他要我照顾邻居如同照顾我自己和我的家人，而我永远不会要我的家人或者我自己生活在这种境况里。

当我想到要接待格蕾丝奶奶之后，家里可能要发生的变化，我真的被吓到了。但是，所有我能想到不把她接回家来的原因只有一个，那就是自私。我们有足够的空间，我们有充足的食物，我们有充足的爱。我们绰绰有余。

我再回到《马太福音》25 章 31—46 节，耶稣说：

"当人子在他荣耀里，同着众天使降临的时候，要坐在他荣耀的宝座上。万民都要聚集在他面前。他要把他们分别出来，好像牧羊的分别绵羊、山羊一般；把绵羊安置在右边，山羊在左边。于是王要向那右边的说：'你们这蒙我父赐福的，可来承受那创世以来为你们所预备的国。因为我饿了，你们给我吃；渴了，你们给我喝；我作客旅，你们留我住；我赤身露体，你们给我穿；我病了，你们看顾我；我在监里，你们来看我。'义人就回答说：'主啊，我们什么时候见你饿了，给你吃，渴了，给你喝？什么时候见你作客旅，留你住，或是赤身露体，给你穿？又什么时候见你病了，或是在监里，来看你呢？'王要回答说：'我实在告诉你们，这些事你们既作在我这弟兄中一个最小的身上，就是作在我身上了。'王又要向那左边的说：'你们这被咒诅的人，离开我，进入那为魔鬼和他的使者所预备的永火里去！因为我饿了，你们不给我吃；渴了，你们不给我喝；我作客旅，你们不留我住；我赤身露体，你们不给我穿；我病了，我在监里，你们不来看顾我。'他们也要回答说：'主啊，我们什么时候见你饿了，或渴了，或作客旅，或赤身露体，或病了，或在监里，不伺候你呢？'王要回答说：'我实在告诉你们，这些事你们既不作在我这弟兄中一个最小的身上，就是不作在我身上了。'这些人要往永刑里去。那些义人要往永生里去。"

我一遍又一遍地读这段经文。有时候能听见耶稣的低语:"我病了,你愿意照顾我吗? 你愿意邀请我到你家里去吗?"

我愿意。

第二天早上,我要女儿们坐在一起开家庭会议。我知道,甚至在我开口说这件事之前,她们都已经愿意,甚至是欢呼雀跃地要让格蕾丝奶奶前来与我们同住。她们喜欢这个喜乐的老人,并且她们比我更能付出所有毫无保留。最终全票通过,大家叫嚷着跳上跳下地告诉我:"谢谢你有这么一个好主意!"

我自顾自地笑着想:这并不是我的主意啊。

当天下午,我们到马塞斯参加妇女团队的团契聚会,结束后,我和女儿们步行前往格蕾丝奶奶家,邀请她搬去和我们一起住。她热泪盈眶,脸上笑开了花。"神给了我一个家!"她哭着说,"这么多年来都没有一个人陪伴,现在他给了我一个新家!"

但是,接下来发生的事令我震惊,她说不要! 我抬头望天,想知道:我一晚上不睡觉,左思右想,结果竟然是一句不要? 她说自己太老了,不能开始一种新生活,也不想给我们添加太多负担。她说耶稣会照顾自己,我们只要继续来她家里尽情玩乐就好了。女儿们一再恳请加上乞求,但是她心意已决。自私如我,无法假装自己没有如释重负的感觉。

我们离开时,都感觉到被神赐给我们与格蕾丝关系中的这份爱所激励,我想知道,他是不是想让我成长,只是想看一看我是否会答应。我还想知道,在某些小小的方面,我是不是就像亚伯拉罕,神只是想确信我真的愿意为他放弃所有。但最终只是告诉我我真的不必要这么做。

格蕾丝奶奶当时没有搬来和我们一起住,神想用其他的事来帮助她。他有一个计划，不但要祝福她，还要祝福这里的一些人，这一切令我开心不已。格蕾丝奶奶谢绝了我们的请求后，过了几天我问妇女团契的人，是否有 7 个人愿意做志愿者，每周各抽出一天去陪伴格蕾丝奶奶几个小时，为她做饭，并确保她按时按量服药。令我惊喜的是，不仅仅是 7 个人，所有团队中的 19 个人都答应做这件事。

每个礼拜一，我会为格蕾丝奶奶送去一周所需的食物、木炭和药品。除此之外，每天都会有两三位姊妹去看她，帮她洗衣服、做饭，确保她吃下所有应该吃的药片。大家喜欢干这件事，她也乐在其中。

虽然女儿们和我都愿意格蕾丝奶奶搬来一起住，真正做到"爱邻舍"，但是我发现只有一件事会让人感觉更棒：鼓励人们起来去爱自己的邻舍。

妇女团契的姊妹们在照顾格蕾丝奶奶的过程中功不可没，但是五六个月之后，我明显发现她需要更多照顾，而不是这 19 位姊妹所能够提供的。每天一到两次的探访对她大有帮助，但是她的病情急剧恶化，需要全天候的照顾。是时候把她接来和我们一起住了，这次我毫不犹豫。

当时我意识到格蕾丝奶奶有活跃性肺结核，可能会传染给别人，所以的确不能让她住进我们家，和我的孩子们一起生活。因此我请克丽丝汀在离我们家尽可能近的地方找一个住处。值得感恩的是，她为格蕾丝奶奶找到了一个完美住处，那是一个小单间正在招租，和我们家之间只隔了一家人。格蕾丝奶奶没有家具或者任何需要我们费力搬运的东西，甚至没有煮饭用的炉子，也没有洗衣服或者洗澡用的塑料盆。我们帮她打包了她在世界上的全部家当，几件衣服和几条毯子，把她接到我们村子里来。我知道她来日无多，但是她要死得有尊严，要被爱环绕。

每天有好几次，我的孩子们都会戴上口罩，走到我们的新邻居家里探望她们深爱的奶奶。不管是送去食物，还是帮她洗澡，或者只是静静坐着陪她，她们都珍惜每一次服侍的机会，并且带着满满的爱来做这一切。

但是，无论我们多么努力地爱她，也改变不了一个事实，就是我们的奶奶已经走到了生命的尽头。正好当时我在计划回美国几周，随着我离去的日子临近，格蕾丝奶奶的病情更加严重，身体更虚弱，越来越奄奄一息。她所需要的照顾只有医院才能提供。我很感恩，及时找到了一个安顿她的地方，以确保我不在的这段日子有人照顾。我和女儿们经常到医院去看望她，每次离开时都会为她所遭受的苦楚和我们即将要面对的分离感到悲伤，但是也会为她很快能见到耶稣而喜乐。我不知道她是否能活到我回来，因此在离开之前，我把自己想要说的话都讲给了她。

按照神的计划，当我从美国回来时，格蕾丝奶奶还活着，过了几天才去世。我记得她临终前的那个清早，我握着她的手陪伴她几个小时。这时候的她已经无力做任何挣扎，身体情况再次也是最后一次恶化，不能抬头，几乎不能说话，只能呻吟着让我们知道她能够听见我们说话，她还活着。

我在她人生的最后几个小时里轻轻抓着她纤弱的手，低声告诉她不要害怕。我提醒她，即使她痛苦不堪，但是耶稣没有忘记她。他正在为她安排位置，她很快就可以永远和耶稣在一起了。我一边在她耳边低语，一边在心里安静祷告："主啊，快点。快点吧，主。求你了，求你，求你。"

就在几个小时后，她就去和耶稣同在了。

格蕾丝奶奶去世时，医院给我打电话。我很自私地为她的去世哀痛；同样出于自私，我不愿告诉我的女儿们，她们亲爱的奶奶不能再和我们在一起了。当我把噩耗告诉她们，孩子们都爬上厢型车，一路开往医院。我们大家一起走进格蕾丝奶奶的病房，看到我们亲爱的奶奶的身体躺在床上，就像我头天晚上离开时一样。但是，此刻虽然有一块布盖着她的头，她仍然活着，并且在神为她预备的地方再次精神焕发。我们掀开布的一角，以便看见她的脸，随后我们都哭了，但是我也为她感受到巨大的释放。

那天夜里，我躺在床上，很难过，我怀念格蕾丝奶奶温柔的个性和她的亲吻，还有在我耳畔的低语。但是感恩胜过了悲伤，我为我们和她一起共度的时光而感恩，心里保留着对她全部的爱和深深的感谢。我为从她身上学到的功课而感恩，同样也感谢她从我们身上学到的一切。感谢神为孤独的安家，把她带到我们家里来。我更感激的是，她现在与耶稣平安同在。

凯蒂的日记 2010 年 7 月 20 日 礼拜二

　　我现在 20 岁，有 14 个女儿，还有 400 多个孩子都要靠我照顾。他们都在学着爱耶稣，学着成为负责任的大人，并且对我很尊敬。有时候这个现实会让我有点力不从心，但是一直喜乐满怀。常常有人误认为我很勇敢，我会第一个告诉你这不是真的。大部分时候，我都不勇敢。我只是相信有一位神，即便我不勇敢，他也要使用我。大部分清早，在我还未起床之前，就被他的良善和在我生命中的计划折服了。我敬畏他，因为他如此信任我。大部分日子里，我都没有什么特别安排，也许要带朋友去医院一趟，或者要和校长见面，或者孩子起床后发烧，我要穿着睡衣清理呕吐物，或者小狗在浴缸里产崽，或者我要为邻居做个小手术。有时候家里也可能会有不速之客来访，可能那只是一只受伤的猴子，我的孩子们坚持要照顾它恢复健康。

　　通常我都不知道人生会走向哪里，我看不到这条路的尽头，但是其中蕴含着伟大的真理：勇气不在于你是否知道道路在哪里，而在于你要迈出第一步，就像彼得走下船，凭着信心行走在水面上，相信耶稣不会让他下沉。

　　我不知道自己的五年计划是什么，甚至明天都不会按照我计划的来。我又激动又害怕，但这是好事。有人称之为勇气，有人称之为愚蠢，我称之为信心。我选择走下船，有时候会径直走进他的怀抱，但大多数时候，我会恐惧地往下看，以至于起伏不定，有时候几乎要溺水。但是，不管怎样，他从未放开我的手。

　　主啊，愿我们每一天每一刻都选择你。我们希望全然向你委身。我们希望每一天都是向你说"我愿意"的一天。我们为自己的漠然和平庸、碌碌无为而悔改。我们要为你熠熠发光，使其他人看见并且感受到你的爱。让我们把每一次邂逅都当作彰显你爱的机会。

主啊，在我多帮助一个人都嫌太多的日子里，求你帮助我来选择你。

当撒旦向我低语："你救不了所有人，为什么还要尝试？"让我选择你。

当我懒得陪孩子们一起读《圣经》，而只想给她们看电影，让我选择你。

当恶语脱口而出，我却找不到美好的语言来代替，让我选择你。

天父，就像保罗那样，我知道自己想要做什么，也知道应该做什么，但是我还是屡屡失败、灰心丧气。谢谢你的恩典，谢谢你坐在高天之上却愿意俯就我这样的人，并且把我们当作器皿为你所用。当我们被称为仆人的时候，当我们能够和别人分享你的国度和慈爱的时候，这是何等蒙福的事。谢谢你的十字架，在那里赐给我们平安和圣洁。天父，我们渴望对你说"我愿意"。

第二十章

恩典一直丰盛

　　我相信，在我们生命中，只有一件真正称得上勇敢的事情可以做：无条件去爱。用我们的生命的全部彻底去爱，爱到受伤，然后爱得更多。

　　我很感恩，我的孩子们都是爱邻舍的榜样，她们眼睛眨都不眨就邀请别人到家里来。看见需要呵护的婴儿，就抱起来，喂他吃饭，为他洗澡，宠爱他，就像做这些是世界上习以为常的事。她们看见无家可归的人就央求我让她留下来。就在我感觉筋疲力尽的时候，她们却为帮到了别人而喜乐开怀。我们常常会遇到一些紧急情况；我们有时候一天要心碎好几次，但是我的孩子们还是继续去爱，去盼望，去相信我们能够使别人的生命变得更好。哦，我从她们那美丽的心灵里学到了太多。

　　我宁愿说，随着看到的不幸和贫穷越来越多，心里的痛苦就会越来越少。但是事实并非如此。这个世界上的残破永远令人悲哀。每次看到人们不得不在绝望的处境中挣扎过活或者死去，就像我的女儿们和我见到的周围的人，就会觉得撕心裂肺。虽然一切都不会变得更容易，但是每次遇到这种情况，我都会多一点盼望。我一直希望自己的朋友们和我一起活在世上，但是我更迫切地要告诉他们关于耶稣的消息，因为我最希望他们和他同在，去经历他那深刻、无条件的爱，不管是现在还是在天堂里。我看到了悲哀，但是我也看到了救赎。

　　一路走来，我已经学会了，如果我真的希望跟从耶稣，就要去往艰难之地。身为一名基督的跟随者，意味着要与悲哀共处。我们必须了解悲伤，才能更全面地懂得喜乐。喜乐以悲伤为代价，但是值得。毕竟，复活以先必须要有受死。

　　老实说，艰难的地方貌似难以忍受，又黑暗又恐怖。虽然神说他绝不会丢下我不管，但是有时候到处一片漆黑，我却无法看到他。可是与此同时，最不可思议的事情会发生：神亲手带着我，径直走出艰难困苦，进入美好的另一面。他向我低语，要我感恩，因为这样的经历也是为着他的良善。

有时候走出黑暗需要一些时间，有时候神带我走出黑暗之后又进入沙漠地带，他必须抱着我走。有时候我一路屡屡摔跤，他不得不一再回头来找我。但是，往往在黑暗的另一端就是美好的结果，他用困境来增加我的紧迫感，使我更加渴慕与他同在。我意识到，即便在黑暗中我看不见他，但是那一刻他离我最近。我知道困境是好的，因为身在其中我能获得更多智慧，虽然智慧伴随着哀伤，但哀伤的另一端就是喜乐。这时候一件可笑的事情发生了：我会希望再进入艰难之地，一而再，再而三，循环往复。

所以我们勇往直前。这是今天我们一家人所在的地方，也是我希望驻足的地方，去爱，因为他先爱了我们。进入困难之地，进入哀伤深处，因为他先进入了我们，并且因着他的恩典，救赎和荣美就在这地的尽头等着我们。

我真的很想一再进入困难之地，但是我没有想到的是，神教导我学会受苦，让我学会喜乐，更有智慧，其实是要预备我进入最艰难之境。

2010 年 10 月 29 日，是我将会永远铭记在心的日子。这一天，当所有的希望好像都已化为泡影，甚至对创造我的独一上帝的信心都要动摇了。这一天，整个世界似乎都要坍塌，永远不会再复原。

那天，大部分的女儿们都和我在家自学，我在厨房的桌子旁帮助四个孩子处理数学问题，普洛西在我们旁边安静阅读，几个小女儿则在后院玩得不亦乐乎。很感恩，我妈妈从美国来看我，正忙着给我们洗衣服。这时，一个素昧平生的妇女来到我们家，旁边跟着一位男士。我认出了后面这位是政府社工，经手了我所有女儿的收养文件。他一脸严肃地向我解释这个妇女是珍妮的亲生母亲。几年前，我曾经到处找她，想知道关于她的情况，并且为她祷告，希望她前来接回自己的女儿，但是她从来没有回应我们的寻人启事和祷告。她当时抛弃了自己只有三个月大的女儿，一去不回，如今却因为一些她好像不能自圆其说的理由，想要回女儿。

我不记得社工都给我说了些什么，只记得那一条晴天霹雳一般的消息，就是珍妮的生母想要回她。他进一步解释说，虽然我们所做的都完美无误，并且合法地确定了珍妮的确是被遗弃，但是也不能阻止生母带走她。他提醒我，身为养母，我在这个国家几乎没有什么权利，而大部分法院都可能选择支持这位生母。他说，在我们对簿公堂之前，珍妮必须先被带回警局监护。当我听到这些，简直不敢相信眼前发生的一切是真的。他要我把珍妮找来，为她打包行李，然后把她送上正在外面等候的警车。

其他所有女儿都静静看着这一切，我走到后院把珍妮紧紧抱住，一边痛哭一边呼求耶稣，不断求他帮助我们。我把她抱进屋里，告诉她将要去小小地旅行一趟，需要挑一些衣服。她仔细地挑了自己最喜欢的。我跑去拿她那个和我、恩典、帕特里夏同放在一个杯子里的牙刷，把它和一些点心一起放进了行李包。

珍妮的姐妹们还不知道发生了什么事，继续静静地看着，有几个孩子开始啜泣，以自己特别的方式道别。恩典哭闹不休，还好我妈妈顺手抱住了她。

一位女警察从我手上接过珍妮，把她放到警车里，然后将行驶6个小时，把她带到她生母所在村子的警局里去。

我一屁股跌坐在车道上哭起来。

几分钟后，我回到房间里，把我妈妈和所有女儿都召集到一起，尽量解释了发生的一切，并保证我会拼尽全力把珍妮带回来。我们在地上围坐成一个圈，一起祷告、哭泣，然后再祷告。

对于下一步要做的事，我只知道需要在下周一去珍妮生母的村子里出庭。但是珍妮是周五被带走的，整个周末我不能坐视不管。所以，周六那天我再次把孩子们叫到一起，在地上围坐成一个圈开始祷告。在我前去把珍妮找回来的这段时间，我们全家人的一个朋友将和孩子们同住。我拥抱了每个孩子，和她们一一道别，然后带着我妈妈和帕特里夏向那个村子开去。

在珍妮生母所在的村子里，我们度过了一个地狱般的周末，法庭上满是律师，尔虞我诈地吵成一片。2010 年 11 月 1 日周一上午，尘埃落定，监护权被判给了生母。一年多来，我一直都是 14 个女孩的妈妈，并且在过去两年里，珍妮只知道我这一位母亲。如今，她却要和一个陌生的母亲一起生活在一个陌生的家庭里，还离我如此遥远。

当我现在想起这件事的时候，当天的情形一片模糊，但是有几个小小的尖利瞬间将永远刺痛我的心。那天当我终于见到珍妮时，用尽全力紧紧抱着她，给她换上了一条粉红色的裙子，和帕特里夏身上穿的那件配套。在警局待了一周之后，她的头发凌乱肮脏，但是里面别了一朵花，在这样不堪的境遇里闪烁着希望的光芒。就在律师们争吵不休的时候，她在照顾自己还在襁褓中的妹妹，并且把手中的冰激凌分给任何一个想要尝一口的人吃。她把头抬得高高的，努力挤出微笑。她告诉我不要哭，一切都会好起来的。她才 4 岁，但是站在那里，那么勇敢，那么高大，那么美丽。我过去以她为骄傲，今天仍然如此。

我的律师过来告诉我珍妮的监护权已经被判给她生母的消息时，我正在看着珍妮和帕特里夏在一棵橘子树下玩耍。她将不能和我一起回家了。我几乎要崩溃了，无法呼吸，也无法看我的女儿们，她们完全不知道等待她们的是什么。

监护权判决一下来，珍妮的生母就把她带走了，临走时告诉我如

222 | 凯蒂之爱——一个关于超凡之爱和救赎的故事

果有任何需要，她会打电话给我。我妈妈、帕特里夏和我的心都要碎了，真是肝肠寸断。开车回金嘉市的路上，我绞尽脑汁想着我该怎么告诉恩典，她的"双胞胎"姐姐将回不来了。

一想到这里，我就无法呼吸。不仅仅是那一天如此，是一辈子都要如此。

周一深夜，我们回到了家里。第二天是我的 22 岁生日，一早醒来，心里想着要起床，但是发现双腿却无法支撑自己的身体，无边的痛苦包围着我，心如刀绞。环顾四周，简直不想活了。我不想做一个不得不经历丧女之痛的女人，我也不想做一个不得不和自己的孩子们经历失去手足之苦楚的女人。我不知道该怎么做，现在依然在学习。有时候我还是不想再继续了，但是我在学着如何靠着恩典做好自己，因为这是神为我设计的道路，在他里面毫无意外。即便是这件事，也是为了我好。

一想到当时我妈妈来访的时机，我就惊叹不已。她是我在这整个世界上最最需要的人，当时我不得不与珍妮道别的时候，她却陪在我身边，如果没有她，我真不知道自己是否能应付这件事。回家以后，最初几天没有珍妮的日子里，妈妈是把我们全家聚拢在一起的黏合剂。在我几乎不能下床的时候，她在维持这个家庭勇往直前。

我记得当珍妮和自己的生母从警局离开的那一刻，就在我无言的痛苦里，神对我支离破碎的心讲话。他向我低语说，我们已经用爱使珍妮重获生命。他应许说，珍妮知道他的爱。在我无法陪伴她的日子里，他会陪着她走。我们给了珍妮一个无人能给的家，在她还不能开口说话时，我们就替她说话。我为自己的小女儿竭力奋争，但是神允许她离开我们与别人一起生活，他知道怎么做对她和我们全家剩余的人最好。他是为了我好，为了珍妮好，为了其他孩子好，也为了他自己的荣耀。因此我相信他，信守他的应许，坚信他的良善。

　　话虽这么说，我一想到珍妮还是会悲伤。我想念她小小的手指，那剥落了的粉红色指甲油，想起藏在她指甲缝里的泥巴，昨天我应该给她剪指甲的。我想念她无法遏制咧嘴高声大笑时，两颗门牙中间的缝隙和双颊上深深的酒窝。有时候我也会想知道，当婴幼儿被饿死，人们孤苦无依地死去，孩子们和父母骨肉分离的时候，如何说神是良善的？但这也只是一闪念，因为当我环顾周围，就知道没有他，我就什么都不是。没有他，我就不会有这样的生命，也不会存在于这个世上。"我怎样思想，必照样成就。我怎样定意，必照样成立。"他在《以赛亚书》14:24 节中说。我美善的神赐给我们美善的事，他计划了这件事，就将使用它。在他里面，即便哀哭，也是喜乐。

　　珍妮离开后几天，我打开《圣经》，看到《列王纪上》17 章，听见寡妇沙哑绝望的声音，看见她眼睛下方的眼袋，当时她疲惫地回答先知说："我没有饼，坛里只有一把面，瓶里只有一点油。我现在找两根柴，回家要为我和我儿子做饼。我们吃了，死就死吧！"

　　她没有多余的东西可以给，我理解这种绝望。

　　但是先知知道得更多，就对寡妇说："不要惧怕，可以照你所说的去做吧！只要先为我做一个小饼，拿来给我，然后为你和你的儿子做饼。因为耶和华以色列的神如此说：'坛内的面必不减少，瓶里的油必不短缺，直到耶和华使雨降在地上的日子。'"（列王纪上 17:13-14）

　　于是妇人就照以利亚说的去做了。我想知道这种信任的感觉。

　　《列王纪上》17 章 16 节继续讲了这个寡妇的故事："坛内的面果不减少，瓶里的油也不短缺，正如耶和华借以利亚所说的话。"他一直丰盛有余，就像吗哪降在以色列人当中那样，他的恩典降下，使我们今天一切够用，明天也仍然充足。

　　我今天还在学习，我要学习在一切不寻常的处境里心存盼望，并且知道神的心意最全备，哪怕他要我们做的好像毫无道理。我在等候，而神在教会我一点：我请求他让我靠近他的心，甚至把我的心转变得更像他的心。我发现照顾孤儿使我们的心很近，因为他看我们就像孤儿一样。我发现收养孤儿会拉近我们的心，因为他正是用这种方式把我们带进了他的家。穷人、乞丐、寡妇、囚犯，他们使我们与神的心更近，因为这些人在他眼中非常宝贵。

但是，没有什么比不公义之事更能拉近我们与神的心。

珍妮就这样被带走，毫无公义可言，并且没有丝毫公平。当婴孩饿死，有人孤苦冻死，孩子们与亲生父母骨肉相离，凡此种种，都是这个破败社会里不公正的表现。我想，救主自己倾其一生都在行善，他施行拯救，医治病人复原，喂饱饥饿的人，帮助那些好像完全不配的人，最后死在十字架上，就像小偷和杀人犯一样。我想起天父，他比我更想让孩子们过上好日子，他随时可以免除耶稣被钉十字架的苦难，但是为了你，为了我，他默默看着这一切发生。我为这不公义而哭泣，心想，虽然我一点也不想失去珍妮，但是我确实请求过要更靠近他的心。他知道我的痛苦，知道因这个堕落世界的不公义而失去孩子的痛苦。因此，虽然我仍然会捶着地板掉眼泪，但也从中得到安慰，并且仍然求他使我离他更近些。

患难，喜乐，污秽，美丽，爱，痛，这些都是围绕在我身边的事情，并且它们全部来自神。这种生活美好又可怕，简单又艰难。神正在用它来使自己得荣耀。

我的膝盖发红、沾满尘土。我跪了好几个小时来祈求神的怜悯，坚固我使我能够继续前行。我的眼泪滴在乌干达焦渴的红土地上，变成一汪水。那摊泪水和红红的膝盖提醒我，我们不会完好无瑕地离开这种生活，即使耶稣复活后，也还是留下了疤痕。在他眼里，我的瑕疵很美。越是伤痕累累、精疲力竭，我就越完美，也被转变成创造我的那一位神的形象。为此我不禁感恩。

最近，我们拿出了家里的圣诞树，它年复一年地看着我们这个家庭成长壮大。我们仍旧在上面挂了 14 个天使，意味着每个女儿一个。我们还挂了 14 只袜子。今年只有 13 双小手一起来把圣诞树装点得光彩夺目，但是我心里永远有 14 个位置给我的 14 个女儿。

我们兴致勃勃地布置了耶稣诞生时的场景，我想起马利亚，年轻、辛苦、孤单。我完全无法理解神为什么要对她有这样的计划，选中她让我们的救主降生到这个黑暗的世界里。

耶稣就在这里，和我们在一起，并且他就要回来了。我还年轻，有时候会倦怠，完全不理解他为什么对我的人生做这样的计划。但是我是被拣选的，他要我去宣扬救主的故事，让他照亮这个黑暗破败的世界。你也是被拣选的。他的生命、他的力量、他的恩典永远不会枯竭，直到他再来，如同甘霖浇灌干渴的大地。

2010 年 12 月 25 日 礼拜六

今天是圣诞节，喜乐、光明和盼望来到这个堕落世界的一天。朋友们都离开了，孩子们也都睡了。在一个充满喧闹和笑声的混乱屋子里，我无比快乐。但是相比这些，我更喜欢热闹喧嚣过后，跟我的救主同在的安静时刻。

我抱着可爱的宝宝温妮，她刚刚出生两周，要在我们家里住一个月，直到她妈妈从疾病中康复。我惊叹新生命带来的奇迹。我的心虽然破了一个大洞，但总是能找到更大的来填补。

整整一天，我们都在庆祝耶稣降生。此刻，当我看着这个新生婴儿的眼睛，就忍不住为主耶稣的死而轻声感恩。爱胜过了一切。爱永远丰盈。

我们满怀盼望地等候着耶稣回来。

凯蒂的日记 2009 年 10 月 5 日 礼拜一

　　约翰是一个 15 岁的卡里莫琼族男孩，对人友善，有着最美丽的仆人的心肠。他和一位非常老迈的奶奶一起居住在马塞斯，但对方并不是他的亲生奶奶，只是因为老人无法行走，也不能自己找吃的，所以约翰就把她带回家来照顾。和他们一起生活的，还有一个不知道从哪里来的婴儿。我常常因为约翰而自愧不如，他的性情可爱，甘愿帮助那些非亲非故的老人和孩子。有多少 15 岁的男孩把他们的生命用在了照顾所在社区中"最小的一个"？他真是可贵。

　　礼拜天，我们从教堂出来，开车去平时常去的那家餐馆用餐时，刚停好车，就看见约翰正在等我们。他亲切地给我们打了个招呼，然后转过身去，给我看他脚后跟上一个铜板大小的伤口。因为语言障碍，我只能听懂是瓶子割伤了他。

　　几个大女儿到餐馆坐好后，我带着几个小女儿到最近的药房去买纱布、胶带和抗生素药膏。我们用瓶装水尽量帮约翰把伤口清理干净，然后涂上药膏，再包上干净的纱布。

　　他抬起头说："我刚才在等你，知道你能搞定它。"我笑了，答应第二天再来为他包扎，顺便把抗生素带给他。

　　第二天早上七点，我到了约翰家，他看到我一点也不吃惊。我把抗生素递给他，教他如何服用。我希望他给我说声谢谢。但是当我看见他的眼睛，就知道他为什么没有谢我，因为这一切是他预料之中的事。他知道我会为他包扎伤口，也知道我会给他拿药，因为这就是我一直做的事。他的信任比一句谢谢要美好得多。

　　就在我为他清洗伤口并用新纱布包扎时，他再次说："我知道你会来，你会照自己说的带药过来。你一定会来。"我用双手捧起他的脸，轻声告诉他，耶稣爱他，他一定会出现，一定会来，随时等着帮助他。

这件事提醒我想起几周前发生的事，当时，葛文的儿子伊利加在电脑上看乌干达孩子们的照片时，身为妈妈的她就想教导儿子学会感恩，就告诉他，这些孩子正在挨饿，有时候连续几天都吃不上饭，有些孩子没有爸爸妈妈，有些不能洗澡，也不能喝到干净的水。

伊利加抬头看着她，斩钉截铁地说："妈妈，别担心，凯蒂会喂饱他们的。凯蒂会照顾他们。"

神一遍又一遍地提醒我。我明白这些孩子单纯的信心，而我也希望在主里有这样的信仰。他会到来，我正在等着他。我知道，他会来为我包扎伤口，重新联结我破碎的生命。他一定会出现，就像他说的那样，带给我们药物和我们所需的一切。

我看着周围这些可贵的孩子，他们有千千万万个人在饿肚子，没有爸爸妈妈，有的吃不到东西，有的整日不能洗澡，没有干净的饮用水，病痛时没有药可以治病。我的信心会像伊利加那样吗？我能不能看着你斩钉截铁地说："别担心，神会喂饱他们，神会照顾他们？"

神正在回来！他要回来为我们包扎伤口，修复我们破碎的心，捧起我们的脸，轻声说："我一直都在这里。"他正在来。所有这些受伤、饥饿、渴望被关爱的孩子，将会被抱进他那永远温暖的臂弯里，并被告知他们很漂亮。他们将不再饥饿，不再受伤，因为他们会被他的灵全然充满。因此，我们像约翰一样等候，像葛文的儿子伊利加那样满怀期待，我们必不至羞愧。

主啊，我们知道你将会来到。我们知道你与我们同在。让我们把自己全部的伤口和破碎都带给你，没有一丝怀疑。请提醒我们，所有我们接触到和没有接触到的孩子，都是你的。你的孩子们就在这破碎的人世间，也在不尽的永恒中。来吧，主耶稣，我们在盼望中等候你。

后记

今年，他的荣美无比长阔高深，以至于我有限的言语远不能描述其中一斑。但是，我觉得我必须让你们，我亲爱的读者看到他在我们生命和内心所做的一切。

几个月前，我正在读《马太福音》第17章关于彼得询问耶稣是否要纳税的情景，耶稣回答说，他会交税，并差派彼得去打鱼。我把这部分读了两遍，笑个不停。耶稣很有趣。彼得打开捕到的第一条鱼的嘴巴，里面的钱刚好够支付他和耶稣的税款。

我为能够服侍这样一位神而无比感恩。他乐于爱我们，并且愿意给我们惊喜。对我来说，这个故事中最有趣的地方是耶稣本来可以直接给彼得钱就完事，但是他没有这么做，这就是我们口中谈论的那位鲜活的神的儿子。他本来可以无中生有，还可以自掏腰包解决问题。

但是耶稣想要彼得经历更大的事。我相信主很看重彼得，所以才给他经历这样大的惊喜。也可能耶稣是要用这次经历作为功课，以培养彼得至死忠心的顺服。耶稣，你是认真的吗？你要我做什么？纳税，我们需要亲自纳税，难道你不会给我钱吗？但是彼得当时已经对耶稣的行事风格见怪不怪，所以我想象他当时肯定是摇着头，心里暗自发笑，径直走向湖边。

　　结果，彼得再一次看见在最微小的事上彰显神的权能，他从鱼嘴里取了钱，交了税。"怪了，我正好在这里。奇怪，我说了事就成了。神奇，你想要的一切都是刚刚好，问题又解决了。"

　　当天晚上，当彼得告诉耶稣整个故事的经历时，你能看见耶稣眼睛中一闪而过的亮光吗？"它就在那里！正好在鱼嘴里！"

　　今年是令人惊喜的一年，充满了来自天父荣耀的恩典，他太器重我们了，以至于我有时候感觉这简直就是溺爱。我回过头去看走过的这几个月，能够看见耶稣眼中的亮光。随着各种事情揭开谜底，我躺在床上直到深夜，把所有的故事重新在他里面回顾一番，仍旧充满敬畏。

　　最近，我回到美国为本书做新书发布。耶稣更多地令我吃惊。我一下飞机就病倒了，随后无须预约的急诊室（walk-in-clinic）里的护士紧紧抱着我，为我祷告。曾经在乌干达和我同工过的朋友们参加了新书发布会和教会服侍，来帮我抱孩子、拎包，笑我和美国人生活的明显反差，并且在人们前来索要签名书的时候提醒我，我怎么还是那么俗气。就在飞回美国的航班启程前几天，格蕾丝的签证才办好，有个好朋友在第一周就挤出时间为她安排了一台手术，从而改变了她的命运。就在两年前，借着神的恩典和怜悯，格蕾丝学会了走路。现在，再次出于神的恩典和怜悯，那双谦卑而又手术娴熟的手使她很快就可以在地板上跑步跳舞了。在美国期间，我结交了一些睿智的新朋友，还和昔日老友临窗叙旧，父母和小弟整天照顾我的小孩子们，并且开车拉我去一个州又一个州，接受一场又一场采访。大家都以各种能想到的方式来庆祝我，爱我。时间、友谊、经济和资助，各个方面都充满了无尽恩典。

　　我能够感受到耶稣的微笑。"怪了，我正好在这里。奇怪，我说了事就成了。神奇，你想要的一切都是刚刚好，问题又解决了。"

　　就在回到乌干达家中当天，一个波罗蜜（这种黄绿色大型水果在乌干达很常见，有些能长到73斤重，11米长。）掉下来砸到了马塞斯一个婴儿的头。当她爸爸把她抱进我们祷告会上的时候，只见她鼻子、嘴巴和耳朵都在流血。她看起来还不足一岁半，一双小手因为玩卡里莫琼族的一种传统串珠手镯，把手指甲弄得脏兮兮的。她此刻就躺在自己爸爸的怀里，一声不响，头上也没有肿，这些都不是好兆头。

很可能她会死在去往医院的路上，就算是一个成年人被这样大的水果砸中脑袋，能不能活下来都很难说。我和她爸爸一起搭了一辆车，告诉司机尽量开快些，同时闭上眼睛开始祷告。显然，她的头部正在出血，即便我们到了医院，金嘉市的医生恐怕也无能为力。我们可能需要去坎帕拉或者姆巴莱，这两个地方都需要至少两个小时车程。但是我们已经耗不起这么长时间了。我就恳请神，向他祈求，最后告诉神，我没有一点办法找到合适的医护人员，唯有求他怜悯这个小女孩。我告诉耶稣，他知道他会向这个爸爸显现。哦，主会这样做吗？我用自己的嘴唇宣告，满心相信神已经医治了这个宝贵的生命。她流出的血沾满了我的衣襟。

当我们到达医院，我睁开眼睛时，还在轻声叫着主的名，孩子的血止住了，她的头开始肿起来。医院给她打了一针止痛针，然后输了一瓶生理盐水。几小时后，她坐起来了，反应灵敏，一连声地叫爸爸。"轻微脑震荡。"他们说。但是我知道，轻微脑震荡是神迹。

一星期后，我见到了她的奶奶因为神医治了自己的孙女，生平第一次赞美耶稣。当神施行医治时，我或许并不惊讶，因为他说了他能做到。但是我一直吃惊的是，他竟然如此爱我，让我成为神迹奇事的参与者。

我很快和一个朋友分享了这次经历，对神如此眷顾我而倍感惊讶。朋友只是笑着说："当然，他爱你，凯蒂。你是他最青睐的人之一。"我的灵魂对此产生了共鸣。是的，这正是我感觉到的：他最青睐的人之一，享受着他丰盛无尽的爱。难道他不是希望他的每一个孩子都每时每刻感觉到这一点吗？大能的神，按着他的形像创造了我们，还无微不至地爱着我们每个人。我们每一个人都是被呵护的。如果我们以这种想法彼此相爱，生活会发生怎样的转变？我们能够对待身边的每一个人，都像被神疼爱、呵护我们自己这样吗？掌管宇宙万物的神以你们为乐，同样以我为乐，也以他们为乐。我们能够在这样的恩典里安息吗？我们能够像他爱我们这样去爱别人吗？

然而，今年是最艰辛的一年，但是一想到我是属于神的，所有的艰难困苦就都被掩盖住了。我得以回过头去看他令我惊喜的所有方式，从而知道我是他最疼爱的人之一。他以我为乐，给了我莫大的惊喜。

今年，普洛西学会跳绳了。我亲眼看见了神从幼时救赎她回来，至今 16 岁了，她从尘土中被高举，出落得漂亮美丽。

今年，我要在深夜里怀抱 4 个收养的婴儿，给她们喂饭、洗澡、穿衣服，并且生活在一个永远不会分离的大家庭里。如今，我看着她们茁壮成长，并且被呵护有加。

今年，有三个酗酒成瘾者在我们家的客厅里得到医治，他们都出去找到了工作，努力养活自己一家人。他们全部知道并且爱着我们那位被高举的救主。

今年，有一个男人烧伤了腿，触及骨头，所有的医院都说要截肢。经过 200 个 24 小时的擦洗、包扎之后，光滑的咖啡色皮肤遮盖了一度巨大的伤口空洞。在我为他包扎时，他告诉了我自己的艰难生活故事，而我则告诉他一个婴孩被送到世上并最终被钉死在十字架上的故事。神用一条焕然一新的腿和永恒的恩典，令他惊喜。神也透过一个顽固老头儿，和进入我们家中的一个意想不到的新成员，让我学会忍耐，这一点也令我感到神奇。

今年，有滴落在饥渴下巴上的西瓜汁，也有床上的清早笑声，还有 HIV 病毒筛查。今年，还有冰激凌和清洁冷饮及平安，输送着理解与满足，而这一切和手中拥有的多寡无关；还有待洗的衣服排成排，清一色的粉红色；还有新生婴儿贴在我胸前的温暖和成为我们家庭一员的陌生人。

所有这些良善完美的礼物，都来自一位乐于爱我们的天父。一路走来，他的强壮双臂都在抱着我们。

一年前，我站在我家后院里，尖叫着耶稣的名字，怀中紧紧抱着一个即将被带走的 4 岁孩子。我哭喊他的名字，寻求他的怜悯。最终，他们带走了她，神没有出现。但是信实亲切的耶稣从未失去他眼中的光芒。他就在那里，我还是他最爱的孩子之一，他正等着要给我惊喜。

在珍妮从我家被带走五个月后，她和生母南希出现在了我们家门口。她们都生病了。南希失业后，母女俩被驱逐出了家门。她们无处可去，而我只能打开家门。当时我的心胸更宽广了一些。我们欢迎珍妮回来，但是这一次又加了一个人。

南希过去受过的伤害使她戒备心很强，而且狡诈又不可靠。数月前的珍妮并不是这样的小女孩，这次回来后显得很受伤，很茫然，当我看着她小心翼翼地和姐妹们一起玩耍，并且要叫两个女人妈妈的时候，心都要碎了。我想我做不了什么，我无能为力，没有足够的爱，也没有足够的大度，同样没有足够的力量来解决这个问题。我曾经请求我的女儿回来，但是现在这不是我想要的结果。但是耶稣却要我信靠顺服至死。

我知道自己不能从她们身上收回爱，哪怕她们会再次离开我。当然，我会再次受伤。随着日子一天天过去，我们和珍妮、南希一起讲述爱，并寻求对她们的医治，同时给她们做好吃的饭菜，并且和她们一起团契。我帮南希找到了一份工作，和克丽丝汀一起翻译，并帮助照顾马塞斯的病人。和我们一起生活的这段时期，她学会了节俭。很快，她和珍妮就要回到她们自己的家里了。我们还是好朋友，但是被分隔成两个家。看着她们离开，去我们街上另外一个房子里居住，我感觉就像一把刀子再次撕裂自己的心脏。但是我知道这样做是对的，神在我所处的一切环境里都恩典够用。

如今，南希正在成为我们的朋友，珍妮也成为她花一样的女儿。我们每周会去看她们好几次。她们还会到我们的餐桌旁吃饭，珍妮也会和女儿们一起玩毛绒玩具。我和南希在沙发上长时间地一起祷告。她为马塞斯的卡里莫琼族人所遭受的不公充满同情。昨天，珍妮骄傲地给我看她在幼儿园的汇报卡，用温柔的双臂绕着我的脖子，亲吻我的脸，然后开心地和妈妈手拉手一起回家。我确信这对她是更好的生活方式。

我的耶稣也在用眼中的亮光看着南希，因为对方也是他最爱的人之一。这位天父，以他长阔高深的恩典，筹划了这更美好的事。他不只是想要珍妮拥有一个家，同样想要南希也拥有这个家。他不仅仅想要珍妮认识他，同样也想要南希认识他。

"怪了，我正好在这里。奇怪，我说了事就成了。神奇，你想要的一切都是刚刚好，问题又解决了。"

我祷告，他本来可以从口袋里拿出答案。但是他没有这样做，因为他太爱我，他的道路高过我的道路。

就像一位家长很乐意和自己的孩子们一起玩耍，并且给他们惊喜一样，同样就像我乐意把准备好的睡衣扔进厢型车，为了给人惊喜，或者深夜跑出去买冰激凌，或者把小礼物塞在孩子们的枕头下作为奖励一样，神也这样对我。我可以和我的天父一起欢笑，因为他是乐意给自己孩子惊喜的父亲，是一个热衷于为自己最亲密的伙伴额外做一些特别之事的朋友。我可以和耶稣一起欢笑，因为他同样对我很好。我们不过如枯草般的生命会在一瞬间变化。神把一切乱局稳稳地掌握在自己的手掌心，给痛苦的人一个旨意。

一年后，我可以说："是的，今年是最艰难的一年。但是，它真的也是最棒的一年。我愿意做一切他要我去做的任何事。"因为信实的神不会放开我们的手。我还年轻，而我也知道，最艰难的时光还在前面。但是当我在他里面安息，操练我所学到的一切功课，我就会记得我是他最爱的人之一。哪怕身处暴风雨的中心，哪怕我还看不到好处，他都爱我。他正在用眼睛中的光芒看着我，等着给我惊喜。

与凯蒂·戴维斯的对话

Q：你在田纳西州布伦伍德市长大，是怎么为自己在乌干达最不方便的生活做准备的？

A：我的父亲教导我，一个人希望被聆听和理解。他鼓励我做一个对周围人绝对友善和尊重的人。我的母亲教导我，无论在任何环境里，都要扎根信仰，坚守信仰。他们都是天父舍己之爱的典范，我为能称呼他们父母而无比荣幸。高中时期，我投入大量时间在当地暴力庇护所和纳什维尔的一些中途疗养所里服侍。我很珍惜自己与那里的人们相处的时间，也学会了许多神教给我的功课，这些是我得以带到乌干达的宝贵经验。

Q：你是一个国际非营利机构的创始人，一名作家，一个拥有13个女儿的单亲妈妈，还是600多个需要帮助的孩子的照顾资助者。你什么时候睡觉？严格来说，你如何平衡自己的事工和一个大家庭的需求之间的矛盾？

A：唔，我睡觉不多。真的，神使用这么多愿意帮助我践行呼召的人来祝福我。我并不是孤军奋战，而是在乌干达有一个不可思议的团队，一个堪称伟大的董事会，在美国也有一个团队，并且还有许多志愿者。我还拥有支持我的朋友和家人，他们分别在乌干达和美国。还有一位绝对难以置信的救主，他的力量在我的软弱上成就完全！作为一项规定，我把耶稣放在首位，孩子和家庭第二位，满足其他人的需要则会是随时待命。在我的生活中，工作、服侍和家庭生活无法割裂开，每个人都是家人，每件事都是全时间为耶稣而做。每天早上，当我们醒来，我们的目标都是触手可及的：去爱彼此，去爱需要药物的病人，去爱路边无家可归的流浪汉，去一个新的地方开辟短期宣教禾场。只是去与神放在我们面前的每个人分享耶稣的爱。我很感恩，能够有机会教导我的孩子们这件事。

Q：你的父母和弟弟多久到乌干达看你一次？他们会在多大程度上拥抱你的事工和你自己的年轻家庭？

A：我深受我家人的祝福。他们非常支持我，也鼓励我。妈妈在这里花的时间最多，有时候一次会住几个月，但是爸爸和布莱德会尽其所能地来看我，大概是一年一次。当他们不能到这里的时候，就会给我打电话，几乎每天都会给我短信，只是为了让我知道他们爱我、支持我、在为我祷告。他们和我的孩子们彼此爱慕。我们每周六晚上最喜欢做的事情之一就是透过 SKYPE 与奶奶和爸比视频聊天（这是她们称呼我父母的方式）！

Q：你的故事真的很激励人心。你个人希望激励到谁？为什么？

A：耶稣基督是被高举的神，也是救主。我尝试努力去无私地爱别人，就像耶稣爱他们一样，不过我仍然力有未逮。我绝不愿自己去做无谓的拷问，就像问为什么为这样一个疯狂破败的世界设立一个十字架一样。我为能够服侍为这个世界死了的君王而感恩。他甘愿降卑，抚摸病人，为门徒洗脚。我竭力祈求自己能够更像他一点。

Q：作为一个在乌干达的单亲妈妈，为什么会被禁止收养小男孩？

A：被禁止得有点强烈。乌干达的法律要求，未婚男女必须收养同一性别的孩子。但是，如果法官认可收养是对孩子最好的方式，一个人也可以收养异性孩子。我认识几个单身妇女成功收养了男孩。坦白说，神从来没有带给我一个小男孩，是我强烈感觉可以作为家庭一分子的。

Q：你相信，如果有信仰的人们给有需要的人更多帮助，贫穷和饥饿就能够被消除。在你看来，为什么这些问题在全世界范围里仍然如此严峻？

A：我还相信神绝对掌权。就像他所命定的，这一切都在发生，同样就像他已经计划好的，这一切也必然有答案。虽然我认为基督徒被呼召做更多事情，去做更多减轻人们痛苦的事，但是我更全然相信，神全然看顾所有受伤和受苦的人，知道什么才是正确的，也是最好的，无论如何，他都是使用所有这些难题来彰显自己的良善。书中和我的博客里，都谈到人们在看到世界上的贫穷和伤痛时都会问："神在哪里？"神就在所有相信他的人的心里。因此，这个问题或许应该这么问："我们在哪里？"

Q：你描述到收养女儿恩典的过程，当时你全然依靠神。你能具体描述一下这次经历吗？包括你身为一位母亲和信徒的心路历程？

A：从那时候起，发生了太多事，以至于我几乎想不起当时生命中的难处了。在过去的九个月里，我本来打算收养的一个孩子回到了自己生母身边。我收养了一些新生儿，刚刚爱上就要转手给另外一位母亲。我有至少 20 个不同的无家可归的人或者家庭住在我家里，其中有两个最后死于疾病。我曾经把一些妈妈的孩子们放在膝盖上，看着他们呼出最后一口气，而我不得不和我的 13 个女儿一起来经历这些痛苦。昨天，我深深地凝望着一位母亲的眼睛，告诉她，我知道失去一个孩子的感觉是怎样的。我知道每天醒来却不想在继续按老路生活的感觉是怎样。我们会伤得这么深，是因为我们爱和被爱得很深。那种爱有时候是我们赖以生活的理由。人生会越来越艰难，但是艰难中有目标。我想，那就是神的恩典在工作。我知道我已经黔驴技穷，这一定是我人生中最困难的时刻，不过是他带着我走。不料，随后我就进入了更艰难的时刻，自嘲之前的想法。他一直都在带着我。艰苦之地，沙漠之地，都在雕琢我们，并教我们认清自己的本相，那么破败，需要全然依靠神的恩典才能度过下一天。

Q：你如何与自己生命中的灵命干渴抗争？你如何维持自己与神之间的关系？

A：我相信圣灵在我里面内住，并和我在一起，我每天每时每刻都和他交流。我轻声向神表达自己的感谢和沮丧，还有我的喜乐和哀伤，他是鲜活的，一直和我同在。生命中一直都会有艰苦时刻，而且之后会更艰苦，但是当我们从一口永远不枯竭的井中获得饮水，就永远不会干渴。

Q：当你的读者了解了你，会对什么感到惊奇？

A：大多数日子里，我都是忙成一团糟。有些人读我的博客后，会假设因为我能够很好地表达心声，所以一切都不在话下。事实并非如此。待洗的衣服成堆，上床睡觉时，洗脸池里还有肮脏的盘碟。当我不知道自己要说什么的时候，会冲着自己的孩子们一通乱吼。有几天我还会忘带钥匙。我们在家就不会把钥匙带在身上。但是我的祷告是，当我们邀请别人到家里来的时候，看到里面一团糟，就会感觉到很真实，可以表达他们的软弱和不堪，也知道他们究竟属于谁，因为我们也是破败的人，同样需要神的恩典。我祷告，在我们的破败里可以用耶稣照亮每一个来到家里的人，并成为他那救赎之爱的见证。

我还喜欢做饭。我的餐桌周围人越多越好。有些天，只有我和13个女儿一起围着大餐桌吃饭，但是大部分时候还会多出来五六个人，或许是一个需要一顿饮食的无家可归的人，一个需要在我们屋檐下暂时度过一夜的家庭，需要一个家庭的孤独老奶奶，或者可能是一两个女儿的朋友。对我来说，这样的热心接待通常并非易事，也不是要学习一次做20或者30个人的饭菜。这种生活方式是尝试与别人分享，邀请他们坐在我的餐桌旁，在我的沙发上歇息，在我的浴室里洗澡，在我们的床上睡觉，这和我们世俗的文化相反，后者要求我们注意个人空间和隐私。我一度感觉很不方便、很分裂，甚至很不舒服。但是神不断扩张我，教导我认识到这种被打扰的公开生活方式是他希望我活出来的，也是操练爱的途径。因为我们欢迎所有人到我们的餐桌旁，每当我拖着一堆一堆的蔬菜回家，就会喜不自禁，同时祷告说，当人们在我家餐桌上吃饱肚子的时候，同时也充满他们的灵魂。

Q：你是怎么把自己的生活方式在博客 www.kissesfromkatie.blogspot.com 公开的？是什么促使你能够这么分享的？

A：我从来没想过要让自己的生活这么公开。我的博客起初只是提供给一些亲密朋友和家人，也的确想一直坚持这种方式。有时候，一旦我想到很多人了解了我的生活和家庭，还有很多人会看到我的内心和软弱，也会有点害怕。但是我相信绝对的坦诚，并且盼望更多人在这里看见救主。从读者那里读到的留言和评论对我的心灵也是一种祝福，会鼓励我前行。作为基督的身体，我真是不胜感恩。

Q：你曾经写到，我们被神呼召是去"不顾一切去爱"，作为凡夫俗子，你是怎么改变成这种想法的？

A：这个世上真的没有一种礼物比把自己奉献出去更珍贵的。我们给出去的越多，神充满我们的就越多，这就是全然的喜乐。我奉献是因为我信任他，并且当我相信的时候，喜乐平安就会涌流出来（参见罗马书 15：13）。我们倒出去，他再充满我们，如此往复。

Q：很少有人做到像你这样去改变自己的生命。你希望读者从《凯蒂之爱》这本书和你的经历中获得什么经验？

A：我希望他们知道，神在我们的破碎中使用我们。我们只不过老在坚守自我意志，在我曾经还处于旷野中的人生梦想里，怎么也想不到自己有一天会这样生活，我不过是凡夫俗子，有很多缺点，自私，不懂感恩。神为什么使用我？因为他照着自己的形像创造了我，以我为乐，能够把自己的全能、完美、丰盛恩典倾倒在我打开的手中或者心里，我已经全然向他降服。如果他能够使用我，就能够使用任何人。

凯蒂·戴维斯：一位带着激情服侍耶稣的年轻女孩，现在 22 岁，生活在乌干达。在那里，她收养了 13 个小女孩，并且是亚玛齐玛传道会的创始人，这个传道会在乌干达帮助了数百个孩子。凯蒂出生于田纳西州的纳什维尔，曾经与父母和弟弟一起生活。这是她的第一本书。你还可以读到她的博客：www.kissesfromkatie.blogspot.com。